www.koenigskinder-verlag.de

Originalverlag: The Text Publishing Company, Melbourne, Australia

Originaltitel: The Minnow

Umschlaggestaltung und -typografie: Suse Kopp

Aus dem Englischen von Karen Nölle

Lektorat: Barbara König & Franziska Leuchtenberger

Herstellung: Gunta Lauck

Satz: Pinkuin Satz und Datentechnik in der Prinzessinnenstraße in Berlin

Druck: GGP Media GmbH, Pößneck

ISBN: 978-3-551-56010-0

Printed in Germany

MIX
Papier aus verantwortungsvollen Quellen
FSC® C014496
FSC
www.fsc.org

Diana Sweeney

Am tiefen Grund

Aus dem Englischen von Karen Nölle

Die Übersetzung des Buches wurde mit einem Stipendium des Deutschen Übersetzerfonds gefördert.

Für Mum

1

»Ich glaube, Bill ist in Mrs Peck verliebt«, sage ich heimlich zu einer Blauen Schwimmkrabbe, die sich in meiner Schnur verheddert hat, aber noch nicht groß genug ist. Die kleine Krabbe wirkt nicht im Geringsten interessiert, also entknote ich sie ganz und werfe sie über Bord. Sie landet mit einem Klatsch im Wasser, und ich sehe zu, wie sie davonschwimmt. Bill schläft wie üblich. Er lässt im Schlaf die Hand über den Rand seines Aluboots hängen und hat sich die Schnur um den kleinen Finger gebunden. Manchmal muss ich ihn treten, damit er aufwacht, obwohl er schwört, dass er es immer spürt, wenn ein Fisch anbeißt. So ist Bill. Ein ganz schöner Lügner.

Ich wohne bei Bill im Bootsschuppen am Jessops Creek. Dort bin ich nach der Muttertagsflut eingezogen. Mittlerweile habe ich mich daran gewöhnt, aber am Anfang habe ich mein altes Zimmer vermisst. Nana sagt, man gewöhnt sich an alles, wenn man genug Zeit hat. Sie sagt, sie vermisst Papa – meinen Großvater – immer noch, obwohl er gestorben ist, bevor ich geboren wurde. Ich habe ein Foto von Papa an meinem

Bett stehen. Nana hat es mir nach der Flut geschenkt. Sie meinte, Papa würde mir Gesellschaft leisten. Ihr hat er über die Jahre so wunderbar Gesellschaft geleistet, sagt sie, dass sie ganz sicher ist, er verfügt über besondere Kräfte. Nana wohnt in einem Seniorenheim, dem Mavis Ornstein Home for the Elderly. Da hat sie allen Leuten Bilder von Papa geschenkt.

Ich schlafe oben auf dem Dachboden. Der ist klein, aber für mich genau richtig. Früher hat Bill da geschlafen, aber die Decke ist sehr niedrig, und deswegen glaube ich nicht, dass er was dagegen hatte, nach unten umzuziehen. Als ich ihn danach gefragt habe, hat er nur die Achseln gezuckt und gesagt, Kopffreiheit wird überschätzt.

Da bin ich ganz anderer Meinung. Mein altes Zimmer war ziemlich hoch. Ich konnte mich mit ausgestreckten Armen auf den Nachttisch stellen, ohne an die Decke zu kommen. Aber jetzt stoße ich schon mit dem Kopf an den Balken, wenn ich mich nur gerade aufrichte. Wenn ich weiter wachse, werde ich den Kopf beugen müssen. Ich denke oft an die alte Kopffreiheit. Sie fehlt mir.

An Stelle von Fenstern hat der Boden eine große Flügeltür, die aufs Dach hinausgeht. Tagsüber sind beide Seiten geschlossen, damit die Hitze draußen bleibt, aber nachts, wenn sie weit aufgehakt sind, kann ich den Himmel sehen. Eine der alten Frauen aus Nanas Heim hat mir ihre Himmelskarte geschenkt, nachdem ich ihr von mir und den Sternen erzählt hatte. »Solche Begeisterung soll man fördern«, hat sie gesagt. Ihr Name ist Mavis; sie ist 98, und sie glaubt, das

Heim heißt nach ihr. Außerdem glaubt sie, dass Papa ihr verstorbener Mann ist. Nana hat erzählt, sie hätte es beinahe bereut, Mavis ein Foto geschenkt zu haben, doch dann sei ihr klar geworden, dass die Geschichte bloß wieder ein Beispiel für Papas besondere Kräfte ist. Mavis ist glücklich, hat Nana gesagt. Warum soll man das durch die Wahrheit verderben?

Nicht weit von meiner Schnur blitzt es silbern, deswegen halte ich meine Hand ruhig und meinen Körper still und locke den Fisch mit meinem Willen näher an den Köder heran. Bill gähnt laut. Ich gucke nicht hin. Bill kann es nicht leiden, beobachtet zu werden, wenn er aufwacht.

»Nicht viel los«, sagt er.

Bill hat einen Bart, und seine Arme und Beine sind dicht behaart. Er scherzt immer, dass noch niemand im Pelzmantel einen Sonnenbrand bekommen hat, und im Allgemeinen hat er Recht. Aber heute hat er die Mütze vergessen, und seine Nase und Stirn sind ziemlich rot.

»Dein Gesicht hat's erwischt«, sage ich ohne jede Schadenfreude.

Ich trage immer ein langärmeliges Hemd und einen Hut, wenn ich mich im Freien aufhalte. Das war eine von Mums festen Regeln.

Als ich Sarah das letzte Mal gesehen habe, schwamm sie mit dem Kopf nach unten und hatte die Arme und Beine zu den Seiten ausgebreitet wie ein Seestern. Ich sah ihr vom Dach der Feuerwache zu und zählte die Sekunden. 52 war ihr

Rekord. Ich zählte bis 60, und dann verschwand sie um den Zeitungskiosk. Ich weiß noch, dass ich dachte, wahrscheinlich holt sie heimlich zwischendurch Luft.

Normalerweise angeln Bill und ich vom Pier, wo es nur Fische in zwei Größen gibt: eine Vierer-Mahlzeit oder Lohnt-nicht. Die Kleinen lassen wir immer frei. Bill sagt, das gehört beim Angeln zu den Gesetzen. Aber mir tun die Fische leid, die wieder reingeworfen werden, weil sie mit einem Loch in der Lippe (oder schlimmer) herumschwimmen.

Einmal habe ich zu Bill gesagt: »Ich finde, es ist netter, sie zu behalten und zu essen.«

Und er hat geknurrt: »Mach keinen Haken an deine Schnur, wenn es dich so stört.« Bill kann manchmal gemein sein.

Wenn es am Pier zu windig ist, angeln wir unten am Crabs Gully. Es dauert ewig, bis man da ist. Bill sagt, Crabs Gully ist eines der sieben Weltwunder, weil es jedes Mal ein Wunder ist, dass wir lebendig wieder rauskommen. Haha.

Im Crabs Gully gibt es jede Menge Blaslöcher, deswegen werden wir da fast immer klitsche-klatsche-nass. Klitsche-klatsche-nass ist einer von Nanas Lieblingsausdrücken. Sie hat eine besondere Vorliebe für alles, was nass und kalt ist, und sagt unheimlich gern so Sachen wie »Gegen Bovril hat das Zittern keine Chance« oder »Mit vollem Bauch kann man nicht unglücklich sein«.

Bill versteht Nanas Sprüche nicht.

Wie auch immer – mir ist, wenn wir endlich wieder im Bootsschuppen ankommen, meistens so kalt, dass mir die

Zähne klappern. Bill macht dann immer den Ofen an, und wir essen Suppe, bis wir platzen. Bill isst immer nur Suppe. Er sagt, alles andere findet er sinnlos. Nana meint, wahrscheinlich hat er kaputte Zähne.

An manchen Tagen fahren Bill und ich mit dem Bus in den Ort. Bill braucht immer neue Schnur, und ich sehe mich gerne nach Sachen um. Das beste Geschäft im Ort ist Mingins Heimwerkermarkt.

»Hallo, Bill«, sagt Mrs Peck.

»Sieh einer an, Sie waren wohl beim Friseur, Mrs Peck«, sagt Bill mit einer Stimme, die er nie benutzt, wenn er mit mir redet. Mrs Peck schüttelt die Haare aus dem Gesicht. »Und ist das ein neues Kleid?«, fragt Bill weiter, ganz sanft und einschmeichelnd, so als wollte er sie vielleicht nackt sehen.

»Ich geh mir mal die Bleigewichte angucken«, sage ich zu niemand Speziellem, weil niemand Spezielles zuhört. Ich liebe Angelbleie. Ich liebe ihr Gewicht in meiner Hand. Es erstaunt mich, dass etwas so Kleines so schwer sein kann. Bill sagt, Gold ist noch schwerer. Das kann ich mir nicht vorstellen.

Bills Hand gleitet unter Mrs Pecks Kleid. Ich stecke mir ein Blei Größe vier in die Tasche und gehe weiter zu den Angelkästen. Man müsste es mit dem Fischen schon sehr ernst meinen, um einen Kasten haben zu wollen. Bei der FishMaster Super Series bleibe ich stehen. Sie verfügt über drei Ebenen, die sich automatisch ausziehen, damit man gut an alles rankommt. So steht es auf dem Deckel. Das Verb

»verfügen über« benutze ich eher selten, aber ich finde, hier klingt es genau richtig. Ich klappe den Kasten auf. Er hat ein separates abschließbares Fach für lange Nadeln und eine durchsichtige Schachtel für Bleie. Bei der Luxusversion bekommt man die Bleischachtel gratis dazu. Ich habe noch nie einen Angelkasten besessen. Bill und ich nehmen immer nur eine Rolle Schnur, ein Dutzend Haken, ein paar Bleie und ein Messer mit. Bill findet, alles Weitere ist Firlefanz. Manchmal kaufen wir Würmer, aber meistens sammeln wir Kraut von den Steinen. Die Fische fliegen drauf. Die meisten meiner Bleie habe ich von Mingins.

Bill schiebt sich gegen Mrs Pecks Hüfte. Ich sollte sagen, dass ich Mrs Peck nicht mag. Sie hat einen hässlichen Zackenbarschmund, den sie knallrot anmalt und der beim Sprechen ein trockenes Klicken macht. Sie hat die scheußliche Angewohnheit, sich mit der Zunge die Lippen anzufeuchten, und zwar nach jedem Satz. Ich versuche nicht hinzugucken.

Im Augenblick schiebt sie ihre Zunge in Bills Ohr und gibt sich jede Mühe, so zu tun, als wäre sie ganz und gar mit ihm beschäftigt. Dabei überwacht sie in Wirklichkeit jede meiner Bewegungen. Sie wendet die Augen nur von mir, wenn sie zur Tür sieht – wahrscheinlich um zu kontrollieren, ob Mr Peck kommt –, wohingegen Bill der Welt den Rücken kehrt und nichts zu verlieren hat.

Sie haben beschlossen, von der Theke wegzugehen. Bill führt Mrs Peck in den Gang mit den Farben. Der liegt ziemlich weit hinten im Laden, so dass sie noch Zeit haben, fertig zu werden, wenn ein Kunde reinkommt. Einmal ist der

Sohn von Mrs Peck gekommen. Da hat Bill so getan, als ob er die Farbtafel musterte, während Mrs Peck vor ihm auf dem Boden kniete. Bill rief dem Kind ganz lässig »Na, Kleiner« zu, aber seine Hand presste er fest auf Mrs Pecks Kopf, bis er durch war. Manchmal steigt Mrs Peck auf die Farbleiter und Bill stellt sich unter ihr Kleid. Mein Schweizer Messer habe ich an dem Tag bekommen, als Bill Mrs Peck im Deluxe Family Weekender flachgelegt hat. Mr Peck war zu einer Einkaufstour unterwegs, und Mrs Peck hat alle Bedenken in den Wind geschlagen. »Hier, Tom, für dich«, hat sie gesagt und mir eine kleine rote Schachtel in die Hand gedrückt. »Vergiss nicht, alle Funktionen auszuprobieren.« Klick, klick.

Das Schweizer Messer hat alles: drei Messer, Schere, Zahnstocher, Flaschenöffner, Fischentschupper, Nagelreiniger – und eine kleine Feile, die genau ins Schlüsselloch an der Seite von Mingins Kasse passt. Ich hätte mir gern ein bisschen Kleingeld für eine Cola rausgeholt, aber die Münzen hätten in meiner Tasche gegen das Blei geklimpert, also habe ich mir einen Hummer geklaut – das sagen wir hier zum Zwanziger.

Als Bill und Mrs Peck wiederauftauchen, bin ich in den Katalog vertieft.

»Nächstes Mal werde ich dich fesseln«, flüstert Bill Mrs Peck zu, die ihm eine nagelneue Rolle Schnur zusteckt. Ich räuspere mich.

»Oh, ja«, schnurrt Mrs Peck und tut so, als ob sie mich gar nicht sieht. Ich stelle mir vor, wie ihre Lippe aufreißt und blutet, wenn ich ihr einen rostigen Haken aus dem Mund ziehe.

»Danke für den Nachschub«, ruft Bill über die Schulter, als wir das Geschäft verlassen. »Hunger?«, fragt er mich.

Bills Lieblingslokal zur Mittagszeit ist Martha's Grill, was mein Glück ist, weil ich es auch gerne mag. Ich bestelle mir das Anglerfrühstück, und Bill bestellt die Tagessuppe. Martha ist jung und sieht gut aus und heißt gar nicht wirklich Martha. Die echte Martha hat verkauft, als ihr Mann starb, aber alle im Ort nennen den neuen Besitzer einfach weiter Martha, obwohl er überhaupt keine Ähnlichkeit mit Martha hat. Ich bin zu jung, um mich richtig an die alte Martha zu erinnern, und erzähle bloß, was ich weiß.

Nach Martha's Grill ist unser nächstes Ziel das öffentliche Schwimmbad in der Cooper-Brian Street. Um schwimmen zu dürfen, muss man vorher duschen. Im Bootsschuppen gibt es keine Dusche, deswegen sind die Waschräume im Freibad recht praktisch. Ich bin nie glücklicher, als wenn ich geduscht, geschwommen und ein Anglerfrühstück intus habe und Bill nach einem ordentlichen Work-out mit Mrs Peck gut drauf ist.

Nach der Flut haben ein paar ältere Leute den Club der Muttertagsüberlebenden gegründet, und seither treffen sie sich jeden Dienstagabend. Letztes Jahr fiel Weihnachten auf einen Dienstag, und der Raum war brechend voll. Bill und ich waren auch da, obwohl wir nicht offiziell Mitglied sind. Keiner schien was dagegen zu haben. Ich wünsche mir oft, ich hätte schon vor der Flut angeln gekonnt. Dann hätte ich allen Leuten Haken in den Mund stecken und die Leinen am Dach der Feuerwache festbinden können.

In den meisten Nächten fängt es gegen Mitternacht an zu regnen. Bloß so ein leises Tröpfeln, nicht genug, um mich zu wecken. Früher, bevor das Wetter sich verändert hat, war es hier trockener als der Mund von Mrs Peck. Der Boden war hart und staubig. Auf dem Sportplatz wuchs kein Gras, und Mums Blumen vor dem Haus starben immer. Wenn es richtig heiß wurde, gingen wir am Wehr der Nachbarn schwimmen.

»Beißt einer oder täuscht das?«, fragt Bill, als meine Schnur zuckt.

Es ist ein kleiner Wels. Viel zu klein, um ihn zu behalten. Als ich ihn vom Haken befreie, denke ich an meine Schwester, wie sie mit dem Kopf im Wasser davonschwamm und sich alles unten im Meer anguckte. Der Wels bildet stumm mit den Lippen Wörter und fragt mich, was ich da mache.

»Ich werfe dich zurück, Sarah«, sage ich. »Du gehörst jetzt ins Wasser, und ich gehöre hierher zu Bill.«

Sie fragt: »Hast du schon Sex gehabt?« Aber ich kann nicht antworten, weil Bill zusieht, wie ich mit einem Fisch rede, und mir das peinlich ist.

Die Antwort ist Ja, wenn ich es denn unbedingt sagen soll. Ich hatte vor ein paar Wochen Sex. Es passierte unerwartet, nach einem Frühstück bei Martha's, im Freibad. Ich war in der Umkleide und zog gerade meine nassen Badeshorts aus, als Bill reinkam. »Tom«, sagte Bill und starrte mich mit offenem Mund an, »du bist ja ein *Mädchen*.«

Ich wurde nicht immer Tom gerufen. Früher hieß ich Tomboy und davor war mein Name Holly. Selbst Nana nennt mich Tom. Ich bin schon so lange Tom, dass es keinen Zweck hätte, mich wieder Holly zu nennen, weil sich niemand daran halten würde, wie man an dem armen Martha sieht. Und so kommt es, dass Bill mich fast ein Jahr lang – die ganze Zeit, die wir im Bootsschuppen zusammenwohnen – für einen Jungen gehalten hat. Vielleicht hätte er mich nicht bei sich aufgenommen, wenn er gewusst hätte, dass ich ein Mädchen bin.

Jedenfalls machten wir eine Weile rum, bis ich Sex gehabt hatte. Ich hatte nie Lust, es noch mal zu machen, und Bill und ich tun so, als wäre es nie passiert.

Aber es hat alles verändert.

Ich will es jemandem erzählen. Ich will es Jonah erzählen. Jonah ist eineinhalb Jahre älter als ich, und er ist mein bester Freund. Wir haben uns schon als kleine Kinder gekannt. Er hat seine Familie auch durch die Flut verloren.

Früher haben wir uns jeden Tag gesehen und uns alles erzählt, aber in letzter Zeit haben wir uns jeder um den eigenen Kram gekümmert und irgendwie den Kontakt verloren. Nana fragt ständig nach ihm.

»Früher habt ihr immer zusammengesteckt.«

»Ihr würdet einander so guttun, nach allem, was ihr durchgemacht habt.«

»Fehlt er dir nicht?«

»Ich kann nicht glauben, dass du ihn nicht vermisst.«

Solche Sachen sagt sie seit Monaten.

Wie man auf dem Wasser treiben kann, habe ich Sarah am Wehr der Nachbarn beigebracht. Sie hat es richtig schnell kapiert und konnte es nach kurzer Zeit sogar besser als ich. Mum sagte daraufhin, ich sei offensichtlich eine gute Lehrerin. Aber das war nur lieb gemeint. Die Wahrheit war offensichtlich; ich konnte es nicht leiden, Wasser in den Ohren zu haben, während es Sarah nie was ausgemacht hat. Deswegen konnte sie flach auf dem Rücken liegen, in voller Länge ausgestreckt, das Gesicht halb im Wasser. Wir haben früher Wettkämpfe gemacht, um zu sehen, wer am längsten liegen bleiben konnte. Sie hat jedes Mal gewonnen.

Das mit dem Sex ist jetzt genau drei Wochen her. Beim Gedanken daran wird mir schlecht.

Gestern Abend im Bett habe ich dagelegen und versucht, nicht über all das nachzudenken, was im letzten Jahr passiert ist. Aber wenn man versucht, über etwas nicht nachzudenken, muss man bloß noch mehr dran denken. Am Ende bin ich aufgestanden, habe mir meine Kapuzenjacke und die Jogginghose über den Schlafanzug gezogen, habe mich leise aus dem Bootsschuppen geschlichen und einen Spaziergang gemacht.

Ich habe keine Angst vor der Dunkelheit; das habe ich Dad zu verdanken. Dad hat immer gesagt, in der Dunkelheit herrsche eine eigene Form von Einsamkeit und die meisten Leute, die Angst vor der Dunkelheit hätten, fürchteten sich bloß vor ihrer eigenen Gesellschaft.

»Genieß sie, Tom, es ist die beste Tageszeit, und du hast sie ganz für dich.«

Also dachte ich im Gehen an Dad.

Ich landete vor dem Haus von Jonah. Es war immer noch mitten in der Nacht, deswegen machte ich es mir auf der Veranda bequem und wartete auf den Sonnenaufgang.

2

Bill wird wohl gewusst haben, dass ich nicht im Bootsschuppen bleiben konnte, aber als ich es ihm sagte, packte er sofort all meine Sachen in seinen Pick-up und fuhr mich zu Jonah.

»Bye, Tom«, sagte er. Bill ist nicht sehr gesprächig.

»Bis dann«, sagte ich. Dann musste ich weinen. Ich weiß nicht genau, warum.

Jonahs Haus ist winzig. Er hat mit seinen Eltern und einer Katze hier gewohnt, die Runaway hieß. Seine Eltern sind ertrunken, und die Katze wurde nie gefunden. Jonah war auf der Luftmatratze eingeschlafen und trieb, egal wie hoch das Wasser stieg, einfach obendrauf. Er hat nichts mitbekommen.

Nach der Flut zog Jonah zu seinem Großvater Jonathan Whiting. Das nächste halbe Jahr verbrachten Jonah und Jonathan – Jonah heißt nach seinem Großvater – damit, den ganzen Schlamm und Müll wegzuräumen, alles zu reparieren und neu zu streichen. Jonathan hoffte, die körperliche Arbeit würde heilsam wirken und seinem Enkel helfen, die Trauer durchzuarbeiten. Doch sobald es dort bewohnbar war, bat Jonah darum, wieder nach Hause ziehen zu dürfen.

Zuerst erlaubte sein Großvater das nicht und sagte, sechzehn sei zu jung, um ganz auf eigenen Füßen zu stehen. Aber Jonah war unglücklich. Im Ort war es laut; er sehnte sich nach der Stille, dem vielen Platz rundherum. Aber am meisten vermisste er seine Eltern, und ihnen konnte er zu Hause am nächsten sein. Und so gab sein Großvater im März, zehn Monate nach der Flut, nach. Einen Monat später zog ich ein.

Damit hatte Jonah nicht gerechnet.

Von Jonahs Haus geht man zu Fuß eine halbe Stunde zum Mavis Ornstein, so dass ich Nana jeden Tag besuchen kann. Ich habe ihr erzählt, dass ich zu Jonah gezogen bin. Ich habe ihr nicht erzählt, warum.

»Wunderbar, mein Schatz«, sagte sie, als sie die Neuigkeit erfuhr. »Es hat mir nicht gefallen, dass du bei Bill wohnst, aber was sollte ich machen?«

»Schon okay, Nana. Jetzt ist alles gut«, sagte ich.

Wir unterhalten uns wie immer. Nana erzählt, dass sie sich bei einem Kurs für Kunstverständnis im Gemeinschaftsraum angemeldet hat, der immer dienstagvormittags stattfindet.

»Malen oder Zeichnen?«, frage ich.

»Nein, nein, Schatz. Kunst*verständnis*«, antwortet sie.

Ich weiß nicht recht, was ich sagen soll, also sage ich nichts.

»Eine junge Frau aus einem College in der Stadt macht eine Studie über *Besondere Lernfähigkeiten in einer alternden Bevölkerung*«, sagt Nana mit ihrer »wichtigen« Stimme. »Sie war letzte Woche hier, um uns kennenzulernen, und wirkte sehr engagiert. Anscheinend werden wir uns mit allen Formen der Kunst beschäftigen.«

Wenn Nana eines nicht leiden kann, ist es Monotonie.

»Ich wette, du wirst ihre Lieblingsteilnehmerin«, sage ich.

Nana lacht und beugt sich vor: »Eher ihr Versuchskaninchen.«

Ich bleibe bei Nana, bis es dunkel wird.

Als ich gehe, wird ihr das Abendessen gebracht. Vom Geruch wird mir übel.

Jonahs Haus hat ein Bad mit einer abgetrennten Dusche und einer kleinen Badewanne. Unser Wasser kommt aus einem Tank, deswegen können wir die Badewanne nicht oft benutzen, aber Jonah sagt, ich soll es mir ruhig ab und zu gönnen. Es tut so gut, bei ihm zu sein. Ich glaube, für ihn ist das genauso. Es ist, als hätte es keine Unterbrechung gegeben.

Als ich Nana erzählte, wie leicht wir wieder in unsere Freundschaft gefunden haben, sagte sie, wir hätten eindeutig den Beste-Freunde-Test bestanden.

»Echt«, sagt Jonah, »das hat sie gesagt?«

»Jep«, antworte ich.

Jonah und ich sind gerade beim Essenmachen. Ich schäle die Sachen und er kocht sie.

»Sie hat erzählt, sie hat im Lauf der Jahre ein paar Freunde gehabt, die ihn nicht bestanden haben. Für ihr Gefühl ist eine Zeit der Trennung der wichtigste Schlüssel dazu, die Besten von den Resten zu trennen.«

»Das hat sie so gesagt?«

»Nein. Sie hat ›Spreu vom Weizen‹ gesagt.«

Jonah hätte unheimlich gerne ein paar Hühner, aber die Flut hat die Schuppen und fast die ganzen Zäune weggerissen. Bill hat seine Hilfe angeboten. Jonah hat gesagt, er will darüber nachdenken.

Bill und ich sehen uns gelegentlich. Jonah findet das nicht richtig.

Gestern Abend waren Bill und ich an der Mündung angeln. »Wenn du noch nie nachts angeln warst, weißt du nicht, was du verpasst«, sagt Bill zu Jonah, und der nickt bloß. Es fällt Jonah schwer, mit Bill zu reden, weil er das mit dem Sex weiß. Er weiß auch, dass das Baby in meinem Bauch zur Hälfte Bills ist.

Ich nehme meinen neuen Angelkasten und gebe ihn Bill (weil er schwer ist und ich schon etwas von ihm trage).

»Herrje, Tom«, sagt Bill, als er das Gewicht meiner gesammelten Bleie spürt.

»Sind sie so schwer wie Gold?«, frage ich ihn.

»Denk schon«, sagt er.

Der Angelkasten ist einer aus der FishMaster-Super-Serie, und ihr werdet es nicht glauben, aber Mrs Peck hat ihn mir geschenkt. Ich glaube, Bill muss ihr gesagt haben, dass ich ein Kind bekomme.

»Da, Tom, für dich«, sagte sie mit ganz trockenem, klickendem Mund. Sie gab mir die Box und schlug vor, ich sollte mir sämtliche Teile ansehen, während sie für Bill nach Angelschnur suchte. Es war Ewigkeiten her, seit Bill und ich in Mingins Heimwerkermarkt gewesen waren. Mrs Peck sah aus, als könnte sie es gar nicht erwarten, doch bevor sie Bill in den Gang mit den Farben abschleppen konnte, kam die alte Mrs Beakle mit ihrem Rollator hereingetapst.

Eilfertig lief Mrs Peck hin, um sie zu bedienen. »Oh, hallo, meine Liebe«, sagte Mrs Beakle, »ich brauche nur ein paar Mausefallen.« Mrs Peck geleitete sie, genauso langsam schlurfend wie Mrs Beakle, »… und zwei Tellerhalter.«

Mrs Beakle brauchte so lange, um sich zwischen den frei stehenden Tellerhaltern und den Wandhaltern zu entscheiden, dass Bill beschloss, sich dazuzugesellen. »Bist du das, Bill, mein Lieber?«, fragte Mrs Beakle, als sie ihn bemerkte. Bill hob leise Mrs Pecks Rock von hinten an. Mrs Peck ließ eine Mausefalle fallen und beugte sich vor, um sie aufzuheben. »Ich glaube, die frei stehenden wären am schönsten«, sagte Mrs Beakle und nahm sich einen aus dem Regal. Dann schlurften alle drei zur Kasse.

Als Mrs Peck endlich das Geld für die Einkäufe kassiert hatte, sah Bill aus, als würde er gleich platzen. Mrs Peck gab Mrs Beakle ihr Wechselgeld.

»Tschüss, meine Liebe«, sagte Mrs Beakle, ohne noch an Bill zu denken.

»Tschüss, Mrs Beakle«, sagte der Mund von Mrs Peck, auf den Tresen gequetscht.

»Ich lass es nicht zu spät werden«, sagt Bill zu Jonah, als wir aus dem Haus gehen. Wir laufen durch die Dunkelheit zur

Mündung. Jonah winkt mir aus dem Fenster, ich mit dem Baby im Bauch, das zur Hälfte Bills ist, und er mein bester Freund.

Es ist komisch mit den Fischen, die man wieder reinwirft. Ich sitze auf dem Pier und denke darüber nach, als ein kleiner Wels, der dem Sarah-Wels ziemlich ähnlich sieht, plötzlich aus dem Wasser hochspringt. Bevor sie wieder reinplumpst, fängt sie an Happy Birthday zu singen, und es ist typisch Sarah, daran zu denken. Alle anderen Fische in der Bucht machen mit, bis das Platschen so laut wird, dass ich das Singen kaum noch höre.

»Kannst du das hören?«, ruft Bill mir über den Lärm hinweg zu.

Aber ich kann nicht antworten, weil ich weine. Ich weine ziemlich viel in letzter Zeit.

Schwimmen habe ich von Dad gelernt. Und als ich das konnte, hat er mir Kopfsprung beigebracht.

Kopfsprung kann einem Angst machen, wenn man es nicht früh lernt. Dad sagte immer, dafür wäre Mum ein gutes Beispiel. Offenbar hatte sie es mit über zwanzig zu lernen versucht und nie richtig kapiert, weil sie weiterhin immer lieber mit den Füßen zuerst reinsprang, ganz egal was Dad dagegen sagte. »Du bist ein schlechtes Vorbild, Angie«, rief er vom Ufer. »Guck nicht hin, Tom.«

Aber ich guckte immer hin. Ich fand, sie sah wunderschön aus, wenn sie sich am Seil vom Ufer über das dunkle Wasser schwang und, fast ohne zu spritzen, hineinglitt. Mum und

Dad lösten sich mit dem Schwimmen und dem Aufpassen auf uns Kinder ab, aber wenn Mum mit Aufpassen dran war, durfte ich immer mit Dad rausschwimmen.

Ich fand das toll. Er war ein guter Schwimmer und konnte mich beim Brustschwimmen auf den Rücken nehmen. Ich legte ihm die Arme um den Hals. Als ich gelernt hatte, die Luft anzuhalten, spielten wir U-Boot. Er zählte, und dann holten wir Luft und tauchten unter Wasser. Mum mochte unsere Spiele nicht. Sie behauptete, wir machten ihr Angst.

Seit der Flut war ich nur im Freibad schwimmen. Einmal bin ich in den Crabs Creek gefallen, als Bill und ich angeln waren. Ich bin vor Angst erstarrt. Bill musste mich rausziehen.

»Was ist das?«, frage ich Bill, als er mir eine kleine Schachtel überreicht, die als Geschenk verpackt ist. Bill ist mich bei Jonah besuchen gekommen, mich und das Fischlein, das zur Hälfte Bills ist, aber sich inzwischen anfühlt wie zur Hälfte Jonahs. Ein komisches Gefühl.

Noch komischer ist, wie Jonah sich verhält. Bill und er benehmen sich ziemlich zivilisiert. Ich weiß, dass die beiden sich neulich Abend gestritten haben. Vielleicht haben sie einen Waffenstillstand geschlossen.

»Mach auf«, sagt Jonah. Also ziehe ich die Schleife auf und nehme den Deckel ab. In der Schachtel liegt ein winziges goldenes Angelblei an einer Kette. Ich lege sie mir auf die Hand und fühle das Gewicht.

»Oh, Bill.« Mehr kann ich nicht sagen, als ich die Augen wieder öffne.

»Sie ist auch mit von Jonah«, sagt Bill.

Jonah grinst mich an. Sein Gesicht ist ein bisschen verlegen, und mir wird klar, dass er das Geheimnis schon eine Weile für sich behalten hat. »Mach sie um«, sagt er und zeigt auf meinen Hals. Jonah hat Pianistenhände, lange, schlanke Finger. Er legt mir die Kette um und klipst sie zu.

Im Bootsschuppen gab es keinen Spiegel, aber in Jonahs Haus gibt es drei. Ich entschuldige mich und gehe ins Bad. Der Badezimmerspiegel ist klein, aber dort bin ich allein, und ich bleibe eine ganze Weile davor stehen. Dann drücke ich auf die Spülung und gehe wieder in die Küche.

Als ich das nächste Mal zu Mingins Heimwerkermarkt gehe, trage ich das Blei um den Hals.

»Oh, was hast du denn da?«, fragt Mrs Peck, leckt sich die Lippen und denkt wahrscheinlich, wie viel besser das Blei an ihr aussehen würde.

»Ich will Ihnen sagen, was ich habe«, sage ich, werde ganz leise und beuge mich dicht an ihr Ohr. »Ich habe ein Baby im Bauch, das zur Hälfte Bills ist, und wenn Sie je wieder mit mir reden, erzähle ich Mr Peck alles, was ich weiß.«

In der Stille, die dann eintritt, gucke ich zu, wie Mrs Pecks Mund auf- und zugeht. Ich sehe die kleinen Stellen an ihrem Hals, wo sie sich in eine Schnur verfangen hat. Und das ist nicht alles.

»Warten Sie, ich helfe Ihnen kurz, Mrs Peck«, sage ich und ziehe ihr einen glänzenden FishMaster-Super-Serien-Haken aus der hässlichen Unterlippe.

Ich habe ein paar Tage das Haus nicht verlassen. Jonah ist der Ansicht, ich brüte. Aber das bezweifle ich. Ich drehe die ganze Zeit bloß Däumchen. Hänge rum und pütschere vor mich hin. Mum hat immer behauptet, das wäre ein und dasselbe, aber das finde ich nicht. Wenn man pütschert, tut man was, im Garten zum Beispiel, aber wenn man rumhängt, nimmt man sich höchstens vor, was zu tun. Ich kann inzwischen beides ziemlich gut.

Heute Abend hat Jonah Fisch und Kartoffelbrei zum Essen gemacht. Ich habe abgewaschen, und jetzt sitzen wir auf dem Sofa. Manchmal wünschte ich, wir hätten einen Fernseher.

»Hast du was gesagt?«, fragt Jonah.

»Ich bin müde«, sage ich. »Ich glaube, ich gehe ins Bett.«

Ich schlafe in Jonahs Zimmer. Er schläft im Zimmer seiner Eltern. Manchmal höre ich ihn nachts weinen. Wir reden nicht drüber.

Auf einmal klopft es laut an der Tür. »Lass uns lieber abhauen«, schreit das Fischlein und tritt mir in die Rippen. »Das ist die *Polizei.*«

Ich sitze viel zu gut, um mich zu bewegen.

»Ich geh hin«, sagt Jonah. Er streicht mir einmal sanft über den Bauch und geht dann an die Tür.

»Hallo«, sagt eine Männerstimme.

»Hallo«, sagt Jonah.

Der Mann stellt sich und seine Kollegin vor. Sie sind Kriminalbeamte aus West Wrestler. Ein Mann und eine Frau.

Einen Augenblick ist es still, dann fragt die Frau: »Bist du Jonah Whiting?«

»Ja«, sagt Jonah.

»Wohnt Holly Thomas hier?«, fragt sie weiter.

»Ja.«

»Dürfen wir reinkommen?«, fragt der Mann.

Das Fischlein hat aufgehört herumzuschwimmen und flüstert mir zu, ich soll leise sein. Ich warte darauf, dass jemand etwas sagt. Jonah bricht das Schweigen.

»Ist irgendwas?«

»Wir würden lieber mit Holly sprechen«, sagt die weibliche Stimme.

»Na ja, sie schläft«, sagt Jonah.

Das Sofa ist alt und weich und hat eine ziemlich hohe Lehne, deswegen kann man mich von der Haustür nicht sehen.

»Okay«, sagt die Frau nach einer kurzen Pause, »wir kommen ein andermal wieder.«

»Kann ich ihr sagen, worum es geht?«, fragt Jonah.

»Es hat mit Bill Hamperton zu tun«, sagt der Mann.

3

»Ich hasse Mrs Peck«, sage ich und werfe mich auf Nanas Bett. Nana sitzt auf ihrem Sessel und liest oder macht das Kreuzworträtsel, ich kann nicht richtig sehen, was von beidem.

»Es wäre mir lieber, du würdest ein anderes Wort benutzen als ›hassen‹«, sagt sie und wirft mir ihr Synonymlexikon zu.

Ich schlage es auf und suche ein paar aus, die mir gefallen. »Verabscheuen, verachten, grässlich finden. Nicht ausstehen können, zuwider sein, Abneigung / Feindseligkeit / Groll empfinden, gefressen haben …«

»Tom! Hör auf zu nerven und gib mir noch ein Schlückchen«, sagt sie. »Aber nicht verraten.« Ich taste unter ihrem Kissen herum, bis meine Hand die Flasche findet.

Ich liebe Nana. Und Papa liebe ich auch.

Jonah findet es seltsam, dass ich jemanden liebe, der schon vor meiner Geburt gestorben ist. Als ich ihm sagte, dass ich auch das Fischlein liebe und dass ich sie streng genommen ja auch noch nicht kenne, verdrehte er die Augen.

»Sehr tiefsinnig, Jonah«, sagte ich, um zu zeigen, dass ich

das Augenverdrehen registriert hatte. Es ärgert mich, dass jemand, der so klug ist wie Jonah, manchmal so fantasielos sein kann.

»Tiefsinnig?«, fragte er.

Es war deutlich, dass ihn das Wort störte, aber das war mir egal. Ich liebe es. Ich liebe auch das Wort »gefräßig«, aber »tiefsinnig« ist eins meiner absoluten Lieblingswörter. Deswegen ging ich nicht auf seine Frage ein. Ich kann mich viel besser als er aufs hohe Ross setzen.

»Du weißt schon, was ich meine«, sagte Jonah nach längerem Schweigen. »Das ist was anderes.«

Was anderes. Ein sehr differenziertes Argument.

»Natürlich ist es was anderes«, antwortete ich und betonte das Wort genauso wie er. »Aber wenn ich ehrlich bin, Jonah, hätte ich gedacht, dass du das von allen am ehesten verstehen würdest.«

Wo war ich noch gerade? Ach, richtig, bei Nana.

Nana ist die Beste. Sie ist weise und herzlich und total liebenswert. Im Augenblick kippt sie gerade ihren vierten Gin. Pur. Vor dem Mittagessen. Bill behauptet, sie ist in Alkohol eingelegt.

Früher hat sie geraucht, aber als man ihr sagte, dass sie damit aufhören müsse, ließ sie es einfach sein. »Wenn Sie mir gesagt hätten, dass es so einfach ist«, sagte sie zu Dr. Frank, »dann hätte ich schon längst aufgehört. Grässliche Dinger. Fang bloß nicht an zu rauchen, Tom.« Keiner traut sich, sie zu drängen, mit dem Trinken aufzuhören.

»Ich hatte Besuch von der Polizei«, sagt Nana.

Ich sage nichts.

»Ist was passiert, Schatz?«

»Nee.«

»Du würdest es mir sagen, nicht wahr?«

Ich möchte ihr sagen, dass mir das Schwimmen morgens im Freibad fehlt und das Angeln von den Felsen im Crabs Gully und das Nasswerden bis auf die Haut. Aber manchmal ist es leichter zu lügen.

»Bei mir ist alles klar, Nana«, antworte ich.

Nana weiß, dass ich lüge, aber sie vertraut mir. Das Ding ist, alle anderen scheinen mich für zerbrechlich zu halten, aber Nana weiß, dass ich zäh bin.

»Tom, Schatz«, sagt Nana und unterbricht meine Gedanken. Sie reicht mir eine leere Vase. »Sei so gut und hol mir eine Ladung Eis.«

Neulich Abend war ich allein an der Mündung. Jonah schlief.

»Hallo, Bill«, sagte ich.

»'n Abend, Tom.«

»Beißen sie?«

»Kaum.«

Wir saßen zusammen, ich mit halb seinem Baby in mir, er mit niemandem.

»Willst du eine Schnur?«

»Du fehlst mir, Bill.«

»Du mir auch, Champ.«

»Schade, dass ich meinen FishMaster nicht dabeihabe.«

»Mit wem redest du?« Das war Jonah, der mich suchte. »Ich habe mir Sorgen gemacht.«

»Mir geht's gut«, sagte ich. »Bloß manchmal fehlt mir was.«

Jonah mag nicht angeln. Er isst Fisch, aber er kann sie nicht fangen. Er hält es nicht aus, wenn sie ihn angucken, sagt er. Ich weiß, was er meint, aber wenn ich das zu Bill sagen würde, wäre ich für ihn ein Schisser.

Jonah ist kein Schisser. Er ist bloß ein sanfter Typ, der keine Angst davor hat, mit Widersprüchen zu leben. Ich hätte gern »Antithesen« gesagt, aber das wollte nicht richtig passen. Mavis (aus Nanas Heim) sagt, ich habe »einen wissbegierigen Verstand, der nach mehr lechzt«, und hat mir deswegen ihr Synonymlexikon geschenkt. Das Fischlein findet das toll. Ihr Lieblingswort bisher ist »Füllhorn«. Es ist eines der Wörter unter dem Oberbegriff »Überfluss« (nicht zu verwechseln mit »Übermaß«).

Ich kann nicht glauben, dass ich noch nichts von der Zoohandlung erzählt habe.

Fielders Zoohandlung & Tierbedarf. Sie liegt in derselben Straße wie das Freibad und das Gericht, gleich neben der Kneipe, und sie ist die einzige Tierhandlung im Ort. Früher gab es drei, aber die anderen beiden haben nach der Flut zugemacht. Ich glaube, Mrs Blanket war die Einzige, die versichert war.

»Hallo, Mrs Blanket«, sage ich und lasse die Fliegentür hinter mir zuknallen.

Mrs Blanket winkt mir vom Tresen her zu. »Hallo, Tom. Lange nicht gesehen.«

»Jep«, sage ich. Ich komme jede Woche vorbei, manchmal mehr als einmal. Aber ich weiß, was sie meint.

Mrs Blanket erwähnt das Fischlein nicht.

Nach einer Minute oder so macht sie mit dem weiter, was sie vorher gemacht hat, und überlässt mich meinem Schicksal.

Die Vogelkäfige sind an der linken Wand, die Aquarien an der rechten, und in der Mitte stehen verschiedene Käfige mit Kaninchen, Meerschweinchen und Mäusen. Ich gehe langsam an den Fischen vorbei, damit das Fischlein sie sehen kann, und bleibe immer mal stehen, um etwas Besonderes zu bewundern. Aber das Beste ist ganz hinten, und Mrs Blanket weiß das: ein kleines Aquarium mit einer Freiheitsstatue und vier Riesenbarben. Mrs Blanket hätte sie beinahe durch die Flut verloren, als das steigende Wasser in das Aquarium zu laufen drohte. Am Schlamm an den Ladenwänden kann man sehen, dass nicht viel gefehlt hat. Alles andere ist ertrunken oder davongeschwemmt worden. Ich frage mich oft, ob die Barben Sarah gesehen haben. Es könnte sein, dass sie um die Feuerwehr getrieben ist, dann durch die Wesley Street, quer durch den Park und dann durch die Gasse hinter der Zoohandlung in den Laden hinein. Ich habe die Barben mehrmals gefragt und Sarah genau beschrieben, für den Fall, dass sie nicht gesagt hat, wie sie heißt. Aber sie wollen nicht reden.

»Sie sind noch größer geworden, Mrs Blanket.«

»Das magst du Recht haben, Tom«, sagt sie und strahlt vor Stolz.

»Welcher ist noch mal Oscar?«, frage ich, aber nicht, weil ich es vergessen habe; er ist unvergesslich.

»Das ist mein lieber Oscar«, sagt sie und zeigt auf den imposantesten Fisch, silbrig weiß mit riesigen, blau umrandeten Augen.

»Guck dir den an«, flüstere ich dem Fischlein zu.

»Ich glaube, der lebt nicht mehr lange«, antwortet sie ebenso leise.

»Was ist los, Tom?«, fragt Mrs Blanket.

Ich schlafe tief und träume von der Polizei. Sie stehen vor der Haustür, schon wieder, und unterhalten sich mit Jonah. Nur dass sie diesmal ein wenig aufgebracht klingen.

»Hör zu, du musst wirklich mit ihr vorbeikommen«, sagt eine Stimme.

»Sonst könnten wir gezwungen sein, Gewalt anzuwenden«, sagt eine andere.

Ich höre die Haustür zugehen. Öffne die Augen. Merke, dass es kein Traum war.

Jonah kommt an meine Tür, die ja eigentlich seine Tür ist, da ich in seinem Zimmer schlafe. »Bist du wach?«

Ich antworte nicht. Ich atme möglichst regelmäßig. Das Fischlein hält still.

»Okay, Tom. Ich will's mal glauben«, sagt Jonah. »Aber sie meinen es langsam ernst.«

»Ich weiß«, sage ich laut.

»Ich auch«, sagt das Fischlein, nur zu mir.

»Steh auf, und ich mache dir Frühstück.«

»Hörst du das«, sage ich zum Fischlein, »er macht uns Frühstück.«

»Hungrig?«, ruft Jonah während der drei Schritte bis in die kleine Küche.

»Wie ein Bär!«, rufen das Fischlein und ich unisono. Das Fischlein liebt das Wort »unisono«. Sie findet, es beschreibt uns perfekt.

»Gezwungen, Gewalt anzuwenden«, sage ich, als ich meinen Toast und die Eier halb aufgegessen habe.

»Ich wusste, dass du wach bist«, sagt Jonah. Er legt neues Brot unter den Grill. Ich schenke uns beiden Tee ein.

»Jonah.«

»Ja, Tom.«

»Danke.«

»Wofür?«

»Dass du mein bester Freund bist. Und dass du das Fischlein und mich bei dir wohnen lässt.«

Papa war gerade erst fünfzig geworden, als er bei einem Bootsunglück ums Leben kam, vor fast dreißig Jahren. Ich habe neulich zufällig mitgehört, wie Nana zu Mavis sagte, sie habe es als Ironie empfunden, als Mum, Dad und Sarah ebenfalls ertrunken sind. Ich bin nicht sicher, dass ich mit ihrer Wortwahl übereinstimme. Ich habe »Ironie« im Synonymlexikon nachgeschaut, und die Varianten gefallen mir auch nicht besser. Da finde ich »Tragik« treffender. Für Tragik gibt es viel bessere Varianten, wie »Verhängnis« und »Schicksalsschlag«.

Papa sagt, ich soll mir keine Gedanken machen. Nana hat wahrscheinlich die Tatsache gemeint, dass bei allen Todesfällen Wasser im Spiel war. Egal. Ich bin trotzdem nicht ihrer Meinung, vor allem da Papa mir erzählt hat, dass er gar nicht ertrunken ist. Er hat sich im Propeller verfangen. Anscheinend war er vollkommen verstümmelt, so dass Mum, als sie seine Leiche identifizieren musste, beschloss, die Wahrheit für sich zu behalten.

Ich bin mir nicht sicher, aber ich glaube, einmal habe ich Mum gesehen. Bill und ich waren im Crabs Gully angeln und sahen dauernd jemanden auf den Felsen umherhuschen. Auf dem Heimweg entdeckte Bill einen Stofffetzen in einem der flachen Tümpel – ungefähr dort, wo wir die Person hatten laufen sehen. Bill fischte den Fetzen mit einem Stock aus dem Wasser. Zu Hause spülten wir ihn aus und legten ihn vor den Ofen. Als er trocknete, erfüllte er den Bootsschuppen ganz schwach mit dem Duft von Jelängerjelieber. Mums Duft. Es war kein Taschentuch, wie wir zuerst dachten, sondern eine Tasche von Mums Gartenschürze. Sie muss sie weggeworfen haben, damit ich sie fand und wusste, dass sie nicht weit war. Papa sagt, er hat sie noch nicht gesehen. Manchmal, sagt er, dauert es eine Weile.

An den meisten Tagen treibt sich Papa im Mavis Ornstein herum. Er sagt, er fühlt sich dort wohl. Außerdem haben alle ein Foto von ihm, so dass er sich ein wenig wie ein Held fühlt.

Das Fischlein hat die Angewohnheit, mich wach zu piksen. Das macht sie auch jetzt gerade, und ich versuche so gut es geht, sie zu ignorieren. Je runder ich werde, desto mehr Schlaf brauche ich und desto mehr pikst sie. Im Augenblick stößt mich ihre Flosse in die Rippen.

»Au«, stöhne ich, »lass das.«

»Da ist jemand an der Tür«, flüstert sie. »Vielleicht ist es die Polizei.«

»Was soll ich tun, Papa?«

»Na, früher oder später wirst du mit ihnen reden müssen«, sagt er.

»Dann lieber später«, sage ich und drehe mich auf die Seite. Ich versuche wieder einzuschlafen, aber durch die Störung stehen meine Chancen schlecht.

»Au, der hat *richtig* wehgetan«, sage ich, diesmal lauter, als ich wieder einen Stoß bekomme.

»Ich werde seekrank, wenn du auf der linken Seite liegst«, sagt sie mit ihrer Quengelstimme. Ich drehe mich auf den Rücken und lausche eine Weile der Stille. Dann beschließe ich, dass es sicher ist aufzustehen. Das Fischlein und ich gehen zur Toilette. Ich muss oft pinkeln. Auf dem Weg in die Küche fällt mir auf, dass Jonahs Bett leer ist. Es muss nach neun sein. Jonah arbeitet samstagvormittags im Pie Shop. Früher hat er auch donnerstags nach der Schule gearbeitet. Ich weiß eigentlich nicht, warum er aufgehört hat.

Die Schule wurde durch die Flut schwer beschädigt. Der Unterricht wurde auf unbestimmte Zeit ausgesetzt, und es schien, als würde er nie wieder losgehen, bis eine Woche vor Weihnachten ein Politiker mit einem Filmteam aufkreuzte.

Die Leute sagten so Sachen wie »eine Schande ist das« und »nicht einmal für die Grundversorgung sind Mittel da« und »nur in der Provinz« und »in der Stadt würde so etwas nie passieren«. Zwei Wochen später kamen Laster. Am ersten Januar begannen die Bauarbeiten, und zwei Wochen später tauchten vier Lehrer auf. Der Bürgermeister brachte sie in Wohnwagen hinter dem Rathaus unter. Im Februar begann der Unterricht, aber er musste noch drei Monate im Rathaus stattfinden, bis die Arbeiten fertig waren. Am Muttertag kam der Politiker mit dem Kamerateam wieder und eröffnete das neue Schulgebäude, zum Gedenken an die Tragödie.

Jonah liebt die neue Schule. »Besser als die alte«, sagt er. »Alle Räume haben eine Klimaanlage, und es gibt einen Basketballkorb, und sie haben das Korbballfeld in Stand gesetzt, und die Toiletten lecken nicht mehr, und für die Jungs gibt es ein Urinal aus Edelstahl mit automatischer Wasserspülung.«

»Und sonst?«, frage ich

»Es fehlen halt viele.«

»Und sonst?«

»Miss Pearson ist da, aber Mrs Buckle ist ertrunken und Mrs Lee ist zu fertig, um wiederzukommen.«

»Wurde das so gesagt?«

»Nein, offiziell ist sie wegen Stress beurlaubt. Sie hat Ling und Betty verloren.«

»Und ›Die Fische‹?«

»Der neue Kunstlehrer hat sie neu gemalt. Mr Wo.«

»Wie denn neu gemalt?«

»N. E. U. G. E. M. A. L. T.«, buchstabiert Jonah, als wäre ich zu doof zum Kuchenessen. Das ist noch so ein Spruch von Nana. Papa sagt immer »zu dumm für Roastbeef«.

»Aber hat er sie so gelassen, wie sie waren?«

Ich habe »Die Fische« geliebt. Irgendwer hatte vor Jahren eine Unterwasserlandschaft an die westliche Wand des Laubengangs gemalt. Ich bin jeden Tag vorbeigegangen und kannte jedes Detail. Es war ein Bild aus der dunklen Tiefe, und die Fische und Quallen waren besonders verrückt. Keiner wusste, wer es gemalt hatte. Der Künstler hatte keine Signatur hinterlassen, nur in die rechte untere Ecke »Die Fische« geschrieben. Aber ich habe den Verdacht, dass es ein Bekannter namens Dave McKewen war, weil Mum ungefähr um dieselbe Zeit anfing, ihn einen »stillen Romantiker« zu nennen.

Das ganze Ding war mit Kreide gemalt.

Was wunderbar war, solange es nie regnete.

»Du solltest es sehen, Tom.«

»Ich weiß nicht«, sagte ich. »Was ist, wenn es anders geworden ist? Wenn es verhunzt ist?«

»Tom«, sagte Jonah, als versuchte er auf mich einzugehen, »es ist wunderschön. Mr Wo ist echt sensibel.«

»Sensibel?«

»Das hat eine Lehrerin gesagt; es sei eine sensible Interpretation.«

Darüber dachte ich einen Augenblick nach. »Ich glaube, das muss ich mir selber ansehen«, sagte ich.

»Ja«, sagte Jonah, »es wird sowieso Zeit, dass du wieder in die Schule kommst.«

4

Jonah hatte Recht. Ich musste wirklich mal wieder in die Schule.

Ich machte mich gleich am nächsten Wochenende auf den Weg, aber nur um mir Mr Wos Wandgemälde anzusehen. Jonah und ich trafen uns Samstagnachmittag, gleich nach seiner Arbeit. Er brachte Würstchen im Schlafrock und Soße mit, und wir setzten uns auf die Bank unter dem Zylinderputzerstrauch, aßen schweigend und sahen uns dabei das schönste Gemälde an, das ich je gesehen habe. Die ganze Wand war mit Fischen und Korallen und Seepferdchen und Quallen und Seetang, mit winzigen Seesternen auf den Felsen und Haifischen im Hintergrund bemalt. Und alles schwankte in der Strömung. Das neue Bild war noch schöner als das Original, auch wenn ich wünschte, dass es nicht verloren wäre. Jetzt, wo ich es nie mehr wiedersehen kann, werde ich es mir wahrscheinlich anders vorstellen. Später, in vielen Jahren, werde ich wie Nana sein, die sich an alles so erinnert, wie sie es gerne haben möchte, und dann wird mir Dave McKewens Bild für immer verloren sein.

»Gefällt es dir nicht?«, fragte Jonah.

»Ich finde es unheimlich schön«, antwortete ich, und das war die Wahrheit.

»Weshalb machst du dann so ein trauriges Gesicht?«

»Als Mum ihren Ehering verloren hatte, hat Dad zwei Jahre gespart und ihr dann einen neuen gekauft. Er war wunderschön. Und Mum hat ihn geliebt. Aber jetzt verstehe ich, warum sie geweint hat, als sie ihn an den Finger steckte. Er erinnerte sie daran, wie sehr sie den alten vermisste.«

Wir blieben dort sitzen, bis es kalt wurde. Als wir beschlossen zu gehen, nahm Jonah den langen Weg, an den neuen Schulgebäuden und dem Netzballfeld vorbei. »Ich weiß, was du bezweckst, Jonah«, sagte ich, »aber ich bin noch nicht so weit.«

»Ich weiß«, sagte Jonah. »Aber du hast schon ein Jahr verpasst.«

Es ist ein kalter, windiger Samstag. Das Fischlein und ich haben noch eine gute Stunde, bis Jonah Feierabend hat, deshalb vertrödeln wir Zeit in der Zoohandlung. Mrs Blanket hat geheizt, also ist es da schön warm.

Wie gewöhnlich stehe ich vor dem Aquarium mit den Riesenbarben. Ich träume vor mich hin, und deshalb bekomme ich einen Schreck, als Oscar anfängt mit mir zu reden.

»Ich hab sie gesehen«, sagt er. »Sie hatte langes braunes Haar und hatte einen Schnorchel dabei. Ich hab ihr gesagt, dass ein Schnorchel nichts nützt, wenn man ihn nicht benutzt, aber sie hat gesagt, es wäre schon zu spät.«

»Danke, Oscar.« Ich kann es nicht glauben, dass er sich

endlich dazu entschlossen hat, mit mir zu reden. »Warum hast du nicht schon früher was gesagt?«

»Ich hatte Angst, dir wehzutun.«

»Ich bin zäh.«

»Das ist mir inzwischen klar geworden.«

Wenn es möglich wäre, dass ein Fisch lächelt, dann würde ich schwören, dass er lächelte.

»Das Fischlein sagt, du wirst bald sterben.«

»Schlaues Kind, dein Fischlein.«

Die vier Barben liegen Seite an Seite im Wasser, fast reglos, und sehen mich und das Fischlein an. Mrs Blanket unterhält sich mit einem Kunden über ein Meerschweinchen.

»Oscar«, sage ich und zögere einen Moment, um den richtigen Ton zu finden. »Warum hast du es den anderen nicht gesagt?«

»Es gibt Barben und *Barben*«, entgegnet er. »Die drei hier sind lieb, aber unkommunikativ. In vierzehn Tagen wird ihnen auffallen, dass ich auf der Seite schwimme, aber die Einzige, die trauert, wird Mrs Blanket sein. Die drei werden einfach drüber hinwegsehen.«

»Ich nicht«, sage ich. »Ich werde dich furchtbar vermissen.«

»Ich dich auch«, antwortet er.

Ich wende mich zum Gehen.

»Tom«, ruft Oscar hinter mir her. »Die Polizei war hier, um Fragen zu stellen.«

»Was für welche?«

»Bloß so Sachen über deine Familie.«

»Danke, Oscar.«

Und dann fällt mir noch was ein. »Haben sie was von Dad gesagt?«

»Das weiß ich nicht mehr.«

Keiner sagt je etwas über Dad. Ich kann mir das nicht erklären. Nana und Papa reden nur über Mum. Sie war natürlich ihre Tochter. Aber trotzdem. Es ist seltsam, oder? Doch vielleicht bin ich auch nur supersensibel.

Dad war groß und schlank und braun. Er hielt sich nicht gerne im Haus auf und verbrachte seine ganze Zeit im Garten. Sein Abendessen aß er auf der Veranda, und er schlief in der Hängematte. Zum Duschen kam er nicht rein, weil er eine Dusche im Schuppen und einen Donnerbalken hinter der Garage hatte. Mum nannte ihn ein Paradoxon. Sie verstand nicht, warum er im Schuppen duschen mochte, aber es im Haus nicht aushielt. Das Wort »Paradoxon« gefällt mir total gut. Und ich mag auch alle Varianten außer »Absurdität«. Das passt für mich irgendwie nicht dazu.

Alle haben gesagt, Dad sei begabt. Mum hat immer gesagt, mit den Händen könne er alles. Wir hatten einen Teich hinten im Garten. Dad hatte ihn dicht am Fluss gegraben, mit einem kleinen Kanal, der ihn mit frischem Wasser speiste, und einem Überlauf, der verhinderte, dass er über die Ufer trat. In der Mitte war ein Springbrunnen aus Metallschrott, den Dad sich auf dem Recyclinghof von Bunter & Davis zusammengesucht hatte. Paul Bunter und Jacko Davis waren Dads Freunde, und sie schenkten ihm alles, was er haben wollte. Dafür machte er ihnen die ganze Elektrik. Dad war kein gelernter Elektriker. Er hatte sich das Wissen einfach selbst angeeignet.

Dad und ich hatten es besser miteinander als Dad und Sarah. Wahrscheinlich weil Sarah ein sanftes Mädchen und ich ein Wildfang war. Dad hat nie viel geredet, über nichts, und Sarah war ein Plappermaul. Also stritten Dad und ich uns nie, gingen uns nie auf die Nerven, rückten uns nie zu sehr auf die Pelle. Mums Ausdruck dafür war, dass wir in die gleiche Richtung schwammen. Vermutlich hatte sie Recht. Ich habe nie darüber nachgedacht, wie wohl ich mich in Dads Umgebung fühlte, bis ich mich an Bill gewöhnen musste. Bill ist ein komischer Kauz. Die Leute hier waren überrascht, als er mich aufnahm.

Ich habe ein wunderschönes neues Wörterbuch. The Chambers English Dictionary. Es hat eintausendsiebenhundertzweiundneunzig Seiten. Darin habe ich ein tolles Wort gefunden: »Solitär«. Das heißt unter anderem Sonderling. Ich wollte ein Wort finden, das Dad beschreibt, aber ich bin nicht sicher, dass Solitär das richtige ist. Trotzdem ein tolles Wort.

Mavis hat mir das Wörterbuch zum Geburtstag gekauft. Sie sagt, die Idee stammte von ihrem Mann (der ja in Wirklichkeit Papa ist). Mavis sagt, ihr Mann glaubt, dass ich hochintelligent bin. Ich weiß, dass es in Wirklichkeit Papa ist, der ihr diese Dinge sagt, weil Mavis mit Betsy Groot in einem Zimmer wohnt und Betsy mir erzählt hat, dass Mavis nie verheiratet war. Wahrscheinlich hat Nana das auch schon immer gewusst.

»Vielen Dank für das Wörterbuch.«

»Gern geschehen, Tom«, sagt Papa. Er sitzt im Schaukelstuhl auf der Veranda des Mavis Ornstein und wirkt, als wäre er hier irgendwie falsch. Weil er zu jung aussieht.

»Ich weiß«, antwortet er, als ich ihm das sage. »Aber ich bin alt. Im November werde ich achtzig, gleich nach deiner Großmutter.«

»Du bist nicht alt, Papa. Du bist fünfzig.«

»Nein, Tom, ich *war* fünfzig. Der Schein trügt, wenn man tot ist.«

Manchmal sitzen Papa und ich den ganzen Nachmittag auf der Veranda. Manche der alten Leute grüßen ihn, wenn sie vorbeigehen, andere nicht. Ich denke, einige erkennen ihn vom Foto. Manche Leute sehen weder ihn noch mich. Für Papa sind das die traurigen Fälle.

Ungefähr einmal die Stunde sieht er nach Nana. Sie reden nie miteinander. Nana führt Fantasiegespräche mit ihm, aber keine wirklichen. Doch ich glaube, sie weiß, dass er da ist. Kleinigkeiten verraten sie. Zum Beispiel setzt sie sich nie in den Schaukelstuhl, wenn Papa schon da sitzt. Sie geht immer um ihn herum, nicht durch ihn hindurch (wie die traurigen Fälle). Und es wäre ganz typisch für sie, ihn dreißig Jahre lang zu ignorieren, um ihn dafür zu bestrafen, dass er sie so jung verlassen hat. Mum und Dad haben Glück, dass sie zusammen sind. Ich wüsste gern, ob sie Sarah gefunden haben.

Sarah ist drei Jahre jünger als ich. Na ja, auf eine Art ist sie jetzt sogar vier Jahre jünger. Es ist ein bisschen verwirrend.

Als sie ertrank, war sie drei Jahre jünger, und das ist jetzt über ein Jahr her. Wie auch immer. Zwischen Sarah und mir hatte Mum eine Fehlgeburt. Zwillinge. Ich wüsste zu gern, ob es zwei Jungen, zwei Mädchen oder ein Mädchen und ein Junge waren.

Ich halte oft Ausschau, für den Fall, dass sie vielleicht mit dem Sarah-Wels herumschwimmen. Jonah findet, ich mache mir zu sehr einen Kopf, wenn ich mir über solche Sachen Gedanken mache. Er meint, ich soll mehr loslassen.

Diesen Rat, dass man loslassen soll, habe ich nie verstanden. Was heißt das? Was soll man loslassen? Und wie lässt man etwas los, wenn man nicht einmal weiß, ob man daran festhält? Und außerdem, was ist so verkehrt daran, an etwas festzuhalten?

Für Papa ist »Loslassen« New-Age-Gelaber.

Ich bin abends im Dunkeln auf dem Weg zu Jonah, als ich vor mir Stimmen höre. Das Fischlein schläft fest, und ich will sie nicht wecken, obwohl das schade ist, weil sie so gute Ohren hat. Weil der Kies laut knirscht, bleibe ich stehen. Ich erkenne Jonahs Stimme. Er lacht über etwas. Dann kommt eine Männerstimme. Älter und melodiöser. Sie klingt, als würde der Mann mehr singen als sprechen. Ich höre so genau hin, wie ich kann, aber kann keine Wörter erkennen.

»Tom!« Das ist Jonah. Ich sage nichts. »Tom!«, brüllt er. »Komm Mr Wo kennenlernen.«

Mir wird klar, dass ich hell erleuchtet bin. Der Mond ist hinter einer Wolke hervorgekommen und hat mich verraten.

»Okay«, rufe ich und versuche dabei möglichst nicht wie der letzte Idiot zu klingen. Dann gehe ich die gut dreißig Meter bis zum Haus.

Mr Wo ist sehr jung. Er heißt mit Vornamen James, und er sagt, wir können ihn außerhalb der Schule auch gerne so nennen. Er sagt, er würde sich lieber von allen mit James anreden lassen, aber Mrs Haversham, eine der älteren Lehrerinnen, fände das respektlos. Jetzt ist er zu Jonah nach Hause gekommen, um mich kennenzulernen. Das hat bestimmt Jonah eingefädelt. Er weicht ständig meinem Blick aus.

»Also, Tom, was meinst du, wann du wieder in die Schule kommen wirst?«, fragt Mr Wo ohne jede Umschweife.

»Ich bin schwanger«, antworte ich und spüre ein Stechen in den Augen. Bitte nicht vor Mr Wo weinen, bettle ich, aber das findet kein Gehör, und über meine Wangen krabbeln kleine Kaulquappen.

»Das tut mir leid«, sagt Mr Wo. »Kann ich helfen?«

»Nicht schlimm«, sagt Jonah. »Sie fängt sich gleich wieder, oder, Tom?«

Ich nicke. Ja.

Nach einer Weile höre ich auf zu weinen. Ich schnupfe mich aus, und als ich aufblicke, sehe ich vor mir Jonah und Mr Wo, die beide lächeln. »Was ist?«, frage ich beide zusammen.

»Nichts«, sagt Mr Wo. »Magst du jetzt reden?«

»Okay.«

»Du hast seit der Flut nicht am Unterricht teilgenommen, so dass du fast die ganze Neunte verpasst hast, und jetzt ist schon September, so dass die Zehnte auch bald vorbei ist.« Er wartet auf eine Reaktion von mir, aber ich sage kein Wort.

»Also gut«, sagt er und holt einmal tief Luft. »Wie fändest du es, in den nächsten paar Monaten das neunte Schuljahr nachzuholen, mit dem Ziel, nächstes Jahr in die zehnte zu gehen?«

Ich suche Jonahs Blick. »Das wäre doch gar nicht so schlecht«, sagt er.

Er hat Recht. Aber ich werde mich trotzdem wie ein Versager fühlen.

»Tom«, sagt Jonah, der in meiner Miene liest, »es ist doch nicht so, dass du die Klasse *wiederholen* würdest.«

»Du hast gut reden«, antworte ich.

»Ich weiß«, sagt Jonah.

Eine Minute oder so bleiben wir alle drei stumm. Schließlich durchbricht Mr Wo die Stille. »Also«, sagt er. »Ich habe gedacht, ich könnte Jonah für dich Arbeit mitgeben, die du zu Hause machst. Und ich könnte einmal die Woche herkommen, um zu sehen, wie du zurechtkommst.«

Er zieht eine Augenbraue hoch und sieht mich an. Jonah grinst schief. »Wie hört sich das an, Tom?«

»Gut. Das hört sich gut an. Danke, Mr Wo«, sage ich.

»James«, sagt er und lächelt. Er ist nett. Er hat ein richtig hübsches Gesicht.

Mr Wo – *James* – steht auf, um sich zu verabschieden. »Dich sehe ich Montag, Jonah«, sagt er. Dann sieht er mich an und sagt: »Und dich sehe ich Freitagnachmittag, Tom.«

»Ja, gut«, sage ich und lasse seinen Namen weg. »Danke.«

Jonah und ich stellen uns in die Tür und sehen zu, wie er zu seinem Auto geht.

»O nein«, sage ich zu Jonah. »Ich habe vergessen, ihm zu sagen, wie toll ich das Wandgemälde finde.«

»Sag's ihm Freitag«, sagt Jonah.

5

Das Fischlein und ich sind unten an der Mündung. Jonah hat uns hergebracht, als er von der Schule kam. Er hat den FishMaster getragen. Wenn es dämmert, kommt er wieder, um mich und das Fischlein und den FishMaster nach Hause zu holen.

Ich bin heute nicht so gern hier. Bill ist nicht da, von Sarah keine Spur, das Fischlein scheint keine bequeme Position zu finden, und um dem Fass den Boden auszuschlagen (noch so ein Nana-Spruch), weht jetzt plötzlich eine frische Brise von Ponters Corner, und mir wird kalt. Ich sollte nach Hause gehen, aber ich will meinen FishMaster nicht hier stehenlassen.

»Sieh an, wen haben wir denn da?«

»Hallo, Bill, ich dachte mir gerade, wenn du hier wärst, könntest du mich nach Hause bringen.«

»Du bist ein fauler Hecht«, sagt er.

»Mir ist kalt.«

»Dann komm«, sagt er und hilft mir auf die Beine. »Wo ist deine Angel?«

»Ich habe sie nicht ausgeworfen«, sage ich und fühle mich

ein bisschen dämlich. »Es ist nicht dasselbe –«, sage ich, ohne den Satz zu vollenden. Aber Bill weiß ohnehin, was kommt.

Er bückt sich und nimmt den FishMaster in die Hand. »Was macht das Fischlein?«, fragt er.

»Unruhe«, sage ich.

Es ist Samstagnachmittag, und ich bin im Ort. Jonah hat heute um zwei Feierabend, also schlage ich bis dahin die Zeit tot. Weil die Zoohandlung irgendwann zwischen Mittag und halb zwei schließt (je nach Betrieb), gehe ich mit dem Fischlein zuerst dahin.

»Du siehst gut aus«, sage ich zu Oscar.

»Ehrlich gesagt ging es mir schon besser«, entgegnet er. »Was macht das Fischlein?«

»Ihr geht's gut, danke. Kann ich dich was fragen?«

»Sicher.«

»Du weißt doch noch, dass die Polizei hier war und nach mir gefragt hat.«

»Das habe ich dir doch gesagt.«

»Soll ich zu Sergeant Griffin gehen?«

Ich kenne Sergeant Griffin schon mein ganzes Leben. Er ist schon so lange hier Polizist, wie die Leute denken können. Er, Dad, Paul, Jacko und Bill kennen sich ewig. Sie sind immer zu fünft angeln gegangen, als sie jung waren, bevor Dad und Mum sich kennengelernt haben.

Vor der Flut war Sergeant Griffin mit allen gut Freund. Aber die Flut hat alles verändert. Papa sagt, sie hat alle Leute verändert, nur einige mehr als andere.

Aber weil Sergeant Griffin sich für The Crossing verantwortlich fühlt, hat er es persönlich genommen. So kann das in kleinen Orten gehen.

Vor der Flut waren die Dinge vorhersehbar. Jeden Freitagabend sperrte Sergeant Griffin die betrunkenen Ruhestörer ein. Bill meint, das waren keine schlechten Kerle, wenn sie nicht getrunken hatten (obwohl ich dachte, genau das wäre das Problem). Jedenfalls bekamen sie ein Bett in der Wache, schliefen ihren Rausch aus, und am nächsten Morgen kamen die Frauen und holten sie nach Hause. So hatte Sergeant Griffin es jahrelang gehalten. Manche Frauen fanden ihn besser als einen Eheberater.

Am Donnerstagabend spät fing es an zu schütten, und am Freitagabend führten die Flüsse Hochwasser. Um zehn drehte Sergeant Griffin seine Runde, sammelte zwei Betrunkene aus dem Pearl and Swine ein, steckte sie in die Zelle und ging nach Hause. Doch gegen Mitternacht nahm der Regen zu. Der Sturm wurde wild. Um eins fiel der Strom aus, und Sergeant Griffin sah sich zwischen den Möglichkeiten gefangen, bei seiner Frau und seiner vier Wochen alten Tochter zu Hause zu bleiben oder gegen das Wetter an zur Polizeiwache zu fahren. Ich weiß nicht, ob er viel hin und her überlegt hat. Nach allem, was ich über Sergeant Griffin weiß, war er immer zuallererst Polizist.

Als der Regen um zwei noch nicht nachgelassen hatte, fuhr er los. Er war erst wenige Kilometer weit gelangt, als das Hochwasser seinen Laster in den Fluss zu reißen drohte und er umkehren musste.

Er schaffte es nach Hause. Die beiden eingesperrten Männer ertranken.

Am Sonntag gegen Mittag erreichte die Flut ihren Höchststand. Muttertag. Als das Wasser ablief, lagen überall Leichen und Bäume und tote Kühe und umgedrehte Autos und Müll. Es stank entsetzlich. Sergeant Griffin borgte sich ein Aluboot mit Außenborder und fing bei Tagesanbruch am Montagmorgen an, Leute zu bergen. Mich hat er vom Dach der Feuerwache gerettet. Ich weiß nicht, wie ich dahin gekommen war. Ich weiß nicht, wie lange ich da gewesen war. Als er mich fand, war ich unterkühlt und halb verhungert und stand wahrscheinlich unter Schock.

Sobald ich sicher im Boot saß, reichte mir Sergeant Griffin ein Glas Erdnussbutter und einen Löffel. »Da, Kind«, sagte er. »Iss.« Ich habe Erdnussbutter nie gemocht, aber Nana hat Recht, wenn sie sagt, Hunger ist die beste Zutat für jedes Essen. Das ist kein richtiger Spruch, sondern bloß eine Beobachtung.

Sergeant Griffin brachte Montag den ganzen Tag lang Leute zum Mavis Ornstein, das auf dem Berg über dem Ort auf dem Trockenen sitzt. Das Heim wurde zu einer Art Notstation umfunktioniert, und einige der Bewohner mussten Beruhigungsmittel bekommen, weil sie nicht mit der Invasion fertigwurden. Ich hatte Glück. Nana stellte mich unter die Dusche, gab mir ihren Flanellpyjama zum Anziehen, nahm mich in die Arme und schaukelte mich in den Schlaf. Die nächsten zwei Wochen aß, schlief und weinte ich und wartete darauf, dass Mum und Dad und Sarah kamen und mich nach Hause holten.

Eines Morgens erschien Sergeant Griffin und erzählte Nana, dass unser Haus weggeschwemmt worden war. Es gebe einen Notfonds, sagte er, der mit den Kosten helfen werde. Und das Freibad sei voller Fische.

»Willst du mitkommen, Tom?«, fragte er. »Und helfen sie rauszuholen?«

Nana sah mich an und nickte.

»Ja, danke, Sergeant Griffin, aber ich habe nichts zum Anziehen.«

»Du kannst verkleidet gehen«, sagte Sergeant Griffin.

Nana sagte, ich könne anziehen, was ich wollte. Sie schlug ihr blau kariertes Kleid vor, und Betsy Groot meinte, ich dürfte mir ihre Fischbrosche leihen. Aber ich hatte in meinem Leben noch nie ein Kleid getragen. Deswegen zog ich lieber einen grau-grün gestreiften Pyjama von Mr Greerman an. Mr Greerman trägt immer nur Pyjamas, und er besitzt eine ansehnliche Sammlung. Er hat so viele Schlafanzüge, dass er sie in einem kolossalen Schrank aufbewahrt.

Okay, das mit dem Schrank habe ich dazuerfunden. Ich wollte nur gern das Wort »kolossal« benutzen. Es ist eine der Varianten für »ansehnlich«, und Mr Wo (James) ermuntert mich ständig, mein Vokabular zu erweitern. In Nanas Synonymwörterbuch steht auch noch das Wort »Vokabularium«. In meinem ist nur von »Vokabeln«, »Vokabular« und »Wortschatz« die Rede.

Als Oscar stirbt, ist Mrs Blanket so am Boden zerstört, dass sie den Laden schließt. Nur für den Tag, nicht für immer. Das Fischlein und ich stehen davor und spähen ins Schaufenster. Aber weil der Mittelgang so vollsteht, können wir nichts sehen. Unter das »Geschlossen« auf dem Schild an der Tür hat Mrs Blanket »Todesfall in der Familie« geschrieben.

»Das Fischlein hat gewusst, dass er stirbt«, erzähle ich Jonah abends beim Essen.

»Tom, du musst aufpassen, wem du solche Sachen erzählst«, mahnt Jonah.

»Wie meinst du das?«

Jonah ist oft so. Doktor Sorge. Manchmal hänsele ich ihn damit. »Also, Doktor Sorge«, sage ich, »was halten Sie von der Situation in Afghanistan?« Meistens fängt er dann an zu grinsen. »Tatsächlich?«, sage ich, so als hätte er geantwortet, und fahre dann fort: »Also, Doktor Sorge, haben Sie eine Meinung zur Finanzkrise?« So mache ich weiter, bis ich ihn zum Lachen gebracht habe.

»Im Ernst«, sagt Jonah. »Du bist nicht gerade in der besten Situation.«

»Nicht in der besten Situation? Wow, Jonah, das hast du toll gesagt.«

»Tut mir leid, Tom«, sagt Jonah, denn jetzt weine ich, und wir haben nicht aufgegessen. »Ich mache mir eben Gedanken über dich. Was wirst du machen, wenn das Fischlein da ist? Wo wirst du wohnen? Wie willst du an Geld kommen?«

Ich kann nicht mehr zuhören, also stehe ich vom Tisch auf und gehe in mein Zimmer. Jonahs Zimmer. Und ich bin sauer, weil er Recht hat. Ich habe nicht mal ein eigenes Zimmer.

»Tom«, sagt Jonah. Er steht vor meiner Tür – seiner Tür. »Tom, darf ich reinkommen?«

Das Wetter ist ziemlich warm, und das ist ein Glück, weil mir meine Sachen alle nicht mehr passen. Jonah sagt, er findet mich schön. Hier hat noch nie eine ihren Bauch vorgezeigt, und alle sind wahnsinnig nett, berühren ihn und legen das Ohr an meinen Bauchnabel, um zu hören, wie mein kleines Fischlein umherschwimmt.

Die Polizeiwache ist ein ganz normales Haus. Es ist cremefarben und weiß, mit einer halben Veranda davor. Man muss nicht anklopfen – obwohl an der Haustür ein großer Messingklopfer hängt.

Mum hat früher immer gesagt, wenn wir ein schlechter Ort wären, dann hätten wir mehr als einen Polizisten. Sergeant Griffin sei also Beweis genug. Nana sagt immer »Probieren geht über studieren«, aber ich bin nicht sicher, wie das auf Sergeant Griffin anzuwenden ist.

Er blickt auf, als ich hereinkomme, und lächelt. »Na, wenn man vom Teufel spricht.«

»Hallo, Sergeant Griffin«, sage ich.

»Wir haben gerade über dich geredet«, sagt er und nickt zur Couch hinüber. Ich folge seinem Blick, und da sitzen zwei Leute, ein Mann und eine Frau. Ich kenne sie nicht und habe deswegen keine Ahnung, warum sie über mich reden sollten.

»Diese Herrschaften sind aus West Wrestler«, fährt er fort, »und sie möchten dir ein paar Fragen über Bill stellen.«

»Ich habe Bill ewig nicht gesehen«, sage ich. Meine Stimme zittert.

»Irgendwas stimmt nicht«, flüstert das Fischlein.

»Ich weiß«, erwidere ich.

»Wie bitte?«, fragt die Frau. Aber ich gebe keine Antwort. Irgendwas Seltsames geht vor. Ich glaube, ich sollte mich lieber mal hinsetzen.

»Sie sieht nicht gut aus«, sagt die Frau zu dem Mann.

»Hilfe!«, schreit das Fischlein, und ich weiß, dass alle sie hören, weil mich alle drei anstarren.

»Schnell«, sagt die Frau, »rufen Sie einen Rettungswagen, ihre Fruchtblase ist geplatzt.«

The Crossing ist zu klein für ein eigenes Krankenhaus. Nein, das stimmt nicht ganz; es gibt hier ein Krankenhausgebäude, aber das steht leer. Nach der Flut war nur ungefähr die Hälfte unserer Bewohner übrig, und deswegen gab es keine finanzielle Förderung.

Im Mavis Ornstein gibt es eine Ambulanz, aber keine Möglichkeit für längere Behandlungen. Als Nana einen Eingriff brauchte, musste sie nach West Wrestler ins Mater Women's Hospital. West Wrestler ist eine richtige Stadt mit zwei Krankenhäusern, einem nur für Frauen. Dort werde ich hingebracht. Das Fischlein und ich sind im Polizeiwagen. Die Polizistin fährt. Schnell. Es sind 320 Kilometer nach West Wrestler, und wir werden in weniger als neunzig Minuten da sein. Es hätte zu lange gedauert, auf den Rettungswagen zu warten.

Jonahs Großvater Jonathan Whiting ist Nanas bester Freund. Er ist jünger als Nana, und sie nennt ihn ihren Springinsfeld. Sie stellt die Freundschaft gern vor Papa zur Schau.

Jonathan ist ein begeisterter Gärtner, und damit begann ihre Freundschaft. Er half Nana mit den unangenehmen Arbeiten. Sie war sehr selbstständig und wurde böse, wenn er ihr zu viel abzunehmen versuchte. Einmal hat sie zwei ganze Monate nicht mit ihm gesprochen. Da war sie von der Arbeit nach Hause gekommen und hatte festgestellt, dass er die Hecke geschnitten hatte. Sie war wunderschön geworden. Ganz ordentlich mit eckigen Kanten und einem sanften Bogen zum Gartentor hin. Aber die Hecke hatte Papa immer geschnitten. Es gefiel Nana zwar nicht, wie sie vor die Hunde ging, aber das war nicht der Punkt. Je wilder die Hecke wucherte, umso mehr wurden alle daran erinnert, dass Jude Seth Wolkoff tot war. Die Hecke war ein Zeichen ihres Verlusts gewesen.

»Er wollte nur helfen.«

»Er wusste das nicht.«

»Du kannst es ihm nicht übel nehmen.«

»Herrgott noch mal, Valerie, vergib dem armen Mann.«

Es war egal, was ihre Freunde sagten. Die Sache nahm sie zu sehr mit. Sie zog sämtliche Vorhänge zur Straße hin zu, damit ihr Blick nicht aus Versehen auf die Hecke in all ihrer Ordentlichkeit fiel. Die Nachbarn wagten nicht, etwas zu sagen, weil sie von Jonathans Werk eher angetan waren. Den meisten hatte die Verwilderung der Hecke nicht gepasst. Nana hat mir erzählt, dass sie sogar mal gehört hat, wie ihre direkten Nachbarn sich bei einem Makler darüber beklagten. Sie wollten verkaufen, um näher zu ihrer Tochter zu ziehen, und befürchteten, der Zustand von Nanas Hecke könnte den Verkauf erschweren. Anscheinend pflichtete der Makler ihnen bei und meinte, die Hecke könne möglicherweise den Wohnwert der Gegend mindern.

»Den Wohnwert?«, fragte ich Nana.

»Unterbrich mich nicht«, antwortete sie. »Ich bin gerade in Fahrt.«

Jonah hat, genau wie ich, nur einen lebenden Angehörigen.

»Danke für dein Vertrauen in mich«, meldet sich das Fischlein.

»Kann ich was für dich tun?«, fragt mich die Krankenschwester.

»Ich brauche mein Wörterbuch und mein Synonymlexikon«, sage ich. »Jonah kann sie mir bringen.« Zum Glück ist meine Fruchtblase nicht richtig geplatzt. Aber die Haut ist irgendwie schwach. Jedenfalls habe ich aufgehört Fruchtwasser zu verlieren und hänge an einem Tropf, der die Flüssigkeit wieder auffüllt.

Das Fischlein macht ein Nickerchen.

»Dr. Patek kommt gegen sechs nach dir sehen«, sagt die Schwester, als sie aus dem Zimmer geht.

»Sie ist etwas seltsam«, sage ich zu Papa, der seit dem Morgen bei mir ist.

Neben meinem Bett steht ein Telefon. Es klingelt. »Das wird Nana sein«, sagt Papa.

»Hallo, hier Tom.«

»Hallo, mein Schatz«, sagt Nana. Ich zwinkere Papa zu, um ihm zu zeigen, dass er Recht hatte. »Die nette Schwester hat mich gleich durchgestellt. Sie sagt, du hast ein eigenes Telefon und alles.«

»Und ein eigenes Bad.«

»Na, so was«, sagt sie zu mir. »Sie hat ein eigenes Bad«, erzählt sie jemand anderem. Ich höre Jonathans sanftes Lachen.

»Hallo, Jonathan«, sage ich über Nana.

Papa verzieht das Gesicht.

»Hallo, Holly.«

Nana hat ihre Hand über den Hörer gelegt und sagt etwas zu Jonathan – wahrscheinlich schimpft sie mit ihm, weil er mich Holly genannt hat. Dann räuspert sie sich. Es folgt eine lange Stille. Nana und ich telefonieren nie. In Bills Bootsschuppen gab es kein Telefon, und Jonahs Familie hatte früher Telefon, aber das ist noch nicht wieder reinstalliert worden.

»Was macht das Fischlein?« Nana klingt erleichtert, dass ihr eine Frage eingefallen ist.

»Sie schläft«, sage ich. »Sie füllen Flüssigkeit nach, damit sie bald wieder herumschwimmen kann.« Wenn Nana jetzt wieder antwortet, wird das noch ein richtiges Gespräch.

»Die Schwester, die ans Telefon gegangen ist. Wie heißt sie?«

»Ich weiß es nicht, Nana«, sage ich, »aber ich kann es herausfinden.«

Nana kennt gerne die Namen der Leute. Sie würde nach dem Telefonieren gern vor Jonathan und Mavis und Betsy Groot prahlen, indem sie Schwester Tamsin dies und Schwester Tamsin das sagt. Ich weiß nicht, ob die Schwester Tamsin heißt. Das habe ich mir nur ausgedacht.

»Ja, also …«, sagt Nana.

»Danke für deinen Anruf, Nana«, sage ich.

»Gern geschehen, Schatz.«

»Nana, kannst du Jonathan bitten, Jonah zu bitten, mir mein Wörterbuch und mein Synonymlexikon mitzubringen?«

»Gut, Schatz, aber vergiss nicht, du bist ziemlich weit von The Crossing entfernt. Ich weiß nicht, wie Jonah dahin kommen soll.«

»Aber ich brauche mein Wörterbuch und mein Synonymlexikon«, sage ich und leihe mir dazu die Fischlein-Quengelstimme.

»Gut, Schatz, ich gucke, was sich machen lässt.«

Am Eingang zur Entbindungsstation steht ein gigantisches Aquarium. Wenn man den Fahrstuhl nimmt, ist es das Erste, was man sieht, wenn die Türen aufgehen. »Vielen Dank an alle Mitarbeiter, in Dankbarkeit und Liebe, Familie Spencer« steht auf einer kleinen Messingplakette. Der Ton hat etwas Trauriges. So als würde jemand fehlen.

In dem Aquarium wohnen zahlreiche Fische, ungefähr

hundert kleine Schnecken mit rot-braun gestreiften Häusern, ein paar scheußliche Plastikpflanzen und eine einsame Schildkröte. Die Fische reden alle nicht, und das erinnert mich an etwas, was Oscar gesagt hat. »Das Aquarium ist voller Nullen«, sagt der kleine Schildkröterich.

»Nullen?«, frage ich und hoffe auf eine Erklärung.

»Mistviecher«, sagt er. Für eine Schildkröte ist er extrem wenig hilfsbereit.

»Kack«, fügt er hinzu. Ich weiß nicht, ob das eine Erklärung oder ein Fluch ist. Ich warte, ob er fortfährt, und als nichts mehr kommt, beschließe ich, dass er das ist, was Papa als Klugschwätzer bezeichnet. Laut Papa ist das Beste an Klugschwätzern, dass sie sich meistens ziemlich schnell verraten.

»Aha«, sage ich. »Na ja, wir sind hier nur mal so vorbeigekommen.«

»Ja, wie auch immer«, sagt er.

Ich will beinahe gar nicht mehr weg; er ist ein solcher Vollidiot.

6

Samstagmorgen fahren Mr Wo und Jonah den ganzen weiten Weg nach West Wrestler, um mich und das Fischlein zu besuchen. Jonah hat versprochen, mir mein Wörterbuch und mein Synonymlexikon mitzubringen, und Mr Wo bringt mir Aufgaben für die Schule.

Jonah trifft als Erster ein; Mr Wo ist noch in die Kantine gegangen.

Ich wünschte, Mr Wo hätte mich nicht gebeten, ihn James zu nennen. Soll ich ihn mit Mr Wo anreden, wenn er mich als Lehrer besucht? Das wird mir noch Knoten ins Hirn machen.

Ich frage Jonah danach, und er sagt, er benutze den Namen Mr Wo nur auf dem Schulgelände. Das weckt meinen Argwohn.

»Auf dem Schulgelände?«, entgegne ich mit einem Singsang in der Stimme.

»Nerv nicht, Tom.«

»Hallo, Tom«, unterbricht uns James Wo. *James Wo*: viel besser.

Wir hatten ihn beide nicht kommen hören. »Die Ärztin hat mir erzählt, dass du ein paar Wochen hier sein wirst«, sagt er, während er sich vorbeugt und seine Tasche auf den Boden stellt.

»Deshalb« – er schiebt die Tasche mit dem Fuß weiter – »habe ich mir erlaubt, dir ein wenig mehr Arbeit mitzubringen.«

Jonah und ich sitzen ruhig da. James Wo trinkt seinen Kaffee. Jonah starrt abwechselnd aus dem Fenster und zu James Wo hinüber. Schließlich zieht James Wo einen Stuhl an mein Bett und bespricht jede einzelne Aufgabe mit mir. Er braucht ungefähr eine halbe Stunde, um alles zu erklären.

Sprache sei eine meiner Stärken, sagt er, daher seien einige Aufgaben dazu gedacht, meine Fähigkeiten zu erweitern. Das, sagt er, wird das sein, was Spaß macht. Der Rest ist schlicht und einfach Wiederholung. Er hat einen Lehrplan ausgearbeitet, der mich so fit machen soll, dass ich im Sommer in die zehnte Klasse gehen kann (mit meinem Baby).

Was hat er gesagt? Das Fischlein soll mit zur Schule? Ist er betrunken? Ich sehe Jonah mit hochgezogener Braue an. Er verdreht die Augen. »Seid ihr beiden fertig?«, fragt James Wo und schaut zwischen uns hin und her. Jonah wird rot.

»Verzeihung«, sage ich. Jonah bekommt nichts heraus.

»Nun, das ist, glaube ich, alles«, sagt James Wo. »Es sei denn, du hättest noch Fragen.«

Ja. Ich würde gern wissen, wie meine Schule damit fertigwerden soll, dass ich mit einem Kind da aufkreuze. Doch stattdessen frage ich: »Warum lässt mein Synonymlexikon manche Wörter aus?«

»Gib mir ein Beispiel.«

»Vokabularium«, sage ich. »Und es gibt noch mehr.«

James Wo grinst. Ich glaube, er findet mich lustig.

»Ich könnte eine Liste zusammenstellen.«

»Ja, das könntest du«, sagt James Wo. Er steht auf. »Ich gehe ein paar Stunden in die Stadt«, sagt er zu Jonah und mir. »West Wrestler soll eine fantastische Bibliothek haben. Gegen drei komme ich wieder. Das sollte euch beiden Zeit genug geben, alles zu besprechen.«

Er nimmt eine kleine Karte aus der Tasche und steckt sie in eines der Bücher, die er auf dem Tisch neben dem Bett aufgebaut hat. »Das ist meine Handynummer, falls ihr mich braucht. Sonst sehen wir uns um drei.« James Wo lächelt, und dann wenden er und sein hübsches Gesicht sich zur Tür und gehen.

Es ist still. Jonah und ich sind allein. Das Fischlein schläft, wie anscheinend schon seit Tagen. Ich klopfe auf das Bett.

»Komm her, Jonah. Lass uns reden.«

Bills Pick-up hat eine Doppelkabine. Ich sitze mit ihm vorne, und hinten sitzen Paul Bunter und Jacko Davis. Wir sind zusammen nach Norden unterwegs, zu den Minbayon-Fällen. Dahin fahren immer alle, um Blaue Schwimmkrabben zu fischen, aber die Straße ist so holprig, dass ich ohne den Sitzgurt mit dem Kopf an die Decke oder ans Fenster oder beides fliegen würde. Auch so stemme ich mich mit einer Hand gegen das Armaturenbrett und kralle mich mit der anderen am Sitz fest. Die Fahrt zu den Minbayon-Fällen ist kein Vergnügen.

»Hast du Dienstag den Neuen im Ort gesehen?«, schreit Paul über den Lärm hinweg. Ich versuche nie mit Bill zu reden, wenn er fährt, weil er sich kaum je die Mühe macht, mir zu antworten. Aber Paul antwortet er.

»Nee«, sagt Bill, »aber ich hab gehört, er soll ein Schnüffler sein.«

Schnüffler. So nennt Bill jeden Mann, der ihm nicht willkommen ist, und soweit ich erkennen kann, sind ihm alle Fremden unwillkommen.

Paul beugt sich vor und hängt seine Arme zwischen mir und Bill über den Sitz. Der Zeige- und Mittelfinger seiner linken Hand sind von vielen Jahren Selbstgedrehten rostgelb verfärbt. »Ist 'n Freund von Jacko«, sagt er und deutet mit dem Daumen auf den Mitfahrer neben sich (für den Fall, dass uns entgangen war, dass Jacko mit in der Doppelkabine saß), »aus dem Westen nicht weit von Lake Wie-heißt-er-noch.«

Er schweigt einen Augenblick, aber Jacko kommt ihm nicht mit dem Namen des Sees zu Hilfe. So ist das immer. Wenn Paul nicht dabei wäre, würde die zweistündige Fahrt schweigend vergehen. Aber Paul ist ein Schwätzer. Bill sagt, Paul gehört zu den Typen, die eine Lücke im Gespräch sehen und gar nicht anders können, als sie zu füllen.

»Hast du ihn gesehen, Tom?«, fragt er mich, als deutlich ist, dass Bill jedes Interesse verloren hat.

Ich zucke gleichgültig die Achseln und stiere wieder aus dem Fenster. Wenn ich wollte, könnte ich ihm sagen, dass ich einen Fremden im Pie Shop gesehen habe. Samstagnachmittag, während ich auf Jonah wartete. Groß, rote Haare.

Ein Gang, als hätte er sein ganzes Leben auf einem Pferd gesessen. Papa sagt, reiten versaut einen Mann. Ich weiß nicht recht, was das heißen soll.

Aber ich sage nichts. Ich mag Paul. Ich kenne ihn fast mein Leben lang. Es wäre so leicht, über den Neuen zu reden und darüber zu rätseln, was er im Ort will. Aber das würde Bill nur nervös machen. Bill ist gerne der Bescheidwisser. Wenn ich jetzt den Mund aufmachte, würde er sich fragen, warum ich es ihm nicht zuerst erzählt habe. Dann würde er mich fragen, warum ich es für mich behalten habe. Doof, im Grunde. Bloß ein Fremder, der draußen vor dem Pie Shop rumstand. Aber Bill kann aus jeder Mücke einen Elefanten machen, ganz egal wie klein sie ist.

»Jacko meint, er hat hier Verwandte gehabt. Die Fischers, würde ich vermuten, wenn seine roten Haare was zu sagen haben.«

Shake Fischer. Ich glaube, er war eine Klasse unter mir. Ich kannte ihn nicht sehr gut, aber ich habe mich ab und zu mit ihm unterhalten. Er hatte ein blaues und ein braunes Auge. Angeblich kam das in seiner Familie öfter vor. Das und die roten Haare. Shake war sein Spitzname. Keine Ahnung, wie er an den gekommen ist.

»Kennst du die Fischers, Tom?«, fragt Paul und tippt mich auf die Schulter.

»Ich *kannte* sie«, antworte ich. »Sie wohnten in der Keen Street, unter dem Anzeiger.« Der Pegelanzeiger in der Keen Street war irrtümlich am oberen Ende der Straße aufgestellt worden. Und weil es damals nie regnete, hatte keiner es für nötig gehalten, daran was zu ändern. Alle fanden es bloß witzig.

»Stimmt«, sagt Paul und denkt sich sein Teil. »Arme Schweine.«

»Herrje, Bunter«, sagt Bill, »fällt dir nichts Traurigeres ein?«

»'tschuldigung«, sagt Paul zu Bill. Dann geht ihm plötzlich ein Licht auf. »Ach, Scheiße, Tom …«

»Macht nichts«, sage ich. Aber ich habe einen Kloß im Hals, und auf einmal muss ich weinen.

»Himmel«, sagt Bill.

Ich drehe mein Gesicht zum Beifahrerfenster und sehe zu, wie die Welt vorbeiflitzt. Paul setzt an, was zu sagen, besinnt sich dann aber anders und drückt mir nur ganz kurz die Schulter, bevor er sich auf seinen Sitz zurücksinken lässt. Eine Minute später füllt sich die Kabine mit Zigarettenrauch. Den Rest des Weges redet keiner mehr.

Schließlich biegen wir in die Minbayon Falls Road ein. Der Schotter ist kürzlich planiert worden, das verheißt eine glatte, wenn auch staubige Fahrt. Bill sucht einen Sender im Radio, und ich schlafe ein.

Ich bin in einem Haus. Es ist wunderhübsch möbliert, alles sieht aus wie in einer Illustrierten. Ich stehe an der Tür zum Wohnzimmer, und da liegt eine Frau in einem Bett und schläft tief und fest. Das Bett wirkt zwischen den Sofas und Sesseln ganz verkehrt. Ich frage mich, ob die Frau krank ist.

In dem Zimmer sind noch zwei Leute, eine alte Frau und

ein kleines Mädchen. Die alte Frau liest, und das Mädchen spielt auf dem Fußboden. Sie beachten mich nicht. Vielleicht bin ich unsichtbar. Ich trete ein, schließe hinter mir die Tür, gehe an dem Bett vorbei und quer durch das Zimmer bis an die Fenster. Bei jedem meiner Schritte plätschert es, und als ich zu meinen Füßen hinunterschaue, sehe ich, dass die Teppiche klatschnass sind. Wasser sickert unter der Tür hindurch.

Die Frau wacht auf und steigt aus dem Bett. Sie trägt eine elegante Hose und eine weiche Wolljacke. Sie geht zu einem Schreibtisch am anderen Ende des Zimmers, weit weg von mir. Ich stehe da, mit dem Rücken zum Fenster, und warte darauf, dass jemand mich bemerkt.

Das Rauschen des Wassers ist ohrenbetäubend laut.

»Wach auf, Kumpel.«

Ich bekomme von ferne mit, dass jemand was sagt. Ich kann das Tosen des Wasserfalls hören, und dann trifft mich plötzlich ein kalter Luftstrom im Gesicht.

»Komm mit, du Schlafmütze«, sagt Paul. Als ich die Augen öffne, lehnt er an der Tür und steckt sich eine Zigarette an. »Jacko und Bill sind drüben am Geländer und warten auf uns.«

Ich kann sie nicht sehen, aber am Krach und am Wasserdunst erkenne ich, dass wir ganz dicht dran parken. Ich mache den Gurt los, und Paul hilft mir aus der Kabine.

»'tschuldigung wegen vorhin«, sagt er, als wir über den Parkplatz gehen. »Manchmal plappert mein Mundwerk gedankenloses Zeug. Nächstes Mal musst du mich einfach treten.«

»Schon vergessen«, sage ich.

Paul bleibt stehen, um seine Zigarette mit dem Stiefel auszutreten, hebt die Kippe auf und steckt sie sich in die Brusttasche. Nana findet Menschen komisch, die nichts dagegen haben, sich selbst zu vergiften, aber stets darauf achten, die Umwelt zu schonen.

»Huckepack?«, frage ich.

»Klar.« Er bückt sich, um mich aufsteigen zu lassen.

Dad hat Sarah und mir in der Magnolie ein Baumhaus gebaut. Wenn der Baum blühte, war der Duft fast betäubend. Wir hatten eine Strickleiter, die an drei Stellen festgebunden war, damit sie nicht schaukelte. Ich hätte sie lieber lose gelassen. Wozu hatte man eine Strickleiter, wenn sie an drei Stellen befestigt war? Aber Sarah kriegte Angst, wenn sie herumschaukelte. Dad hat versprochen, sie loszubinden, wenn Sarah größer war.

Ich beschloss, das Baumhaus, falls es die Flut halbwegs überstanden hatte, für das Fischlein wieder herzurichten. Die Leiter würde ich losmachen und ihr beibringen, so zu klettern wie ich.

»Würdest du mit mir zum alten Zuhause gehen?«, frage ich Jonah. Jonah und ich liegen nebeneinander auf dem schmalen Krankenhausbett.

»Du weißt, dass euer Haus weggeschwemmt worden ist.«

»Ja, aber es ist jetzt über ein Jahr her, und ich war noch

nicht wieder da. Nicht mal, um nach dem Baumhaus zu sehen.«

»Das ist noch da«, sagt Jonah. »Ich war mit James gucken.«

»Wieso denn mit James?« Ich merke, wie ich wütend werde, und weiß nicht recht, warum.

»Reg dich nicht auf, Tom. Ich hätte es dir sagen sollen, aber ich dachte, dich interessiert das alles nicht.«

»Jonah Whiting. Bist du verrückt? Natürlich interessiert mich das. Das solltest du doch von allen am besten wissen.«

»Tut mir leid«, sagt er.

Wir werden von einem Klopfen an der Tür unterbrochen.

»Zwei Verliebte streiten sich?«, sagt eine Schwester, die in der Tür steht und uns freundlich anstrahlt. Ich habe keine Ahnung, wie lange sie schon da ist. »Bleib da«, sagt sie zu Jonah, als er aufstehen will. »Ich messe Madame nur eben den Puls und die Temperatur. Bin in zwei Minuten wieder weg, höchstens.«

Jonah und ich wenden uns leicht voneinander ab. Ich bin total verkrampft, und ich weiß, ihm geht es genauso. Ich wünschte, er wäre aufgestanden, als es noch möglich war. »Okay, alles erledigt«, sagt die Effizienzmaschine. »In gut zehn Minuten kommt das Mittagessen. Bleibst du?« Sie sieht Jonah fragend an.

»Ja«, antworte ich, da es Jonah die Sprache verschlagen zu haben scheint. »Jonah bleibt noch bis drei.«

»Gut«, sagt sie. »Ich werde die Küche bitten, eine Portion mehr zu schicken.« Jonah und ich sehen zu, wie die Schwester etwas auf das Klemmbrett schreibt und es dann wieder ans Fußende hängt. Sie lächelt uns beiden zu und verlässt das Zimmer.

»Hast du das gesehen?«, flüstert das Fischlein. »Sie glaubt, ihr seid ein Paar.«

»Das Fischlein ist aufgewacht«, sage ich zu Jonah, nehme seine Hand und lege sie auf meinen Bauch. So bleiben wir ein paar Minuten sitzen. Das Fischlein macht uns zuliebe ein paar Purzelbäume. »Jonah«, sage ich, »glaubst du, die Polizei will mit mir reden, weil sie wissen, dass das Fischlein zur Hälfte von Bill ist?«

»Nein«, sagt Jonah. »Bill hat irgendwas verbrochen. Die Polizei hat Paul Bunter und Jacko Davis vernommen.«

»Oh«, sage ich und verstumme dann wieder. Das ist eine unerwartete Wende. Vielleicht habe ich gar nichts zu befürchten. Ich will Jonah gerade fragen, woher er so gut über die Polizei Bescheid weiß, als mir aufgeht, dass er sich seltsam benimmt.

»Was ist los?«, frage ich. »Du bist so anders.«

Jonah rutscht ein Stück von mir weg. Dann wendet er sich mir zu und sieht mich an, aber nur kurz, um dann wieder auf seine Füße zu starren. Mir wird klar, dass ich keine Ahnung habe, was mit ihm los ist.

»Jonah, du machst mich fertig.«

Er räuspert sich. Ich halte den Mund. Er räuspert sich ein zweites Mal.

»Ich hab mich in James verguckt«, sagt er mit ganz leiser Stimme. Wenn wir nicht nebeneinandersäßen, hätte ich es nicht gehört.

»Verguckt – verliebt?«, frage ich und nehme seine Hand von meinem Bauch, damit ich mich besser zu ihm umdrehen kann. »Du hast dich in James Wo verliebt?« Meine Stimme ist ganz hoch und quietschig geworden.

»Bloß verknallt, okay?« Er verschränkt defensiv die Arme.

»Aber er ist ein Lehrer«, sage ich, als wüsste er das nicht selber. »Das kann ihn seine Stelle kosten.«

»Oh, Verzeihung, Du-mit-Bill-Schläferin-der-dein-Vater-sein-könnte.«

»Hör auf«, sage ich ein bisschen zu laut.

»Herrgott noch mal, Tom, du hast gerade erst Geburtstag gehabt« – womit er sagen will, dass ich erst vierzehn war, als es passiert ist –, »also halt mir bloß keine Vorträge aus deinem Glashaus.«

Und damit sieht er mich ebenfalls wieder an und schenkt mir die volle Kraft des Jonah-Whiting-Blicks. »Ich habe nichts Unrechtes getan«, sagt er. Seine Augen glitzern, als stiegen Tränen darin auf. »Ich mag ihn bloß.«

»Aber du hast ihn mit zum Baumhaus genommen.«

7

Nach viereinhalb Wochen in der Mater-Klinik in West Wrestler dürfen das Fischlein und ich nach Hause. Ein Sanitäter holt uns ab und bringt uns im Rollstuhl zum Krankenwagen. Während wir auf den Fahrstuhl warten, habe ich Gelegenheit, nach dem Schildkröterich zu sehen.

Ich habe Papa von ihm erzählt. Papa findet, er klingt ziemlich ungewöhnlich. Alle Schildkröten, die er gekannt habe, seien eher solide gewesen, sagt er.

Mir fällt auf, dass man vom Aquarium den Fernseher im Schwesternzimmer sieht. Wer weiß, was er sich alles reinzieht.

»Hallo«, sage ich.

»Kannst du nicht sehen, dass ich schlafe?«, erwidert er.

Ich füge »Lügner« zu meiner Liste hinzu.

»Papa sagt, du bist ungewöhnlich«, sage ich, ohne auf seine Unfreundlichkeit einzugehen, »und er meint das nicht positiv.«

»Mir egal«, sagt der Schildkröterich mit einer Stimme, aus der Einsamkeit klingt. Er wendet sich ab und gleitet von dem Stein ins Wasser. Ich wünschte, ich hätte nichts gesagt.

Endlich macht der Fahrstuhl ping, die Türen gehen auf und der Sanitäter schiebt mich hinein.

Im Erdgeschoss werden wir nach einem kurzen Halt an der Aufnahme zur Parkbucht für die Krankenwagen gerollt. Wir kommen an Dr. Patek vorbei, die mit jemandem telefoniert. Sie macht vielsagende Zeichen, um mitzuteilen, dass sie in einer Minute bei mir ist.

Im Krankenwagen gibt es eine bequeme Liege, aber ich will rausgucken. Als Dr. Patek kommt, frage ich sie, ob es wohl möglich wäre, dass ich mit vorne sitze.

Sie erkundigt sich beim Fahrer.

»Leider nicht«, teilt sie mir mit. »Aber es gibt hinten auch einen Sitz, wenn du lieber nicht liegen möchtest.«

»Mist«, flüstert das Fischlein.

Der Sanitäter schiebt mich in den Krankenwagen.

»Pass gut auf das Baby auf«, sagt Dr. Patek. »Ich möchte euch beide die nächsten zwölf Wochen nicht wiedersehen.« Sie lächelt und winkt, als der Fahrer den Krankenwagen rückwärts aus der Parkbucht lenkt.

»Die mag ich am liebsten«, sagt das Fischlein.

»Ich auch«, antworte ich.

Ich wohne wieder bei Jonah. Er bereut es, dass er neulich gesagt hat, ich hätte nirgendwo ein Zuhause. Jetzt will er, dass ich so lange bei ihm wohne, wie ich will. Wir haben Pläne gemacht, das Baumhaus zu besichtigen, obwohl ich für den Rest der Schwangerschaft jede Anstrengung vermeiden soll.

»Bewegung nur in Maßen«, hatte Dr. Patek gesagt und dabei die Brille abgenommen und mich mit ernstem Gesicht angeschaut. »Wie weit ist es bis zum Briefkasten?«

Ich sah Jonah an. »Ungefähr fünfhundert Meter«, antwortete er, »aber es ist ein ebener Schotterweg.«

»Wir werden mal schauen«, sagte Dr. Patek. »Ich werde einmal die Woche mit Dr. Frank telefonieren, und wenn er meint, du bist stark genug, darfst du bis zum Briefkasten gehen. Bis dahin bleibst du in der Nähe des Hauses. Und ihr lasst das Telefon anschließen. Ich habe mit dem Sozialamt gesprochen und sie vom Status quo in Kenntnis gesetzt. Sie werden umgehend den Anschluss in Stand setzen. Wenn du Probleme hast, ruf meine Nummer an und sprich mit Pamela.«

Ich habe Sehnsucht nach Nana. Aber weil Bewegung in Maßen heißt, dass ich nicht zum Mavis Ornstein laufen darf, holt mich Jonathan Whiting mit seinem Auto ab. Anscheinend hat die Nachricht von meinem Status quo die Runde gemacht. Gut, oder, wie ich eben das Wort »Status quo« eingebaut habe? Das geht auf eine Initiative von James Wo zurück. Immer wenn ich ein unbekanntes Wort höre, soll ich es zuerst aufschreiben, als Zweites im Wörterbuch nachschlagen, mich drittens mit ihm vertraut machen, indem ich es in mindestens drei Sätzen benutze, und viertens üben, es in Gespräche einzuflechten.

»Soll ich es auch im Thesaurus nachschlagen?«

»Wenn du willst, aber erst nachdem du alle vier Schritte

absolviert hast. Das wird dir zu einem besseren Verständnis des Wortes verhelfen, ehe du nach Alternativen suchst.«

Ich beginne zu verstehen, warum Jonah ihn mag.

Jonathan Whitings Auto ist ein alter Bentley, außen cremefarben lackiert und innen mit cremefarbenen Ledersitzen. Papa sagt, er ist eine Hommage an Cremigkeit. Jonathan Whitings liebstes Teil im Auto ist das Lenkrad. Er hat es extra anfertigen lassen, erzählt er mir, von einer Firma, die Gitarrenplektren herstellt. Dort hat er ein schimmerndes Gemisch aus Perlmutt, Altweiß und Butterblumengelb bestellt und ist mit dem Resultat sehr zufrieden. Er streicht, während er mir das erzählt, mit den Händen über das Lenkrad und bewundert stolz jede Nuance. Ich hoffe, er hat noch genug Aufmerksamkeit für die Straße übrig.

»Also, Tom, wie lange bist du schon mit Jonah zusammen?«

»Oh, wir sind nicht *zusammen*«, antworte ich. »Jonah lässt mich nur bei sich wohnen.«

»Nun, er nimmt seine Verantwortung offensichtlich ernst, und das ist die Hauptsache.«

»Das Fischlein ist nicht zur Hälfte von Jonah, wenn du das meinst.«

Damit ist sein Maul erst mal gestopft, hätte Dad gesagt. Ich gucke viel lieber aus dem Fenster, deswegen bin ich froh, dass Jonathan Whiting die Worte fehlen. Meine Hand liegt auf meinem Bauch, und ich spüre die Schwanzflosse des Fischleins.

Nana hat mich vermisst.

»Lass dich anschauen, mein Schatz«, sagt sie und zerdrückt mein Gesicht zwischen ihren Händen. Ich habe sie auch vermisst. Zum Glück hatte ich Papa bei mir, aber das erzähle ich ihr nicht. »Was hat der Arzt gesagt?«, fragt sie. »Meint er, du sollst dich mehr ausruhen?«

»Dr. Patek ist eine *Sie*«, antworte ich

»Patek? Was ist das für ein Name, Kind?«

»Der ist, glaube ich, indisch. Sie ist nett«, sage ich, »und sie hat zu Hause alles für mich organisiert.« Aber Nana ist mit den Gedanken woanders.

»Jonathan«, sagt sie, »was für ein Arzt soll das sein – ein Patek?« Jonathan sieht mich an und grinst. Ich kenne das Grinsen. Es sagt »Willkommen daheim«. Ich könnte in tausend Stücke zerspringen vor Glück. Das ist ein Spruch von Nana, aber das habt ihr euch vermutlich schon gedacht.

Nana hat Schühchen für das Fischlein gestrickt. Sie hat Jonathan in den Wollladen geschickt, und weil es in The Crossing nie sehr kalt wird, hat er nur ein Knäuel hellblaue Wolle und elf verschiedene Knäuel Baumwolle gekauft. Nana strickt aus jeder Farbe ein Schühchen, weil sie passende Paare langweilig findet. Auf dem Kartentisch steht schon eine ganze Reihe.

Ich weiß nicht genau, warum ich still bin, deswegen weiß ich auch nichts zu sagen, als Nana mich danach fragt. Wahrscheinlich ist der Grund, dass sich immer alles ums Fischlein dreht und ich mir nicht sicher bin, ob ich das Ganze überhaupt will.

In der Klinik war ich bei einer Beraterin vom Sozialen Dienst. Sie hat sich in einem fort über Verantwortung und Vorbereitung ausgelassen. Und mir ist aufgegangen, dass ich bisher immer nur in kleinen Abschnitten gedacht hatte. Als ich sagte, dass es mir Angst macht, über die Zukunft nachzudenken, meinte sie, das sei eine verständliche Reaktion. Dabei starrte sie mich an und nickte, und ich wurde ganz verlegen. Papa, der während des ganzen Besuchs neben mir saß, sagte: »Starr sie einfach genauso unverwandt an, bis sie wegguckt.« Also machte ich das. Die Beraterin senkte den Blick und sah auf die Uhr.

»Erste Runde an dich«, sagte Papa und stieß mich in die Rippen.

Runde zwei hatte das große Ganze zum Thema. Bill hat immer gesagt, das große Ganze ist was für Hollywood. »Die meisten Leute können nur kleine Happen verdauen«, sagte er. »Alles, was mehr ist, bringt nur Ärger.« Mir fiel auf, dass ich von Bill in der Vergangenheitsform zu denken begonnen hatte.

»Beim großen Ganzen geht es darum, sich die Zukunft vorzustellen«, sagte die Beraterin, schwieg und schaute mich erwartungsvoll an.

»Na, dann mal los«, seufzte Papa, ein bisschen zu laut. Ich war froh, dass nur ich ihn hören konnte.

Als ich nichts sagte, fuhr sie fort. »Ich habe zum Beispiel einen Gemüsegarten«, sagte sie. »Im Moment wachsen dort Petersilie und Blumenkohl, aber ich habe vor, auch Kartoffeln, Rote Bete und Kräuter anzupflanzen. Und vielleicht noch ein paar Lauchzwiebeln.«

Papa hielt es nicht aus. »Was will sie? Sollst du ihr Beifall klatschen?«

»Verstehst du«, fuhr sie fort und missverstand mein Schweigen als Interesse, »ein Garten will gut geplant sein und macht viel Arbeit, aber vor allem anderen musste ich ihn mir vorstellen, im Kopf entwerfen.«

»Herrgott, ist das mühsam«, sagte Papa.

Ich liebe Papa, aber mit so was geht er mir auf die Nerven. Er weiß doch, dass ich nicht reagieren kann. Wenn ich vor der Beraterin mit ihm schimpfe, wird sie mich für verrückt erklären. Außerdem musste ich bald etwas sagen – aber mir fiel einfach nichts Passendes ein.

»Verstehst du?«, fragte sie und zog eine Augenbraue hoch.

»Ja, Kleines«, sagte Papa. Er stellte sich hinter die Beraterin, beugte sich über ihre Schulter und grinste zu mir herüber. »Sag der lieben, wohlmeinenden Therapeutin, dass du sie bestens verstehst.«

Das ging zu weit.

»Nein!«, schrie ich förmlich. »Ich verstehe gar nichts.«

Papa schwieg und die Beraterin beugte sich zu mir vor. Sie streckte den Arm aus, so dass ich dachte, sie wollte mein Knie berühren, doch dann entschied sie sich anders und lehnte sich wieder auf ihrem Stuhl zurück. Sie wartete darauf, dass ich etwas sagte.

»Vor der Flut habe ich gedacht, ich würde immer mit Mum und Dad und Sarah zusammenleben«, sagte ich, »oder wenigstens, bis ich alt genug bin, um von der Schule abzugehen.«

»So ist es richtig«, sagte Papa. »Höchste Zeit, dass mal

jemand aufhört, Mist zu labern, und stattdessen zur Sache kommt.« Er hatte sich wieder neben mich gesetzt. Jetzt nahm er meine Hand und streichelte sie sanft. Wir sahen beide die Beraterin an. Sie wirkte verstört.

»Mein herzliches Beileid«, sagte sie. »Dies muss dir alles so unwichtig erscheinen.«

»Ach, wirklich?«, sagte Papa mit seiner sarkastischen Stimme.

»Nicht wirklich«, log ich.

Wir saßen alle drei schweigend da.

Ich konnte das Summen des Aquariums am anderen Ende des Flurs hören.

»Keine Sorge, Kleines«, sagte Papa, als wir das Zimmer der Beraterin verließen. »Es wird von niemandem erwartet, dass er die Zukunft vorhersagt.«

»Aber warum denken alle, wenn du schwanger bist, dass du einen Plan haben musst?«

»Ein Plan gibt den Leuten ein gutes Gefühl, das ist alles.«

»Und warum fühle ich mich ohne wohler?«

»Das weiß ich nicht, Kleines. Du warst schon immer ein freier Geist.«

Dad hatte tolle Pläne. Das hat Mum ständig gesagt.

»Papa«, sage ich, während ich aus dem Fenster zuschaue, wie Nana über die Terrasse und dann zum Teich hinuntergeht. Sie hat eine Tüte mit altem Brot dabei und will die Enten und die Elstern füttern. »Wenn man stirbt, fühlt man sich dann weiter verantwortlich?«

Papa hat die Angewohnheit, sich an den Ohren zu kratzen, wenn er etwas verbergen will. Nana behauptet, er hat nie ein Geheimnis für sich behalten können, weil ihn das Kratzen immer verraten hat. Jetzt kratzt er sich auch, und ich kann mir überhaupt nicht denken, weshalb.

Draußen entsteht ein Tumult. Ich liebe das Wort »Tumult«. Ich habe ein Heft, das ich überallhin mitschleppe. Da versuche ich jeden Tag ein neues Wort reinzuschreiben. Tumult war das Wort für Donnerstag. Für den Tumult hat offenbar Nana gesorgt, indem sie in den Teich gefallen ist. Papa und ich bleiben, wo wir sind. Wir wissen beide, dass sie reingesprungen ist. Wir haben es schon mehr als einmal gesehen. Überall rennen aufgeregt Schwestern und Pfleger umher. Nana wird es in vollen Zügen genießen.

»Hallo, Tom«, sagt Sergeant Griffin, und ich erschrecke. Er ist allein. »Können wir einen Augenblick miteinander reden?«, fragt er und geht zu dem Sessel, der von Papa besetzt ist.

Früher war es mir schrecklich unangenehm, wenn das passierte. Manchmal sprang ich dann auf und bot meinen Platz an oder tat so, als wollte ich lieber rausgehen – alles bloß damit Papa sich nicht aufregt. Aber inzwischen sind wir eingespielt, und ich schau einfach zu und warte. Papa entwischt im letzten Moment, und Sergeant Griffin setzt sich.

»Dein Großvater ist hier ein ziemlicher Star«, sagt er und nickt zum gerahmten Bild an der Wand hin.

»Ja«, sage ich. »Nana bekommt einen Sonderrabatt, wenn sie mehr als hundert auf einmal drucken lässt.«

Im Heim machen sie schon Witze darüber. Mike Spice hat damit angefangen, als Nana seine Einladung zum Abendessen ausgeschlagen hat. Das muss hart für ihn gewesen sein, vor allem als in seinem Zimmer dann auch noch ein Bild von Papa auftauchte.

»Als wir uns das letzte Mal gesehen haben«, fährt Sergeant Griffin fort, »bist du auf die Wache gekommen. Ich wäre neugierig, was du uns erzählen wolltest.«

Bill hat immer gesagt, Griffin sei umsichtig und überlegt. Und hyperschlau.

»Das weiß ich nicht mehr«, sage ich. »Es ist seitdem so viel passiert.«

»Ja«, sagt er und nickt. »Du wirst dich erinnern, dass ein Mann und eine Frau aus West Wrestler da waren.« Er stockt. »Von der Kriminalpolizei.« Er stockt erneut, fängt meinen Blick. »Nun, sie hatten nach dir gefragt; sie suchten nach Informationen über Bill.«

»Ach so.« Mein Herz hat zu rasen begonnen. Auf meiner Oberlippe spüre ich kleine Schweißperlen. »Ich war in der Klinik, Sergeant Griffin«, sage ich. »Ich weiß nicht, was die Polizei von mir wollen könnte.«

»Natürlich nicht«, sagt er freundlich. »Sie holen nur Erkundigungen ein, mehr nicht. Ich habe ihnen versprochen, den offenen Fragen nachzugehen. Du bist bloß eine offene Frage, Tom. Du musst dir keine Sorgen machen.«

Aber ich mache mir Sorgen. In meinem Bauch breitet sich Angst aus. Das Fischlein spürt sie auch.

»Wenn das nicht Miles Griffin ist!«, sagt Nana. Sie steht

plötzlich in der Tür. Die Haare kleben ihr am Kopf, und sie trägt ein Handtuch um die Schultern. »Du bist Balsam für die Augen, junger Mann«, sagt sie. »Was führt dich hierher?«

Manchmal ist Nana einfach bravourös. Das wird mein Wort für heute. Ihr Timing ist perfekt.

Nana und Sergeant Griffin fangen an sich zu unterhalten, und ich entschuldige mich und gehe nach draußen. Papa ist verschwunden. Wahrscheinlich ist er unten auf dem Parkplatz und sieht sich Jonathan Whitings Auto an – was gut ist, weil ich ein bisschen Zeit für mich allein haben möchte. Ich muss unbedingt ein paar von meinen Gefühlen Bill gegenüber sortieren, bevor Sergeant Griffin wieder hereinschneit. Leise schleiche ich über die vordere Veranda und dann um die Ecke. Ich will zur Liege am anderen Ende. Noch ist sie nicht besetzt, aber ich muss erst mal am Gemeinschaftsraum vorbei, ohne gesehen zu werden. Das ist nicht leicht, weil er zur Veranda hin auf der ganzen Länge Fenster hat. Wenn das Fischlein nicht wäre, würde ich ein Stück des Weges krabbeln, aber durch sie ist das unmöglich.

»Hallo, Tom«, sagt Hazel und beugt sich aus der Tür.

Hazel ist die Leiterin des Seniorenheims. Sie hatte fast ein Jahrzehnt die Pflegestation unter sich, bevor sie befördert wurde. Nana liebt sie über alles.

»Suchst du ein bisschen Ruhe und Frieden, Süße?«, fragt sie.

»Ich will zur Liege hinten, Haze, aber ich hoffe unbemerkt hinzukommen.«

»Der Gemeinschaftsraum ist leer«, sagt sie und zwinkert

mir zu. »Dass deine Oma schon wieder in den Teich gesprungen ist, war zu aufregend. Alle außer Campbell haben sich zu einem Nickerchen zurückgezogen.« Campbell ist die Katze aus dem Gemeinschaftsraum.

Hazel kommt zu mir, nimmt meinen Arm und führt mich zur Liege. Sie hilft mir hinauf, legt mir Kissen unter den Knien zurecht und deckt mich mit einer handgestrickten Decke von Betsy Groot zu. »Bitte sehr, Madame.« Sie lächelt. »Haben Sie sonst noch Wünsche?«

»Danke, Hazel«, sage ich. »Du bist die Beste.«

»Ruf mich, wenn du aufstehen willst. Campbell und ich sind im Büro und erledigen Papierkram.«

8

Bill hat Geheimnisse. Das weiß ich, weil ich sie gesehen habe: kleine Stoffmäppchen in verschiedenen Fächern und Winkeln im Bootsschuppen und draußen im Freien. Er hat sie alle paar Monate umgelagert, gewöhnlich spätabends, wenn er meinte, dass ich schliefe. Aber wie hätte ich schlafen sollen? Ich hatte Heimweh. Ich vermisste Mums Lachen und das Kuscheln am Morgen mit Sarah. Am meisten vermisste ich die Geräusche von Dad, wenn er im Dunkeln herumkramte.

Als ich Bill zum ersten Mal graben hörte, dachte ich, es wäre Dad. Ich schlich aus dem Bett, um mir das anzusehen, und da war er, wie immer mit einem Spaten in der Hand. Ich setzte mich auf den Boden und schaute ihm zu, voller Erleichterung darüber, dass der Albtraum vorbei und mein Leben wieder normal war, bis mir durch irgendetwas klar wurde, dass ich Bill zuschaute. Da wurde mir auf einmal ganz schlecht vor Angst. Wie erstarrt sah ich stundenlang zu, während Bill ein Loch grub, das groß genug für mich war. Es war noch dunkel, als er fertig wurde und ich wieder ins Bett kroch. Ich lag bis zum Morgengrauen wach. Ich wohnte bei einem Fremden, der offenbar plante, mich umzubringen und im Garten zu vergraben.

Am Morgen war das Loch verschwunden und der Boden platt. Ich lief ein paarmal über die Stelle, um zu fühlen, ob die Erde dort weicher war als in der Umgebung, aber sie fühlte sich überall gleich an. »Hast du Sorgen im Kopf, mein Freund?«, fragte Bill. Er lehnte an der Fliegentür. Mir wurde klar, dass ich keine Ahnung hatte, wie lange er mich schon beobachtete.

Bill räusperte sich und spuckte in den Dreck.

»Weil du so auf und ab gehst«, sagte er.

Die Verkäuferin bei Mrs Blanket heißt Clare und stammt aus Kansas. Kansas kenne ich aus dem *Zauberer von Oz*. Clare ist nach Australien gezogen, um Lehrerin zu werden, aber hat sich gleich nach ihrer Ankunft umentschieden. Sie merkte, dass sie Tiere lieber hatte als Menschen, und arbeitete ein paar Jahre auf einer Farm im Westen, bis die Dürre sie zwang, sich einen Job in der Stadt zu suchen. Nicht lange nachdem sie hierhergezogen war, kam die Flut. Sie sagt, wenn sie je vorgehabt hätte, wieder wegzugehen, hätte sie es dann getan. Ich bin froh, dass sie geblieben ist.

»Du siehst ein bisschen müde aus«, sagt Clare und deutet mit einer kleinen Bewegung ihres Zeigefingers die dunklen Ränder unter meinen Augen an. »Du brauchst ein Schlafmittel«, sagt sie und verschwindet hinten im Laden.

»Hallo, Mrs Blanket«, sage ich und warte auf Clare.

»Hallo, Tom«, sagt sie. »Du siehst müde aus.«

»Alles klar«, sagt Clare, die überraschend schnell mit einem kleinen Glas und einer großen Spritze wiederauftaucht.

»Hast du schon mal ein Schlafmittel aus Kansas genommen?«, fragt sie, obwohl sie die Antwort weiß. Ich schüttle den Kopf. Clare geht zum Axolotl-Aquarium und reicht mir das Glas. Die Spritze zieht sie voll Wasser. »Okay«, sagt sie und guckt auf das Glas in meiner Hand. »Mach den Deckel auf.« Ich öffne das Glas, und sie spritzt das Wasser hinein. Das macht sie noch zweimal, bis das Glas ungefähr zu einem Drittel gefüllt ist. »Komm mit«, befiehlt sie dann, und ich folge ihr zum Tresen. »Gib her«, sagt sie und streckt die Hand nach dem Glas aus. »Den Deckel auch.« Ich gebe ihr den Deckel.

»Hör zu, Tom«, sagt sie mit einer Stimme, die mir wie ihre Lehrerinnenstimme klingt, »was jetzt kommt, ist wichtig. Du darfst das nicht trinken. Wenn du es tust, wirst du eine ganze Woche schlafen.« Ich bin mir nicht sicher, ob sie mich veräppelt oder es ernst meint. Sie dreht den Deckel zu und stellt das Glas vor mich hin. Sie legt den Zeigefinger obendrauf. »Abends, als Letztes bevor du ins Bett gehst, nimmst du den Deckel ab und stellst das Glas an einen Platz, wo es im Mondlicht steht.«

»Und wenn es wolkig ist?«

»Wenn der Mond nicht scheint, funktioniert es nicht.«

»Und mehr mache ich nicht?«

»Doch.« Sie beugt sich vor. »Du musst es umrühren.« Clare langt unter den Tresen und kramt einen Augenblick herum. »Ich kann anscheinend nicht finden, was ich suche«, sagt sie, mehr zu sich selbst als zu mir. »Moment.« Clare geht durch den Laden und verschwindet nach draußen.

»Sie ist ein komischer Vogel«, sagt Mrs Blanket, »aber ihre Arzneien scheinen zu wirken. Dem alten Mr Cravensbourne hat sie vor ein paar Wochen ein Herzmittel aus dem Aquarium mit den Riesenbarben mitgegeben. Er schwört, es ist ihm noch nie so gut gegangen.«

Ich schaue zu den Riesenbarben hin. Drei leere Augenpaare erwidern meinen Blick. »War das um die Zeit, als Oscar gestorben ist, Mrs Blanket?«, frage ich und wünsche gleich darauf, ich hätte es mir verkniffen.

»Da, bitte«, sagt Clare und kommt mit einem Stöckchen in der Hand zurück. »Rühr es hiermit um, langsam und sorgfältig.«

»Wie lange?«

»Gute Frage. Fünfmal sollte genügen. Vielleicht sechs. Du wirst schlafen wie ein Baby.«

»Jonah«, rufe ich aus dem Schlafzimmer. »Hast du Zeit, mit mir zur Mündung zu gehen?« Dr. Patek hat mit Dr. Frank gesprochen und sie sind sich einig, dass mein Bewegungsverbot so weit gelockert werden kann, dass ich nicht nur zum Briefkasten, sondern auch bis zur Mündung darf. Ich kann keinen Sinn darin sehen, zum Briefkasten zu gehen. »Jonah«, rufe ich, diesmal lauter. Er sitzt draußen auf der Veranda.

Jonah Whiting ist ein Träumer. Das ist mir eine seiner liebsten Eigenschaften, obwohl es lästig sein kann, wenn ich eine Antwort haben will.

»Was?«

»Das hat ein Weilchen gedauert«, sage ich. Papa nennt so was »über Satellit antworten«.

»Na ja, ich war in Gedanken.«

Ich gehe mit dem FishMaster auf die Veranda. Jonah ist noch beim Frühstück. Er teilt sich seinen Toast mit einer jungen Elster, und der kleine Vogel frisst ihm aus der Hand.

»Jonah«, sage ich, »wenn der FishMaster Räder hätte, könnte ich allein zur Mündung laufen.« Ich habe schon darüber nachgedacht, mir Nanas Einkaufswagen zu borgen. Oder vielmehr Papa hat mir das vorgeschlagen. Er hat behauptet, Nana würde den Wagen gar nicht mehr benutzen, weil sie sich die Einkäufe jetzt immer von Jonathan tragen lässt. Papas Spitzname für Jonathan Whiting ist »der Tütenmann«.

»Macht nichts, Tom. Ich habe nichts dagegen, ihn zu tragen.«

Das sagt Jonah so, aber manchmal mache ich mir Gedanken.

»Aber«, sagt er und sieht mich an, »ich könnte ihn auf mein altes Skateboard schnallen, wenn du wirklich mal allein gehen willst.«

»Jetzt?«

»Nein, jetzt nicht. Später.«

»Dann lass uns gehen«, sage ich. »Gib mir zwei Sekunden.«

Früher konnte ich mit leerem Bauch angeln, aber jetzt brauche ich Proviant. Ich packe ein paar Scheiben Brot und ein bisschen Obst in eine Brotbüchse, fülle eine Wasserflasche und nehme mir, weil der Pier so unbequem geworden ist, ein Polster vom Sofa.

Der Gang zur Mündung verläuft unangenehm still. Jonah wirkt unendlich weit weg, viel zu weit, als dass ich an ihn rankommen könnte. Deswegen erschrecke ich, als er plötzlich etwas sagt.

»Erinnerst du dich an Caleb Loeb?«

»Puh, Jonah, beinahe wäre mir das Fischlein rausgefallen.«

»Ha, ha.«

»Caleb Loeb. Langer dünner Lulatsch. Der immer so getan hat, als wäre er in Mrs Lee verknallt.«

»Er hat nicht so getan. Er war bloß noch klein. Du täuschst dich immer so in Leuten, Tom.«

»Ach ja? Habe ich mich auch in dir getäuscht?« Meine Trumpfkarte.

»Na ja, gut, in Bezug auf mich hast du immer Recht gehabt. Aber in Caleb täuschst du dich.«

»Also dann, rede Tacheles mit mir.« Tacheles. Meistens heißt das »unverblümt die Meinung sagen«, aber jetzt meine ich bloß, er soll zur Sache kommen.

»Ich glaube, ich hab mich in ihn verliebt.«

»Und was ist mit James Wo?«

»Den mag ich immer noch hundert Prozent. Aber Caleb ist so alt wie ich und, na ja, er versteht, was ich durchmache.«

»Da bist du dir sicher?«

»Ich hab's ihm gesagt.«

»Du hast ihm gesagt, dass du schwul bist oder dass du in James Wo verliebt bist?«

»Beides.«

»Ach, Jonah. Was hast du getan?«

Caleb Loeb ist ein Brechmittel. Er hat schon von klein auf andere schikaniert, aber nicht offen und unverhohlen, sondern eher so verstohlen. »Unverhohlen« und »verstohlen« habe ich von Papa. Also bitte nicht glauben, dass ich das Wort erst seit James Wo kenne. Mrs Lee ist jedenfalls ein typisches Beispiel. Caleb Loeb hat ihr die ganze sechste Klasse hindurch schöne Augen gemacht, ihr die Sachen vom Auto in den Klassenraum getragen, das Whiteboard gewischt. Wenn ein anderer Junge ihn deswegen hänselte, ging er zu ihm hin und forderte ihn auf, das, was er gesagt hatte, noch mal zu sagen. Als ein Junge, Jai Graython, ihn einen Schleimer nannte, brach Caleb Loeb ihm die Nase. Als er gefragt wurde, warum er das getan hatte, brach er in Tränen aus und behauptete, es sei aus Versehen passiert, er habe das gar nicht gewollt. Mrs Lee bat Jais Eltern zu einer Unterredung, und Jai musste sich vor der Klasse bei Caleb entschuldigen.

Der Haken dabei ist, dass Caleb Loeb Mrs Lee nicht ausstehen konnte. Ich wusste das, weil Papa mir beigebracht hatte, die Zeichen zu deuten.

Im Mavis Ornstein ist jeden Mittwoch Pokertag, und dann geht Papa, der zum Spaß immer sagt, dass Poker eines der schönsten Spiele im Leben ist, gern durch den Raum, guckt den Spielern in die Karten und gibt seine Kommentare ab. Dabei hat er mir beigebracht, was man Leuten alles ansehen kann.

Wenn Papa einem Spieler in die Karten schaute (und ich sage vielleicht am besten gleich, dass er sich oft Mike Spice aussuchte), war es meine Aufgabe herauszufinden, ob er ein gutes oder ein schlechtes Blatt hatte. Dazu gab Papa mir Tipps. Bei Mike zum Beispiel sollte ich gucken, was er mit seinem Gesicht machte. Weil er ein grüner Junge war, also noch nicht oft Poker gespielt hatte und noch übte, seine Gefühle zu verbergen, war er ein gutes Objekt. Der Trick, sagte Papa, war unterscheiden zu lernen, was man ignorieren konnte und was man beobachten musste. Bei geübten Pokerspielern wie Nana ließ sich an der Miene fast überhaupt nichts ablesen.

So lernte ich, dass jeder noch so leise über das Gesicht huschende Ausdruck die Wahrheit verraten konnte. Und daher wusste ich, dass Caleb Loeb nur so tat, als wäre er in Mrs Lee verliebt. Aber was er jetzt machte, war viel, viel schlimmer. Er hatte Jonah überzeugt, dass er sein Freund wäre, sein Vertrauter. Und Jonah fiel darauf rein, rettungslos.

Ich hätte Caleb Loeb am liebsten umgebracht.

An der Mündung mache ich es mir bequem und warte darauf, dass Jonah geht. Seitdem die Polizei im Spiel ist, taucht Bill nur noch auf, wenn ich allein bin.

»Also gut«, sagt Jonah. Ich sage nichts. »Ich komm dann nachher wieder«, ergänzt er überflüssigerweise. Dann geht er weg, ohne noch einmal zu winken. Dieser scheiß Caleb Loeb.

»Hast du Sarah schon gesehen?«, fragt Bill. Er hat sich so angeschlichen, dass ich nichts gehört habe.

»Verflucht, Bill, du hast mich zu Tode erschreckt.«

»Fluchen steht dir nicht.«

»Und Rücksichtnahme ist nicht deine Stärke.«

»Rücksichtnahme? Ist das ein Wort von James Wo?«

»Sei kein Arschloch, Bill.«

Wir werden von einem lauten Klatschen unterbrochen und drehen uns beide zur Geräuschquelle um. Aber im Wasser ist nicht mal eine Welle zu sehen. Als ich mich wieder zu Bill umdrehe, ist er weg. Nun ja, denke ich, wenn man für nichts geradestehen mag.

Ich klappe den FishMaster auf und nehme die Angelschnur raus, die ich zu Hause vorbereitet habe. Ich habe sie um eine alte Klopapierrolle gewickelt, damit sie sich nicht verheddert.

»Wozu hast du denn den FishMaster mitgebracht?« Das ist Bill. Er ist wieder da.

»Und wozu machst du den Mund auf?« Nana sagt immer, wenn man nichts Nettes zu sagen hat, soll man lieber gleich den Mund halten.

»Ist das ein Spruch von Nana?« Bill weiß immer, was ich denke.

»Lass meinen Kopf in Ruhe, Bill«, sage ich. »Meine Gedanken gehen nur mich was an.«

Bill setzt sich auf den Pier und hängt die Beine über die Kante. »Niedrigwasser«, sagt er, obwohl ich das natürlich selber sehe. Er greift in seinen Angelbeutel und holt eine Schnur heraus, kramt einen Haken aus der Brusttasche und guckt mich an. »Willst du mir eins deiner super Bleie geben?«, fragt er kalt, beinahe als hoffte er, dass ich Nein sage.

»Klar, Bill.«

Ich lasse mich von ihm nicht ködern. Ich kenne seine Stimmungen, und diese Sorte ist immer schlimm.

Ich gebe Bill das Townsley-Morris-Fiske-Blei. Falls ihr euch wundert, den Namen habe ich mir ausgedacht. Meine Bleie haben alle Namen. Bei den meisten steht die Marke und das Modell auf der Packung, wobei Letzteres manchmal bloß eine Nummer ist. Wenn mir der Klang des Markennamens nicht gefällt, gebe ich den Bleien neue Namen, und wenn ich welche finde, bekommen sie von mir *immer* einen Namen. Es ist überraschend, wie viele angespült werden, in alte Angelschnur verwickelt. Manchmal finde ich welche auf dem Pier. Einmal habe ich achtzehn Stück in einer alten Dose gefunden. Die verwahre ich in einem Extrafach des FishMaster, für den Fall, dass ich eines Tages den Besitzer treffe. Das Townsley-Morris hatte die Buchstaben T und M als Prägung, und ich habe den Namen passend zu den Initialen gewählt. Das Fiske kam hinzu, weil ich es am Fiske Point gefunden habe.

Fiske Point ist eine lange Sandspitze vor einer kleinen Bucht, die auf der gegenüberliegenden Seite von dichtem Gestrüpp gesäumt ist. Normalerweise angeln wir in den Flüssen, die in die Bucht münden, aber man kann auch am Strand und von der Sandbank angeln. Die Sandspitze ist der Wahnsinn. Bei Ebbe ist sie bestimmt zweihundert Meter lang, und man kann ganz bis zur Spitze laufen. Sie ist nur ein paar Meter breit und das Einzige, was das stille klare Wasser in der Bucht von der tiefen, wogenden See davor trennt. Der einzige Nachteil ist, dass der Wind vom Meer einem fast ununterbrochen Sand in die Augen pustet.

Einer der größeren Flüsse am Fiske Point – Bill und ich haben ihn »Rumbly« getauft, warum, habe ich vergessen – ist breit genug für das Aluboot. Man muss ungefähr dreihundert Meter hart gegen den Strom rudern, dann öffnet er sich zu einem großen See. Das Wasser ist tief und dunkel und man kann dort gut angeln. Wenn es nicht so schwer wäre hinzukommen, würden wir das wahrscheinlich öfter machen. Einmal haben wir das Boot am Ufer festgemacht und sind zu Fuß zurück, aber sich durch das Gestrüpp zu schlagen war noch schwerer als rudern, und wir haben es nie wieder gemacht. Aber ich wollte ja erzählen, wie ich das Blei gefunden habe. Es war spät an einem Nachmittag, und ich war mit Bill im Rumbly's Lake angeln. Es war erstaunlich ruhig, kaum Fische bissen an. Die letzten Sonnenstrahlen schossen durch die Bäume, und als einer auf den Zweig eines Oleanderstrauchs traf, flammte dort etwas auf wie eine Fackel. Bill schlief, also holte ich unsere Leinen ein und lenkte das Boot zu dem Strauch, um ihn mir anzusehen. Der Rest war einfach. Der Zweig hing so tief über dem Wasser, dass ich leicht herankam. Ich tastete nach dem, was so geglänzt hatte, und fand das Blei. Zum Glück schlief Bill wie ein Toter und rührte sich nicht einmal, als ein Windstoß kam und Blätter auf ihn niederwehte. Das Blei hing an einem Stück Schnur, das sich am Zweig verwickelt hatte. Es dauerte eine Weile, es loszubekommen. Aber als Bill aufwachte, waren wir wieder an unserem Platz, und die Leinen hingen im Wasser.

»Wie kommen die Blätter ins Boot?«, fragte Bill, als er seine Leine kontrollierte.

»Das müsstest du selber wissen«, sagte ich. »Wo du doch nie einschläfst.«

»Touché«, sagte Papa.

9

Bill knotete das Townsley-Morris-Fiske-Blei fest und warf seine Schnur aus. Ich beobachtete ihn aus dem Augenwinkel, denn ich habe gelernt, mich in Acht zu nehmen, wenn Bill eine seiner Launen hat. Irgendwie wünschte ich, Jonah wäre noch dageblieben, und deswegen freute ich mich, als Papa auftauchte. Papa verlässt das Mavis Ornstein nicht gern, aber er hat es sich, seit die Polizei da war, trotzdem angewöhnt. Ich habe noch nicht den Mut gehabt, Bill zu fragen, was sie von ihm will.

Für den Fall, dass ihr euch wundert, warum ich das Blei »Fiske« genannt habe und nicht »Rumbly«, will ich verraten, dass ich den Namen Rumbly für ein Haustier aufspare. Als ich klein war, wollte ich unheimlich gern eine Katze haben, aber das hat Dad verboten. In seinen Augen waren sie grausame Tötungsmaschinen. Wir hatten in The Crossing ein Problem mit verwilderten Katzen, bis Dad sich darum gekümmert hat. Dad war nachts immer wach, und auf Katzen zu schießen gab ihm was zu tun. Nana nannte ihn den KK (Katzenkiller) von The Crossing und meinte, der ganze Ort müsse ihm für seine Schlaflosigkeit dankbar sein.

Mrs Blanket verkauft weder kleine Hunde noch Katzen und nur männliche Kaninchen und Meerschweinchen und Nagetiere, damit sie sich nicht unkontrolliert fortpflanzen. »Mit Haustieren ist den meisten Leuten nicht zu trauen«, sagt sie. »Sie sind entweder zu faul oder zu pleite, um ihre Tiere sterilisieren zu lassen, oder sie lassen sie verwildern, weil sie ihnen langweilig werden, und am Ende sitzen wir mit den Problemen da.« Auch Riesenbarben verkauft sie nicht mehr, seit sie gehört hat, dass die Leute sie in den Flüssen freilassen, und im Dezember verkauft sie überhaupt keine Haustiere, weil sie findet, dass Tiere als Weihnachtsgeschenke ungeeignet sind.

Ich finde, Rumbly wäre ein toller Name für eine Schildkröte.

Als ich aufwachte, lächelte Mum mich an. Sie sah genauso aus wie immer.

»Mum«, sagte ich, aber es kam nichts heraus. Sie berührte meine Wange mit ihrem Handrücken. Es fühlte sich wunderbar vertraut an.

»Nicht reden, Mäuschen«, sagte sie. »Gleich kommt der Arzt nach dir sehen.«

Ich versuchte zu schlucken, aber es tat weh. Ich tastete nach dem Fischlein, aber mein Körper war irgendwie hölzern und weit weg. Es fiel mir schwer, die Augen offen zu halten, und ich ließ sie wieder zufallen.

»Sie hat die Augen aufgemacht«, hörte ich Mum sagen.

»Gut, sehr gut«, antwortete eine Stimme.

»Das ist also ein gutes Zeichen?«, fragte Mum.

»Besser als gut«, antwortete dieselbe Stimme.

Ich konnte leise Pieptöne hören. Eine Frau hob meinen Arm und umfasste mein Handgelenk. Dieselbe Frau zählte meinen Puls. Ich fragte mich, ob ich wieder in der Mater-Klinik in West Wrestler war. Ich versuchte, die Augen zu öffnen, um nachzusehen, aber meine Lider waren zu schwer. »Mum«, sagte ich erneut.

»Ich glaube, sie versucht zu sprechen«, sagte Mum mit ihrer besorgten Stimme.

»Ja, das sieht so aus«, antwortete die Frau, die mein Handgelenk hielt. »Aber das ist vermutlich nur ein Würgereflex vom Schlauch im Hals.«

»Aber was ist, wenn sie uns was sagen will?«

»Dann wird der Schlauch es verhindern.«

Mum strich mir noch einmal über die Wange, diesmal ganz langsam. »Nicht reden, Miezlein. Der Arzt kommt gleich.«

Die Fische beißen nicht. Die Mündung ist von Jonah aus bequem zu erreichen, aber ich wünschte, sie wäre zum Fischen verlässlicher. Ich hatte vor, das Abendessen zu fangen, aber es sieht so aus, als müssten wir was aus der Dose essen.

»Achtung!«, schreit das Fischlein. Ich drehe mich zu Bill um.

»Was ist?«, fragt er und sieht mich böse an.

»Nichts«, sage ich.

»Was ist denn?«, frage ich leise das Fischlein.

»Da, hinter Bill«, antwortet sie.

Ich drehe mich nochmals um. Nichts zu sehen. Das Fischlein macht mir Angst. »Gleich passiert was«, sagt sie. »Glaub mir.«

Als ich vier war, habe ich einmal fast einen ganzen Monat mit Dad draußen gelebt. Das fand ich super. Ich schlief in der Hängematte, aß komische Sachen, die er auf dem Feuer kochte, verbrachte die ganzen Tage mit ihm zusammen und machte alles mit, was er machte. Eines Morgens fand ich bei Bunter & Davis, während Dad Wellblech fürs Dach suchte, eine Kiste mit Holzpflöcken. Sie waren groß und alt, und jemand hatte daraus Spielzeugfiguren geschnitzt. Lauter kleine Menschen. Jeder Pflock war angezogen und hatte ein aufgemaltes Gesicht und Haare aus gelber Strickwolle. Die drei Pflöcke mit Hosen hatten gelbe Wollschnurrbärte, und die vier Pflöcke mit Kleidern hatten rosarote Wangen und dicke rote Lippen. Ich entschied, dass alle sieben Mädchen waren.

Als ich Paul Bunter meine Entdeckung zeigte, sagte er, ich könnte sie unter einer Bedingung behalten: dass ich wieder zu meiner Mutter ins Haus zog. Ich weiß noch, wie zerrissen ich mich fühlte. Ich liebte es, bei Dad draußen zu sein. Ich liebte es, in der Hängematte zu schlafen und auf dem Schrottplatz herumzukramen.

Ich sah Dad an, und er lächelte bloß zu mir herunter – sein typisches Dadlächeln.

»Mum vermisst es, dich abends ins Bett zu stecken«, sagte er.

»Ich weiß«, sagte ich, weil ich es auch vermisste, dass sie

mir Gute Nacht sagte – mehr als es mir bis dahin klar gewesen war. Und so zog ich mit meinen neuen Spielsachen wieder ins Haus.

Am Pier standen zwei Männer. Beide trugen Gewehre. Bill schaute in meine Richtung, deswegen war ich nicht sicher, ob er es wusste.

»Vielleicht müssen wir schwimmen«, schlug das Fischlein vor. Sie meinte es ernst.

»Bill«, brachte ich heraus.

»Einer oder zwei?«, fragte er.

»Zwei«, antwortete ich.

»Bewegen sie sich?«

»Noch nicht.«

»Wie weit weg?«

»Am Ende des Piers.«

»Er will abhauen«, sagte Papa.

»Was ist los, Bill?«

»Zu kompliziert«, antwortete er. »Sag mir einfach nur, wenn sie was machen.«

»Einer telefoniert.«

»Und der andere?«

»Nichts. Bill, sie sind bewaffnet.«

»Scheiße.«

Toll, dachte ich. Wäre ich doch zum Briefkasten gelaufen.

»Egal, was passiert, Tom, bleib einfach still sitzen«, sagte Bill. »Sie haben kein Interesse an dir, also gib ihnen keinen Grund.«

»Was willst du machen?«

»Keine Ahnung«, sagte er, doch noch während er die Worte sprach, ließ er sich vornüber ins Wasser kippen.

»Bill!«

»Nicht bewegen, Tom«, sagte Papa.

Einer der Männer kam in unsere Richtung gerannt, und der andere rannte weg.

»Ich habe die Kugel nicht mal gehört«, sagte ich zu Papa, als mir klar wurde, was gerade passiert sein musste.

»Es gab keine Kugel«, sagte Papa. »Ich hab dir doch gesagt, dass er türmt. Das alte Schlitzohr hängt wahrscheinlich unter dem Pier und hält die Luft an.«

Ich hätte mich am liebsten vorgebeugt, um nachzusehen.

»He, Mädel, hast du gesehen, wo er hin ist?« Der Mann hatte ein hübsches Gesicht. Er war überhaupt nicht außer Atem.

»Ja, direkt hier über die Kante. Ich dachte, Sie hätten ihn erschossen.«

Der Mann mit dem hübschen Gesicht hob das Gewehr über den Kopf, legte es sorgsam auf den Pier und ging daneben in die Hocke. Er beugte sich über das dunkle Wasser und suchte die Bucht ab. »Wie tief ist es?«

»Keine Ahnung, ich war noch nie drin.«

Er legte sich flach auf das Holz und schob seinen Oberkörper so weit über die Kante, dass er unter den Pier gucken konnte. Papa stieß mich an.

»Guck mal zum Ponters Corner«, flüsterte er. »Links von dem gespaltenen Felsen.«

Da, direkt gegenüber, ganz am anderen Ende der Bucht, war Bill. Ich habe keine Ahnung, wie er die Strecke zurückgelegt hat, ohne entdeckt zu werden. Er saß absolut still, gut versteckt hinter ein paar Lantana-Sträuchern. Ohne Papas Hilfe hätte ich ihn nie entdeckt.

Er beobachtete uns. Nein, er beobachtete den Hübschen.

»Tom!«, brüllte Jonah.

Ich erschrak so, dass ich laut aufschrie. Der Hübsche sprang auf und griff nach seinem Gewehr.

»Das sind Jonah und James Wo«, sagte ich und versuchte, wieder ruhig zu werden.

Papa und der Hübsche und ich sahen zu, wie Jonah und James Wo über den Pier auf uns zukamen.

Ich wagte einen Blick über die Bucht. Bill war weg.

Nana will alles wissen. Mavis Leitch und Betsy Groot und Mike Spice haben sich zu ihr ins Zimmer gezwängt, und alle vier sind ganz aus dem Häuschen vor Aufregung. Im Mavis Ornstein ist nicht viel los, und die Nachricht, dass die Sache mit Bill und den beiden Männern für mich so glücklich ausgegangen ist, hat sich wie ein Lauffeuer verbreitet. Jonah und James Wo sind zu Helden ernannt worden, und Hazel hat sie für Samstag zum Mittagessen im Gemeinschaftsraum eingeladen.

In Nanas Zimmer ist es ziemlich eng.

»Ich bin weg«, sagt Papa, als Jonathan Whiting an der Tür erscheint.

»Hallo, Jonathan«, sagen alle gleichzeitig.

»Wie ich sehe, bist du schon hier, kleine Dame«, sagt Jonathan zu mir.

»Sergeant Griffin hat mich gefahren«, sage ich.

»Uuuh«, sagt der Chor.

»Hier, Jono«, sagt Nana und klopft neben sich auf das Sofa. »Dein Enkel ist ein unglaublicher Schatz.«

Jonathan Whiting strahlt vor Stolz und setzt sich zu Nana. »Tom war gerade dabei, uns zu erzählen, wie der Mann sich auf dem Pier auf den Bauch gelegt hat. Erzähl weiter, mein Schatz«, sagt Nana, und fünf alte Augenpaare richten sich auf mich. »Wir können es alle kaum erwarten zu hören, was als Nächstes kommt.«

Ich erzählte ihnen alles außer der Kleinigkeit, dass ich Bill in seinem Versteck hinter dem Felsen gesehen hatte. Sergeant Griffin hatte gesagt, dass sollte lieber niemand außer ihm und mir erfahren.

Nachdem Jonah und James Wo mich auf dem Pier abgeholt hatten (was ziemlich unaufregend war: Der Hübsche hatte sich einfach verabschiedet und war gegangen), rief Jonah seinen Großvater an und danach Sergeant Griffin.

Sergeant Griffin fuhr mit mir und dem Fischlein zur Wache. Dann rief er einen der Ermittler von auswärts an, und der bat ihn, meine Aussage zu Protokoll zu nehmen. Sergeant Griffin tippt sehr langsam, deswegen dauerte der letzte Punkt ziemlich lange.

Am nächsten Morgen war Sergeant Griffin wieder da. Jonah kam mich wecken.

»Heute früh kommt jemand von der Kriminalpolizei in West Wrestler«, teilte mir Sergeant Griffin über Jonahs Schulter hinweg mit. »Sie wird ungefähr in einer halben Stunde hier sein und möchte ein Phantombild des Mannes erstellen, der hinter Bill her war.« Das war für einen Kleinstadtpolizisten eine große Sache, und man merkte ihm an, wie gern er wollte, dass alles glattging.

Ich duschte und zog mich an und frühstückte. Dann brachte Sergeant Griffin mich und das Fischlein wieder zur Wache.

Die Zeichnerin war unheimlich sympathisch. Sie hatte hübsche lange Finger und eine spitze Nase, und sie hatte die Angewohnheit, sich den Bleistift an die Wange zu legen, während sie mich ansah. Gemeinsam zeichneten wir den Hübschen. Dann brachte mich Sergeant Griffin zum Mavis Ornstein, damit ich Nana besuchen konnte.

»Danke für deine Hilfe, Tom«, sagte Sergeant Griffin für mich völlig unerwartet.

Offenbar war ich eingenickt. »Wissen Sie eigentlich, was Bill verbrochen hat?«, fragte ich und rieb mir den Schlaf aus den Augen. Wir waren vor dem Haupteingang angekommen.

»Nein, das weiß ich nicht, aber ich glaube, es ist ein Riesensegen, dass du nicht mehr bei ihm wohnst.«

»Glauben Sie, dass es in Ordnung wäre, im Bootsschuppen vorbeizuschauen?«

»Wieso?«

»Ich glaube, ich habe da noch ein paar Sachen vergessen. Mir fehlt ein Sweatshirt, und ich kann meine Gummistiefel nicht finden.«

»Warte, bis ich dir Bescheid gebe, Tom. Es könnte gefährlich sein, solange diese Typen hier rumlaufen.«

Im Flur hält Hazel mich auf. »Sie werden alle schlafen wie die Babys, nach dieser Aufregung.«

»Hallo, Haze.«

»Willst du ein Päuschen einlegen?«

»Ja«, sage ich, und wir lachen beide.

Ich folge Hazel auf die Veranda, an Papa vorbei und um die Ecke zur Liege. Hazel bleibt bei einer alten Frau stehen. Ich kenne sie nicht. Vielleicht ist sie neu. »Jemand hat nach Ihnen gefragt«, sagt Hazel.

»Wirklich?« Die Alte schaut mich ausdruckslos an und wendet sich wieder Hazel zu. »Wer denn?«

»Ein junger Mann, komischer Name«, sagt Hazel, und ich sehe plötzlich Caleb Loeb vor mir. »Haben Sie einen Enkelsohn?«

»Einen Enkel …«

»Ich frage noch mal nach und komme dann wieder«, sagt Hazel.

»Danke, meine Liebe«, sagt die alte Frau und lehnt sich zurück. Sie schließt die Augen.

Hazel nickt mir zu, und wir gehen weiter. »Die Ärmste«, sagt sie. »Vollkommen weggetreten.«

»Aber wenn sie einen Enkel hätte, würde sie das wissen, oder?«

»Schwer zu sagen. Sie vergisst immer, wo ihr Zimmer ist.«

Wir gehen an der Liege vorbei und über die Rampe in den

Garten. Da steht die Hollywoodschaukel im Schatten. Wir gehen hin und setzen uns hinein.

»Auf jeden Fall muss man heutzutage vor Identitätsbetrug auf der Hut sein«, fährt Hazel fort. »Wer weiß, weshalb jemand auf die Idee kommt, so zu tun, als hätte er eine Großmutter, aber wir haben die Vorschrift, jeden sorgfältig zu prüfen, den die Bewohner nicht als Angehörigen eingetragen haben.«

»Ach so, du glaubst, der Typ hat vielleicht gelogen?«

Ich habe schreckliches Halsweh. Ich fühle mich wie auf Jonahs Luftmatratze. Ich versuche die Augen zu öffnen. Ich fühle mich ganz weit weg von mir. Und irgendwie ist mir das egal.

»Sollen wir jemanden dazuholen, den sie kennt?«

»Ich weiß nicht. Vielleicht ist es einen Versuch wert.«

»Hazel«, sage ich. »Was ist mit dem Enkel von dieser Frau. Dem, mit dem komischen Namen. Hast du ihn gesehen?«

»Ich kann dir nichts Genaues sagen, Tom, weil das vertraulich ist. Aber Enkel sind generell selten. Normalerweise melden sich direkte Verwandte: ein Kind oder Geschwister. Die den Kontakt verloren haben. Oder sich irgendwann gestritten haben und das wieder in Ordnung bringen wollen. Diejenigen, die tatsächlich anreisen, stehen fast immer auf der Liste, die die Bewohner anlegen.«

»Hat Nana auch schon mal so jemand besucht?«

»Meinst du, ob du eine Tante oder einen Onkel hast, von denen du nichts weißt?«

»Ja, vermutlich.«

»Ehrlich gesagt weiß ich das nicht mehr so ohne weiteres, Tom. Deine Nana ist schon so lange hier. Lass mich drüber nachdenken, ob mir da noch was einfällt.«

So vage äußert sich Hazel sonst selten. Papa behauptet, sie hat ein unglaubliches Gedächtnis. Er meint, sie tut nur unbedarft, damit keiner dahinterkommt, wie schlau sie ist.

Papa ist mit Hazels Vater zur Schule gegangen. Sein Name war Kevin. Papa kann sich noch daran erinnern, wie Hazel geboren wurde. Da ist er mit Kevin in die Kneipe gegangen, und jeder hat ihnen einen ausgegeben, bis sie so betrunken waren, dass sie im Wartezimmer der Klinik eingeschlafen sind, als sie Mutter und Kind besuchen wollten.

Kevin und seine Frau Ellen merkten, dass Hazel ein besonderes Kind war, als sie mit zwei Jahren zu lesen begann. Zur Schule kam sie mit vier. Papa behauptet, ihr IQ sei höher als der Eiffelturm und die Lehrer hätten nicht gewusst, was sie mit ihr anstellen sollten. Heutzutage hätte man sie als hochbegabt eingestuft und mit Sonderkursen versorgt, aber damals in den Sechzigern habe man noch alle über einen Kamm geschoren. Und so kam es, wie es kommen musste. Vor lauter Langeweile hat sie sich mit richtigen Versagern eingelassen und angefangen Autos zu klauen. Mit vierzehn ist sie von der Schule abgegangen und verschwunden. Papa meint, ihm sei anfangs gar nicht klar gewesen, dass die Hazel, die im Mavis Ornstein arbeitet, tatsächlich die Tochter von Kevin und Ellen ist.

Aber Nana hat es gewusst. Nana liest täglich die Seite mit den Heirats-, Geburts- und Todesanzeigen. Eines Nachmittags erspähte sie den Nachruf auf Ellen Croxly-Wrightson. Er enthielt die Formulierung »geliebte Frau von Kevin und Mutter von Hazel«.

Papa fand Nana und Hazel im Lesezimmer. Hazel saß an ihrem Schreibtisch, den Kopf in den Händen, und weinte. Nana stand neben ihr und streichelte ihr sanft die Schulter.

10

Gerade ist mir eingefallen, warum wir den Fluss »Rumbly« getauft haben. Wir waren eines Morgens ganz früh losgefahren, vor Sonnenaufgang. Bill hatte das Aluboot schon am Abend vorher auf den Anhänger geladen, damit wir gleich aufbrechen konnten. Aber das hieß, dass ich keine Zeit zum Frühstücken hatte.

Zum Fiske Point fährt man ungefähr 25 Minuten, und mindestens genauso lange dauert es, das Boot vom Parkplatz über die kleine Sanddüne zum Fluss zu schleppen. Ich hatte solchen Hunger. Mein Magen begann zu knurren. Als wir flussaufwärts ruderten, wurde das Knurren so laut, dass es ein Rumpeln war. Ich kann nicht glauben, dass ich das vergessen hatte.

Ich will so gerne zum Bootsschuppen. Ich möchte mein Sweatshirt und meine Gummistiefel finden, aber vor allem möchte ich in Bills Sachen rumstöbern.

Wenn das Fischlein nicht wäre, könnte ich alleine hinschleichen.

»Vielen Dank auch«, sagte das Fischlein.

»Hör zu. Mir reicht es langsam, dass ich nie auch nur fünf Minuten für mich allein habe.«

»Und ich freu mich, dass du nicht hinkannst. Sergeant Griffin hat gesagt, es ist gefährlich.«

»Ich weiß. Aber ich würde gern gucken, ob ich herausfinden kann, was Bill auf dem Kerbholz hat.« Und wenn ich mich allein auf den Weg machen könnte, müsste ich niemandem erklären, was ich vorhabe.

»Wir könnten hin, während Jonah im Pie Shop arbeitet.«

»Allein heißt auch ohne dich«, erwiderte ich. Hart, aber wahr.

»Dr. Patek wäre dagegen«, sagte das Fischlein.

Sie hatte natürlich Recht. Ich hatte versprochen, mich gut vorzusehen, und sieben Kilometer mit dem Fischlein sind wahrscheinlich ein Vertrauensbruch.

Es blieb einen Moment still. »Und wenn wir uns das Boot borgen würden?«

Eines war sicher: Das Fischlein war schlau.

Ich hatte vergessen – aber sie erinnerte sich –, dass das Aluboot noch am Pier an der Mündung festgemacht war. Bill war gestern Nachmittag zum Pier gerudert und hatte das Boot bei seiner Flucht zurückgelassen. Mein Gefühl sagte mir, dass er es nicht eilig haben würde, es wieder abzuholen.

Mit dem Boot war es vielleicht wirklich möglich, zum Bootsschuppen zu gelangen. Der Weg ist viel kürzer, wenn man am Ufer entlang zum Jessops Creek rudert. Und Bill hat einen eigenen Steg, so dass man den Schuppen überhaupt nicht verfehlen kann.

Ja, das Fischlein war ein Genie.

»Das habe ich gehört«, sagte sie.

Und eine Nervensäge.

Später am Abend heckte ich mit dem Fischlein einen Plan aus. Alles musste ganz normal wirken, überhaupt nicht auffällig. »Ich bin mal kurz zur Mündung«, übte ich.

Das Fischlein spielte Jonah. »Warte lieber, bis ich mitkann.«

»Nicht nötig«, antwortete ich, »Sergeant Griffin hat nichts dagegen gesagt, dass ich zur Mündung gehe.«

»Ahhh, aber was ist mit dem FishMaster?«, fragte das Fischlein.

»Verflucht«, sagte ich und verließ meine Rolle. »Wie kann ich das hinbiegen?« Ich machte Jonah doch immer mit dem FishMaster verrückt. Er würde Verdacht schöpfen, wenn ich nicht darauf bestünde, ihn mitzunehmen.

Das Fischlein und ich lagen im Dunkeln und versuchten uns eine Lösung auszudenken. Doch das war Zeitverschwendung.

Mir blieb nur, Jonah wegen dem Skateboard unter Druck zu setzen. Mit dem Fischlein einigte ich mich, dass ich es gleich am Morgen beim Frühstück ansprechen würde. Wenn ich es mit ihrer Quengelstimme machte, würde Jonah wahrscheinlich anbieten, es auf der Stelle dranzumontieren.

»Na-acht«, sagte das Fischlein.

»Träum süß von sauren Gurken«, sagte ich und tätschelte meinen Bauch.

Aber ich war zu aufgewühlt, um zu schlafen. Ich lag wach, lauschte den Geräuschen ums Haus und dachte darüber nach, wie anders mein Leben wäre, wenn meine Familie nicht ertrunken wäre.

Als es hell wurde, dachte ich an Sarah, als sie klein war. Sie hat den frühen Morgen geliebt und ist, auch wenn ich protestierte, immer zu mir ins Bett geklettert, sobald sie aufgewacht war. »Tommy«, flüsterte sie und legte den Kopf auf meine Brust, »hörst du die Piemesse?«

Jeder Morgen fing mit Kuscheln und Piemessen an, bis Mum uns zum Frühstück rief. Sarah hat immer am Daumen genuckelt und ihn auch zum Sprechen nicht aus dem Mund genommen; es hat Jahre gedauert, bis mir klar wurde, dass sie »Piepmätze« gemeint hatte.

Wie sich herausstellte, musste ich gar nicht quengeln. Jonah sagte, er habe sich überlegt, dass sein alter Gokart für den FishMaster viel besser geeignet ist als das Skateboard, weil er stabiler ist. Er brauchte bloß eine Minute, um ihn hinter dem Garagentor zu finden.

Man musste nur die Lenkstange aus der Halterung lösen und nach vorne kippen, und schon war der Gokart in eine Plattform mit einem langen Griff verwandelt. Jonah prüfte die Räder, während ich den FishMaster aus dem Haus holte. Dann stellten wir ihn vorne auf die Fläche und schnallten ihn, für den Fall, dass ich irgendwo gegenstieß, mit einem alten Gürtel fest.

»Voilà, Madame!«, sagte Jonah, als er fertig war.

»Mademoiselle. Ich bin nicht verheiratet.«

Jonah ist nicht erfreut darüber, dass ich allein zur Mündung gehe, aber er findet kein Argument, das stark genug ist, um mich davon abzuhalten. Es wäre mir lieb, ihm erzählen zu können, was ich vorhabe, aber er würde es seinem Großvater erzählen, und der würde Sergeant Griffin anrufen, und deswegen sage ich nichts, sondern trödele nur herum, bis er zur Schule aufgebrochen ist.

Ich blicke ihm nach, als er die Auffahrt hinunterradelt, und warte noch fünf Minuten, für den Fall, dass er umkehrt. Sobald ich mich sicher fühle, mache ich den Gürtel los und schleppe den FishMaster die Stufen hinauf und wieder ins Haus. Er ist zu groß, um unters Bett zu passen, deshalb verstecke ich ihn hinter der Tür.

Den Gokart habe ich beschlossen mitzunehmen. Er wird sich als praktisch erweisen, wenn ich was finde. Und ich kann eine Wasserflasche und etwas zu essen mitnehmen, ohne die Sachen tragen zu müssen.

Um neun machen das Fischlein und ich das Boot vom Pier los. Der Gokart war zu groß, um ihn ins Boot zu hieven, ich habe ihn zurückgelassen. Das heißt, dass ich die Sachen aus dem Bootsschuppen zum Steg tragen muss, aber wie das geht, werde ich sehen, wenn ich da bin. Der Gokart müsste eigentlich sicher sein. Ich habe ihn vor dem Pier im Gebüsch versteckt.

Rudern ist mit dem Fischlein nicht so einfach, aber ich habe keine Eile – das Wasser ist ruhig, die Brise sanft. Mit jedem Ruderschlag gleitet das Boot weiter durch das Wasser.

Nach nur zwanzig Minuten nähere ich mich der Biegung. Sobald ich sie umrundet habe, kommt der Anleger in Sicht. Aber das heißt, dass auch ich sichtbar sein werde. Je näher ich am Ufer rudere, desto weniger werde ich auffallen, denke ich.

Also drehe ich das Boot mit einem Riemen und rudere auf eine Baumgruppe ungefähr zwanzig Meter vor der Biegung zu. Jetzt, wo ich näher komme, werde ich doch nervös. Was ist, wenn Sergeant Griffin Recht hat und es beim Bootsschuppen nicht sicher ist? Was ist, wenn die Männer am Pier Killer waren? Was ist, wenn der Hübsche von dem Phantombild weiß? Hieße das, dass sie mich suchen? Und was ist, wenn Bill da ist und sich versteckt? Wie soll ich erklären, was ich da mache, wenn er mich beim Kramen erwischt?

Ich erreiche die Bäume. Ich hebe die Riemen aus dem Wasser und lege sie ins Boot. Ich muss nachdenken. Hätte ich doch bloß das Fernglas mitgebracht.

»Guck unterm Sitz«, sagt das Fischlein.

Natürlich. Bill hat immer eins im Boot. Vorsichtig stehe ich auf und klappe den Sitz hoch. Da stehen zwei Plastikbehälter. In einem verwahrt er Ersatzschnur, Haken und Bleie. Außerdem ein Fischmesser und einen rostigen Dosenöffner. In dem anderen Behälter liegt das Fernglas. Ich nehme es mir heraus, klappe den Sitz wieder runter und setze mich hin. An Stelle des Gurts hat Bill ein blaues Stück Seil ans Fernglas geknotet, und das lege ich mir um den Hals. Ich probiere, ob die Knoten halten, dann knöpfe ich die Tasche auf, hole das Glas heraus und schaue mich um.

Als Erstes gucke ich zurück in Richtung Pier. Er wirkt erstaunlich nahe. Und ist leer. Dann lasse ich meinen Blick über das Wasser wandern, immer hin und her. Als ich sicher bin, dass mir niemand gefolgt ist, wende ich mich der Biegung zu. Wieder suche ich das Wasser ab. Um ganz sicher zu sein, stelle ich noch einmal neu scharf und suche auch das Ufer ab. Nichts.

Ich will genau sehen, wohin ich fahre. Deshalb rudere ich nicht normal weiter, sondern drehe mich um, so dass ich nach vorne zur Bootsspitze schaue. Vorwärtszurudern ist seltsam, aber nicht unmöglich. Ich beuge mich vor, nehme die Riemen und schwinge sie im weiten Bogen so herum, dass sie nicht hinter mir, sondern vor mir ins Wasser stoßen. Dann schiebe ich mich vor, und die Ruder bewegen sich von vorne nach hinten. Anfangs fühlt sich das komisch an, aber ich finde bald einen Rhythmus.

An der Biegung lege ich rasch die Riemen ins Boot und sehe mir mein Ziel durchs Fernglas an. Es ist nirgends jemand zu sehen. Ich rudere weiter und halte nur einmal kurz inne, als mir etwas durch das Blickfeld huscht.

Ich erreiche den Anleger ohne Zwischenfälle und mache das Boot an einer Stange fest. Ich klettere hinaus, gehe über den Ponton und den Anleger zu den Stufen. Sie sind aus alten Autoreifen gebaut und mit Kies gefüllt. Der Kies knirscht ziemlich laut, aber nicht so laut, dass es vom Bootsschuppen aus zu hören wäre.

Die Böschung ist steiler, als ich sie in Erinnerung hatte, also lasse ich mir Zeit.

»Ich hätte das Fernglas im Boot lassen sollen«, sage ich zum Fischlein, als mir klar wird, dass es mir noch um den Hals hängt. Ich sehe mich nach einem Platz um, an dem ich es verstecken könnte, aber das ist sinnlos; wenn ich es hierlasse, werde ich es nie wiederfinden. Ich ärgere mich über meine Schusseligkeit. Das Letzte, was ich brauche, sind unnötige Lasten. Zum Glück ist der Rest des Wegs zum Schuppen ein ebener Lehmpfad.

»Pssst«, macht das Fischlein, und ich bleibe wie angewurzelt stehen.

Vor mir sind Stimmen. Männerstimmen. Ich mache mich klein und versuche zu hören, was sie sagen, aber sie sind zu weit weg. Ich krieche ein wenig weiter den Pfad entlang. Weil das Fischlein so schwer ist, tun mir beim Krabbeln die Knie weh – aber aus Angst, mich zu verraten, wage ich nicht aufzustehen.

Ich sehe mich nach einem Versteck um. Links von mir geht ein kleinerer Pfad ab. Er ist ziemlich zugewuchert, so dass ich ihn normalerweise gemieden hätte, aber jetzt muss ich unbedingt den Hauptweg verlassen, falls sie in diese Richtung kommen.

Der schmale Pfad führt von den Stimmen fort und scheint in einem Halbkreis zum alten Hühnerstall zu führen. Ich habe keine Ahnung, was ich als Nächstes machen soll. Die Knie tun mir weh, und in den Beinen bekomme ich Krämpfe. Ich sehe und höre niemanden, also beschließe ich, dass ich es wagen kann aufzustehen. Ich strecke meine Beine und versuche mich zu orientieren. Der Hühnerstall war, soweit ich weiß, rechts hinter dem Bootsschuppen, aber wenn ich mich recht erinnere, hatte er ein altes, rostiges Dach. Dieses Dach sieht neu aus.

»Vielleicht gibt es einen zweiten Hühnerstall«, meint das Fischlein.

»Ich glaube nicht«, antworte ich. »Bill hat das alte Dach ersetzt.«

Ich bin noch unentschieden, ob ich hierbleiben oder leise zum Anleger zurückschleichen soll, als ich gestört werde.

»Bist du sicher, dass es hier ist?«, fragt eine Männerstimme.

»Todsicher«, sagt eine zweite Stimme, auch von einem Mann. Keiner von beiden klingt nach dem Hübschen. Ich höre ein lautes Knirschen, und plötzlich steht jemand ungefähr zehn Meter von mir entfernt auf der Lichtung.

Sarah und ich haben selten Versteck gespielt. Mum war der Meinung, es sei unfair, weil Sarah am Ende immer weinte, wenn sie mich nicht finden konnte. Ich liebe es total, mich zu verstecken, und es hat mich nie gestört, dass Sarah nicht mitspielen mochte, weil es mir genauso viel Spaß machte, mich ganz alleine zu verstecken. Dad behauptete immer, ich brauchte mich eigentlich gar nicht zu verstecken, um versteckt zu sein. Ich weiß nicht, wie ich es angestellt habe, aber ich konnte mich einfach an eine Wand drücken, so dass Mum, ohne mich zu bemerken, vorbeiging.

Bis ich es schaffte, mich vor Dad zu verstecken, brauchte ich ein paar Jahre Übung – und jede Menge Hilfe von Papa. Papa meinte, Dads militärische Ausbildung sei für uns die größte Hürde. Ich habe einmal versucht, Dad danach zu fragen, aber da hat er sich einfach umgedreht und ist weggegangen.

Der Trick, sagt Papa, besteht darin, sich mucksmäuschenstill zu halten und *auf keinen Fall* jemanden direkt anzusehen. Augen sind so mächtig, sagt er, dass Menschen es oft spüren, wenn sie beobachtet werden. »Aber das ist nur der Anfang«, sagte er. »Vor deinem Vater wirst du dich nur verstecken können, wenn du es lernst, dich unsichtbar zu machen.«

Ich drehte mich um und lief leise zum Hauptweg zurück. Obwohl die Männer fort waren, bewegte ich mich so leise wie möglich. Ich rechnete ständig damit, Bills Stimme zu hören.

Die Tür zum Bootsschuppen stand offen. Drinnen herrschte ein solches Chaos, dass eine Katze ihre Schnurrhaare nicht gefunden hätte (Nana mal wieder). Oben unterm Dach war alles leer, abgesehen vom Bett und von einem alten Läufer, der früher draußen auf der Veranda gelegen hatte. Das Zimmer war traurig und klein und sah nicht so aus, als hätte dort, seitdem ich weg war, jemand geschlafen. Es war stickig und heiß, deswegen entriegelte ich eine Tür, um frische Luft reinzulassen.

»Himmel, bist du ein neugieriges kleines Miststück.«

Es war Bill. Obwohl ich die ganze Zeit halb mit ihm gerechnet hatte, bekam ich einen solchen Schreck, dass ich mir den Kopf am Balken stieß und wider Willen laut aufschrie.

»Das hat wehgetan«, sagte er.

Ich drehte mich zu ihm um. »Papa sagt, du bist heimtückisch, und er hat Recht«, sagte ich und rieb mir die wunde Stelle. Ich hatte den Eindruck, sie würde bluten.

»Dein Papa ist tot«, entgegnete Bill hämisch.

»Das bist du auch bald, wenn die Männer dich finden.«

»Was weißt du über sie?«

»Nicht viel«, sagte ich und wünschte, ich hätte den Mund gehalten. »Bloß, dass sie hier waren.«

»Mich interessiert viel mehr, was *du* hier machst«, sagte er.

Das war das Problem mit Bill. Er war nicht leicht abzulenken.

»Ich wollte dich besuchen«, log ich.

»Du lügst«, sagte er und kam langsam näher.

»Sag ihm, du bist hergerudert, um ihn zu besuchen, aber weil die Männer hier waren, hast du dich versteckt, bis sie weg waren«, schlug Papa vor.

»Du hast das Boot an der Mündung gelassen«, sagte ich. »Ich dachte, du könntest es vielleicht brauchen.«

»Noch besser«, sagte Papa.

»Du meinst, du hast gedacht, du könntest mal rumschnüffeln«, sagte Bill.

»Wozu sollte ich schnüffeln?«, sagte ich. »Ich habe mich bloß umgesehen, weil die Männer so viel Chaos hinterlassen haben. Ich hab mir Sorgen gemacht.«

Bill dachte nach.

»Und was ist mit dem Gokart?«, fragte er.

Auf die Frage war weder Papa noch ich gefasst. Bill musste zum Pier gelaufen sein, um das Boot zu holen. Mist.

»Nicht schlimm«, sagte Papa, der meine Gedanken las. »Ich wette, er weiß nicht, dass du versucht hast, ihn mitzunehmen.«

»Der Gokart ist Jonahs Idee«, sagte ich mit möglichst ruhiger Stimme. »Er ist mein neuer Wagen für den FishMaster.«

Bill warf mir einen Blick zu, der hieß, er wollte das genauer wissen.

»Damit ich ohne Jonah zur Mündung kann«, erklärte ich.

Ich sah zu, wie er das verdaute.

»Dein toller Kackköderkasten ist geklaut worden«, sagte Bill.

Mein Herz pochte so sehr, dass es sich anfühlte, als trete mich das Fischlein in die Rippen. »Ich hab den FishMaster zu Hause gelassen«, sagte ich. »Ich wollte heute nicht angeln, sondern bloß mit dem Boot raus. Da hab ich gedacht, ich könnte auch gleich den Gokart testen.« Ich schenkte ihm mein schönstes Lächeln. Alles ist gut, sagte das Lächeln. »Jedenfalls bin ich froh, dass du hier bist«, fügte ich immer noch lächelnd hinzu. »Die Männer waren ganz schön aufgeregt.«

Bill starrte mich bloß an. Ich sah ihm an, dass er mir nicht glaubte.

»Was ist mit dem Fernglas?«

Mist, Mist, Mist.

»Vögel beobachten«, schlug Papa vor. Das war ziemlich schwach, aber mir fiel nichts anderes ein.

»Ich hab mir auf dem Weg hierher Zeit gelassen«, sagte ich. »Dr. Patek sagt, ich muss mich schonen. Deswegen habe ich unterwegs Vögel beobachtet.«

Nana behauptet, Lügen ist gar nicht so schwer, wenn man es um die Wahrheit rankt.

Wir wurden davon unterbrochen, dass hinter dem Bootsschuppen plötzlich Autoreifen schlitterten und zum Stehen kamen. Der Motor ging aus. Eine Tür knallte.

»Tom!«

Es war Sergeant Griffin.

Bill machte ein wütendes Gesicht. »Sag dem Idioten nicht, dass du mich gesehen hast.«

»Und die Männer?«, fragte ich.

»Du hast niemanden gesehen. Okay?«

»Okay«, antwortete ich.

»Mach keinen Scheiß, Tom. Geh jetzt runter und lass ihn hier nicht hoch.«

Ich hätte Sergeant Griffin umarmen können.

11

»Man nennt es den ›Tipping Point‹«, sagt Jonathan Whiting und bremst auf dreißig ab, als wir in den Kreisverkehr einbiegen. »Es gibt eine bestimmte Zahl, eine kritische Masse. Der Punkt, an dem so viele Leute etwas kaufen oder mögen oder benutzen, dass dieses Etwas plötzlich Bedeutung gewinnt.«

»Aha«, sage ich. »Du meinst so wie Cola?«

»Cola ist ein schwieriges Beispiel, weil dafür so stark geworben wurde. Denk dir was anderes aus, etwas Ungewöhnliches, nicht unbedingt Alltägliches.«

Jonathan Whiting und ich unterhalten uns neuerdings öfter auf dem Weg zum Mavis Ornstein. Er weiß unheimlich viel über seltsame und interessante Sachen. Papa würde sich ärgern, wenn er davon wüsste, also habe ich ihm noch nichts davon erzählt.

»Vor der Flut gab es in der Schule einen Jungen. Brandon Holloway. Brandon hatte eine komische Art, Menschen zu zeichnen. Er fing immer mit den Füßen an und arbeitete sich von dort hoch bis zum Kopf. Alle seine Freunde begannen, das nachzumachen. Ich glaube, anfangs machten sie es zum

Spaß, aber am Ende des Halbjahres machte es schon der ganze Kunstkurs so.«

»Und was war mit dem Rest der Schule?«

»Öh«, sage ich und presse den Zeigefinger an meine Lippen. »Das weiß ich nicht mehr. Gewusst haben wir es alle, aber ich erinnere mich nicht, dass andere Klassen nachgezogen hätten.« »Nachziehen« ist ein Wort, das ich von Jonathan habe. Irgendwie sagt er es dauernd. »Müsste die ganze Schule mitmachen, damit man von einem Tipping Point sprechen könnte?«, frage ich und wiederhole die Frage noch einmal stumm, einfach um sie zu genießen.

»Nicht unbedingt«, antwortet Jonathan. »Denk dir eine Schubkarre voll Beton. Man schaufelt Sand, Kies und Zement hinein und fügt dann Wasser hinzu, bis alles nass und gut durchmischt ist. Man braucht eine gewisse Menge Wasser, nicht wahr, bis die Mischung richtig ist.«

»Ich habe noch nie Zement angemischt.«

»Ja, gut. Aber verstehst du mich so weit?«

Das ist typisch Jonathan. Er schafft es, mich zum Nachdenken zu bringen. Das nennt er »Initialisierung«. Wenn das funktioniert hat, wirft er etwas ein, das zunächst vollkommen belanglos erscheint. Das ist der »Expansionspunkt«. Beton ist das Stichwort, das mir helfen soll, meinen Horizont zu erweitern. Jonathan sagt, unsere Gehirne sind großartig, weil sie mit dem Unerwarteten nicht nur fertigwerden, sondern es als Anreiz nehmen, sich zu entwickeln.

»Beton ist wie ein Kuchen. Die Zutaten müssen genau stimmen, damit er was wird«, denke ich laut.

»Genau?«

»Ja. Eine Biskuittorte erfordert genaue Zutaten.« Mum hat immer gesagt, das Geheimnis eines perfekten Biskuitbodens sei Präzision.

»Denk weiter. Und erleg deinem Denken keine Beschränkungen auf.«

Ich lasse einen Augenblick los. Dad hat immer gesagt, seine besten Ideen seien ungeplant.

»Ich habe die genaue Wassermenge in einem Eimer. Der Eimer neigt sich über den Zementmischer und die Brandon-Menge wird hineingeschüttet. Sobald einer von Brandons Freunden anfängt, die Füße zuerst zu zeichnen, kippt der Eimer mehr Wasser hinein. Der nächste und der nächste und der nächste Freund kommen hinzu, bis der Eimer auf einmal so weit kippt, dass es kein Zurück mehr gibt und das Wasser ganz in den Mischer fließt.«

»Ausgezeichnet. Wie lautet deine Begründung?«

»Ich denke, es war die Größe von Brandons Freundeskreis, die für den Effekt verantwortlich war. Er war groß genug, dass der Punkt erreicht wurde, an dem die ganze Klasse begann, Brandons Stil zu übernehmen.«

»Tom, ein gutes Plädoyer.«

»Also dann, Tom«, sagt Sergeant Griffin, als er seinen Gurt losmacht und sich mir zuwendet. Er hat mich zu Jonahs Haus gefahren, obwohl ich ihm gesagt habe, dass ich lieber nach Hause rudern würde.

»Ja …?«, erwidere ich.

»Tom, mach keine Spielchen. Was wolltest du im Bootsschuppen?«

»Es tut mir leid, Sergeant Griffin.« Ich versuche immer noch rauszufinden, wieso er wusste, dass ich dort war. »Bitte, verraten Sie mich nicht an Dr. Patek.«

»Jetzt hör mal zu, junge Frau«, sagt er und stößt den Zeigefinger in die Luft. »Das hier hat nichts mit Dr. Patek zu tun, sondern damit, dass du nicht mit der Polizei kooperierst.« Schweißperlen auf seinem Kinn. Er lockert den Schlips und zerrt an seinem Hemdkragen.

»Ich habe doch kooperiert, Sergeant Griffin. Warum darf ich nicht in den Bootsschuppen?«

»Weil du ein fünfzehnjähriges Mädchen bist, das ein Baby im Bauch hat« – er brüllt beinahe –, »und weil du dich einer Gefahr aussetzt. Wir wissen immer noch nicht, wer diese Männer sind – und Bill ist, seit sie aufgekreuzt sind, verschwunden.« Er holt tief Luft und atmet laut wieder aus.

»Es tut mir ehrlich leid, Sergeant Griffin.« Ich mache meinen Sitzgurt los.

»Hör zu, Tom«, sagt Sergeant Griffin mit einer Stimme, die vertrauter klingt. »Ich möchte dir nicht böse sein, nach allem, was du durchgemacht hast. Aber dies ist mein Revier, und ich bin für dich verantwortlich. Verstehst du mich?«

Ich nicke, ja. Ich muss aus dem Auto raus, bevor ich ersticke, und stoße die Tür auf, um mich hinauszuhieven. Sergeant Griffin beugt sich zu meiner Seite herüber und fängt meinen Blick. »Mach die Dinge nicht schwieriger als nötig, Tom.«

Als ich die Einfahrt zu Jonahs Haus hinuntergehe, merke ich, dass ich das Fernglas noch immer um den Hals habe.

Jonathan Whiting war früher Anwalt. Es hat sich mit siebzig pensionieren lassen, aber er arbeitet bis heute als Berater, um geistig aktiv zu bleiben.

»Ich habe eine Aufgabe für dich«, sagt er, als wir auf den Parkplatz fahren. Seine Aufgaben können alles Mögliche sein. Einmal hat er mir einen Zauberwürfel gegeben und mich gebeten, ihn in Ordnung zu bringen. Ich dachte, ich tue ihm einen Gefallen.

»N.i.b.l.i.c.k.«, buchstabiert er. »Ich möchte, dass du das Wort nachschlägst und mir eine Wortherkunft lieferst.«

Ich hole mein Notizbuch raus, schreibe »Niblick« und »Herkunft« hinein und warte auf weitere Anweisungen.

»Heute in acht Tagen«, sagt er, »spiele ich beim Old-Silks-Golfturnier mit. Ich werde eine Woche weg sein. Meinst du, du kannst für die Zeit einen anderen Chauffeur finden?«

»Ich frag mal rum«, sage ich und klappe das Notizbuch zu. »Ich wusste gar nicht, dass du Golf spielst.«

»Es gibt vermutlich allerlei, was du über mich nicht weißt. Genauso wie es allerlei gibt, was ich über dich nicht weiß.«

Ein komischer Moment. Das Stichwort für mich, aus dem Auto auszusteigen.

»Danke, Jonathan«, sage ich. »Dann bin ich in ungefähr einer halben Stunde bei Nana.«

»Du gehst nicht gleich zu ihr?«

»Ich will vorher noch mit Hazel reden.«

Ich kann Stimmen hören, weit weg von mir.

Ich lasse meine Gedanken schweifen.

Ich fühle mich schwerelos, ruhig.

Jemand summt.

»Tommy? Bist du das?«

»Ich schlafe neuerdings wie ein Baby.«

»So soll es sein«, sagt Clare.

»Ich überlege, ob ich eine Schildkröte will.«

»Keine Ahnung. Früher hatten wir gelegentlich welche. Warte mal.« Clare geht hinten aus dem Laden. »Marge«, ruft sie – und mir geht auf, dass sie Mrs Blanket meint –, »Tom ist hier und fragt nach Schildkröten.«

Mein Blick wandert zum Aquarium mit den Barben. Mrs Blanket hat keinen Ersatz für Oscar angeschafft. Ich glaube, sie bringt es nicht übers Herz.

Mir ist ein bisschen schwindelig. Im Gang mit den Meerschweinchen hat Mrs Blanket einen Stuhl für Kunden stehen. Dort setze ich mich hin. In einem Käfig liegt ein kleines braunes Meerschweinchen auf einem herzförmigen Kissen und schläft. Es ist eins von diesen kleinen Kissen, die Blumenhändler in ihre Sträuße stecken. Mrs Blankets Blumen für Oscar. Als ich das kleine Meerschweinchen ansehe, reckt es sich und gähnt und rollt sich vom Kissen auf den Rücken. Es hat eine kleine weiße Locke unterm Kinn. »Hallo, Rumbly«, sage ich.

Seit Dr. Patek mir nur Bewegung in Maßen verordnet hat, gehört Fielders Zoohandlung nicht mehr zu meinem Samstagsritual. Aber von heute an kommt James Wo nicht mehr freitags nach der Schule zu mir nach Haus, sondern samstagvormittags. An den Freitagen kommen bei ihm in letzter Zeit zu viele Sitzungen dazwischen. Gestern Nachmittag ist Jonah mit einer Nachricht von James Wo nach Hause gekommen und hat den Wechsel angekündigt.

»Und wenn es mir nicht passt?«, sagte ich zu Jonah, als er mir die Nachricht brachte.

»Stell dich nicht an, Tom.«

»Ich meine es ernst«, sagte ich. »Was wäre, wenn ich Pläne hätte?«

»Hast du welche?«

»Was?«

»Pläne für morgen?«

»Darum geht's nicht. Erwartet er, dass du den ganzen Weg zur Schule zurückradelst, um ihm die Antwort zu überbringen?«

»Mach nicht den Bock zum Reiter«, sagte Jonah.

»Was soll denn das nun wieder heißen?«

Heute früh um neun stand James Wo vor der Tür. Weil ich gerade erst geduscht hatte, wartete er einen Augenblick draußen. Es hätte wirklich sein können, dass ich etwas vorhatte. Ich hätte vorhaben können, noch mal zum Bootsschuppen zu fahren.

»Du kannst jetzt reinkommen«, rief ich, als ich angezogen war.

Wir setzten uns an den Küchentisch. Er sah meine Aufgaben durch und erläuterte den Plan für die kommende Woche. Dann bot er mir an, mich in den Ort zu fahren.

»Fährst du samstags immer in den Ort?«, fragte ich.

»Du bist wie ein offenes Buch, Tom.«

Es ist über ein Monat vergangen, seit ich aus der Mater-Klinik in West Wrestler entlassen wurde. Dr. Frank hat mich untersucht und telefoniert jetzt mit Dr. Patek. Sie sind beide mit meinen Fortschritten zufrieden. Das Fischlein entwickelt sich prächtig, liegt mit dem Kopf nach unten, in der richtigen Stellung zum Rauskommen. Dr. Patek und Dr. Frank vermuten, dass mich das belastet, aber das stimmt nicht. Das Fischlein ist ganz glücklich. Wir beide können uns gut verständigen. Sie hat mir sogar schon das Datum verraten: 26. Dezember. Dr. Patek glaubt, mein Stichtag wäre der 7. Januar. Und sie hat mich zudem gewarnt, dass erste Kinder bis zu zwei Wochen später kommen können.

Nicht das Fischlein. Sie ist in der 31. Woche und zählt die Tage.

Niblick, der, -s, -s (Golf) Hölzerner Schläger mit einem kurzen, breiten Eisenkopf und steilem Loft. Eisen 9 oder 8. (Herkunft ungewiss.)

»Haze, bist du beschäftigt?«

»Immer, Schatz. Was gibt's?«

Ich habe keine Ahnung von Golf, aber Hazel ist eine fanatische Spielerin.

»Ich muss dich was über Golfschläger fragen«, sage ich und zeige ihr den Eintrag im Lexikon.

»Hast du das für die Schule auf?«, fragt sie.

»Nein, Jonathan Whiting gibt mir immer Aufgaben.«

Hazel sieht mich seltsam an. »Das ist koscher, ja?«

»Klar. Er ist lieb. Ich wohne bei seinem Enkel. Er ist in meine Nana verliebt. Ich glaube, er nimmt mich unter seine Fittiche.«

Das Wort »Niblick«, schrieb ich, ist verwandt mit dem englischen Wort »nitwit«, einer umgangssprachlichen Bezeichnung für einen Dummkopf, die wörtlich bedeutet: nicht (nit) bei Verstand (wit). Niblick hingegen ist ein Wort aus dem englischen Militärslang. Es ist eine Bezeichnung für Offiziere, die auf Grund ihres gesellschaftlichen Standes auf ihre Posten gelangen und nicht durch Fleiß und harte Arbeit. Ein Niblick ist ein Offizier, dem es an wichtigen Führungsqualitäten fehlt, der den Anforderungen des Soldatenlebens nicht genügt und dafür so schlecht gerüstet ist, dass er dem Druck nicht standhält und nur dumme Entscheidungen fällt.

Es wird angenommen, dass Niblick in die Sprache des Golfspiels – und speziell auf das Eisen Nummer neun, das heute allgemein als Niblick bekannt ist – übernommen wurde, nachdem eine Gruppe von neun Offizieren, die auf den Falklandinseln stationiert waren, ein fünftägiges Turnier mit diesen Schlägern absolviert hatte. Letzteres ist jedoch unbestätigt (fügte ich um des melodramatischen Effekts willen hinzu).

»Hast du dir das ausgedacht?«, fragte Jonathan Whiting.

»Mhmm«, antwortete ich lächelnd.

»Alles?«

»Alles außer ›nitwit‹. Das Wort gibt es wirklich.«

»Ausgezeichnet, Tom. Woran hast du erkannt, dass die Aufgabe darin bestand, deine Fantasie zu üben?«

»Daran, dass du gesagt hast, ich sollte dir *eine* Wortherkunft liefern.«

»Doppelte Punktzahl«, sagte er. »Für Zuhören und für Originalität.«

»Danke, Jonathan.«

Hazel hat mir geholfen, einen Ersatzchauffeur zu finden – einen Mann, den alle Peter Perfect nennen, obwohl das »Perfect« bloß ein Spitzname ist. Peter Perfects Bruder Marcus wohnt auch im Mavis Ornstein, auf der Pflegestation. Peter besucht ihn jeden zweiten Tag.

»Komm, ich stell ihn dir vor«, sagt Hazel und führt mich am Ellbogen durch den Flur. »Er wohnt ganz in der Nähe von Jonah und sagt, es ist kein Problem.«

Wir gehen an der Küche vorbei, am Mitarbeiterzimmer und an der Apotheke, über einen Innenhof und durch eine Tür, die durch einen Code geschützt ist, in die Pflegestation. Wir fahren mit dem Lift nach oben und gehen an der leeren Schwesternstation vorbei zum Zimmer Nummer 17. Die Tür steht offen.

»Sein Bruder liegt im Koma«, flüstert Hazel. »Bist du bereit?«

Ich will gerade antworten, als Hazel klopft und eintritt und mich mit hereinzieht.

»Peter«, sagt Hazel, »dies ist Tom. Tom ist die Enkeltochter von Valerie Wolkoff.«

»Ah, ja«, sagt Peter Perfect. Er schlägt die Beine übereinander und macht einen viel zu ordentlichen Eindruck. »Tom«, sagt er und zieht den Stuhl neben sich ein Stück näher heran, »setz dich zu mir, damit wir uns ein wenig kennenlernen können.«

Ich werfe Hazel einen Blick zu. Sie lächelt und formt stumm die Worte: »Es ist nur für eine Woche.«

»Wann hast du vor, Jonah von Rumbly zu erzählen?«, fragt Jonathan Whiting, als er den cremefarbenen Bentley in eine Parklücke vor Fielders Zoohandlung lenkt.

»Ich warte noch auf den richtigen Moment«, sage ich.

Es ist über eine Woche her, dass ich Rumbly gefunden habe. Jonathan sagt, er hat nichts gegen den Umweg, aber seine Frage zeigt mir, dass es nicht ewig so weitergehen kann. »Wir müssen nicht jeden Tag herkommen«, sage ich.

»Tom, das ist kein Problem«, sagt er. »Es liegt fast auf dem Weg. Ich denke bloß, du solltest es Jonah endlich sagen. Dann kannst du Rumbly mit nach Hause nehmen.«

Jonathan mag Rumbly. Gestern hat er ihm einen Stall gekauft. Und er hat Recht. Ich sollte es Jonah wirklich sagen. Ich habe es nicht getan, weil ich ein schlechtes Gewissen habe. Ich hätte längst etwas sagen sollen – und mit längst meine ich, schon bevor ich Rumbly gekauft hatte.

»Soll ich es ihm sagen?«, fragt Jonathan.

»Ja«, sage ich. »Das wäre toll.«

12

Ich bin tief im Schlaf versunken und träume von Sarah und Mum und mir. Wir wandern auf der Sandspitze am Fiske Point entlang, und zum ersten Mal, seit ich denken kann, weht nicht die leiseste Brise. Ich bin so glücklich. Ich habe ein Lächeln im Gesicht.

»Guck mal da«, sagt Sarah. Sie geht links von uns auf der Seite zur Bucht hin, aber sie zeigt über das Meer. Mum und ich bleiben stehen und drehen uns nach rechts. Das Meer ist dunkel, aber klar, und neben uns schwimmen, beinahe so nahe, dass wir sie berühren können, drei Delfine. Sie schwimmen an uns vorbei und verschwinden.

»Schnell«, sagt Sarah. »Wir müssen sie einholen, sonst sind sie weg.« Sie lässt Mums Hand los und läuft vor.

Mum und ich gehen weiter. Sarah dreht sich um und sieht uns an.

»Kommt mit, ihr beiden«, ruft sie über den Sand. Ihre Worte schweben durch die Luft. Mum drückt mir beruhigend die Hand, und ich schaue zu ihr hoch, aber die Sonne scheint mir in die Augen, und ihr Gesicht ist ausgetilgt.

Ausgetilgt ist das Wort von gestern. Im Synonymlexikon

finden sich Vorschläge wie vernichten, zerstören und auslöschen, aber das Wörterbuch ist viel bildhafter. Dort ist die Rede von ausradieren, mit Stumpf und Stiel beseitigen, dem Erdboden gleichmachen. Ich finde es interessant, dass die beiden so disparat sein können. Für disparat gibt es in meinem Synonymlexikon keinen Eintrag. Das enttäuscht mich ein bisschen.

»Langsam«, ruft Mum Sarah zu. Sie und ich haben keine Chance, Sarah einzuholen. Mir macht das nichts aus. Ich bin nur ein Kind.

»Sarah muss sowieso anhalten, wenn sie zur Spitze kommt«, sage ich, weil ich Mutters Sorge spüre.

Die Sonne schimmert auf dem Sand. Es wird schwer, etwas zu sehen, das grelle Licht treibt mir Tränen in die Augen. Wenn Sarah in das Gleißen läuft, wird sie nicht mehr zu sehen sein.

»Mum«, sage ich.

»Ja«, antwortet sie. »Ich kann sie auch nicht mehr sehen.«

Betsy Groot ist gestorben. Hazel fängt mich und Jonathan gleich bei unserer Ankunft ab. Nana ist untröstlich, sagt sie.

Auf dem großen Gelände des Mavis-Ornstein-Seniorenheims wächst zur Straße hin eine lange, sehr hübsche Gardenienhecke. *Gardenia grandiflora*, Hunderte Pflanzen in einer Reihe und zwei Meter hoch. An der Auffahrt in das Gelände hinein setzt sie sich als junge Hecke fort. Man hat auf beiden Seiten der Auffahrt kniehohe Sträucher gepflanzt, bis direkt vor den Haupteingang. Die einzige Lücke bildet der Eingang zum Besucherparkplatz, aber die ist kaum zu sehen, weil die Sträucher in der Kurve doppelt stehen, und wenn sie ihre volle Größe erreichen, werden sie den Parkplatz ganz abschirmen.

Papa benutzt die Hecke als lebende Nachrichtentafel, indem er Knospen und Verblühtes so präzise auslichtet, dass zum Beispiel heute die Worte BETSY GROOT aus perfekten weißen Blüten gebildet sind. Jonathan ist das nicht weiter aufgefallen, aber für das Fischlein und mich war es nicht zu übersehen.

Beerdigungen sind im Mavis Ornstein ständig an der Tagesordnung. So ist das Leben, sagt Nana ohne jede Spur von Ironie. Aber diese wird besonders traurig werden. Nana und Betsy waren über vierzig Jahre eng befreundet.

Wir finden Nana in ihrem Zimmer. Sie hat eine Schachtel Taschentücher auf dem Schoß und hält ein gerahmtes Foto von acht Frauen in Weiß in den Händen. Vier von ihnen sitzen, die anderen vier stehen hinter ihnen, und alle acht strahlen in die Kamera. Die Aufnahme stammt von einem Bowlingrasen, und vor den Frauen steht eine beachtliche Sammlung von Pokalen im Gras.

Ich weiß, warum Nana weint. In den letzten zwei Jahren sind Amy Carpenter, Flo Allan, Enid Habib und jetzt auch noch Betsy Groot gestorben. Die Hälfte des Siegerteams.

»Ich brauche ein neues Foto«, sagt Nana, als wir hereinkommen. »Dieses ist einfach zu traurig.« Sie legt den Rahmen mit dem Foto nach unten auf den Kartentisch und putzt sich die Nase. »Schenk mir einen Gin ein, bitte, Jonathan, ja?«, sagt sie und hält ihm ihr leeres Glas hin. »Und wo du schon dabei bist, Jono, mach das Glas so voll, dass es auch wirklich die Bezeichnung Drink verdient.«

Nana und ich schauen zu, wie Jonathan Whiting eine tüchtige Portion Gin einschenkt. Nana zwinkert mir zu, als wären wir Komplizinnen. Sie wäre enttäuscht, wenn sie wüsste, dass Jonathan nicht der Einzige ist, der findet, dass sie zu viel trinkt. Aber ich sage nichts.

Jonathan schraubt den Deckel wieder auf die Flasche, stellt die Flasche hinters Sofa und reicht Nana ihren Lieblingstropfen. »Prost, Großohr«, sagt sie und hebt das Glas zum Gruß, bevor sie einen tiefen Schluck nimmt. »Tom, Liebes, reich mir einen Untersatz.«

Ganz allgemein lässt sich sagen, wenn Nana einen Freund oder eine Freundin verliert, dann liegt es am Alter. Darum beneide ich sie.

Immer wenn ich nicht schlafen kann, zähle ich Schafe. Meine Freundin Tracey-Ann (von vor der Flut) hat mir eine besondere Methode dafür beigebracht. »Du kannst nicht einfach bloß Schafe zählen, eins, zwei, drei«, sagte sie. »Du musst dir eine eigene Herde erschaffen.«

Für Tracey-Ann war Schafezählen mit Abstand das beste Heilmittel gegen Schlaflosigkeit. Ihre besondere Methode war von einer Generation an die nächste weitergegeben worden, sagte sie, und ihre ganze Familie schwor darauf.

»Als Erstes«, sagte sie, »musst du dir eine Herde vorstellen. Wie groß, ist egal, wobei größer im Grunde besser ist.«

»Hunderte?«, fragte ich sie.

»Klar, wenn du das willst«, sagte sie. »Es gibt keine Obergrenze.«

Wir liegen auf dem Fußboden des Baumhauses. Wir sind schon seit dem Mittagessen hier.

»Stell dir die Schafe auf einer Weide vor, wie sie grasen«, sagte sie. Dann sah sie mich an. »Mach die Augen zu, Tom«, sagte sie streng, »und tu so, als ob es Nacht ist und du im Bett bist.« Sie wartete kurz.

»Hör zu, das ist jetzt wichtig«, fuhr sie fort. »Sie nehmen dich überhaupt nicht zur Kenntnis. Sie grasen. Du beobachtest sie.«

Ich lag mucksmäuschenstill, stellte mir meine Schafe vor und wartete auf Tracey-Anns nächste Anweisung.

»Stell dir alle Einzelheiten vor«, sagte sie nach einer längeren Pause. »Wie sehen die Schafe aus? Sind sie ganz weiß, oder haben sie schwarze Gesichter? Sind sie wollig oder kürzlich geschoren? Sind sie laut oder leise? Sind Lämmer dabei? Ist die Weide saftig und grün oder braun mit Wintergras?«

»Meinst du das ernst?«

»Glaub mir, je deutlicher du dir sie vorstellst, desto besser wirkt die Schaftablette«, sagte sie und sah mich an. »Verstehst du?«

»O ja, *Schaf*tablette«, sagte ich mit Betonung. Tracey-Ann machte ein zufriedenes Gesicht.

Wie sich herausstellte, war es leichter, als es sich anhörte. Als ich mir die Mühe machte, genau hinzusehen, wurde mir klar, dass die Weide immer schon dagewesen war. Und dass ich ein paar Hundert Schafe hatte, die mit gesenkten Köpfen zufrieden mampften. Schön, dachte ich, und was jetzt?

»Das ist alles, was man in der ersten Nacht macht«, sagte Tracey-Ann. »Ich komme morgen Nachmittag wieder.«

Ich war mir sicher, dass sie die Geschichte in die Länge zog, weil sie so gern wieder bei Mum essen wollte. Aber das war mir egal.

Im Mavis Ornstein bestimmt jeder den eigenen Abschied. Die »Abgesänge« finden jeden zweiten Monat statt, immer am ersten Dienstag im Monat. Zur Planung müssen die Bewohner lange im Voraus bei Hazel einen Termin unter vier Augen buchen. Manche nehmen die Sache sehr ernst, legen jede Einzelheit fest und machen für jede kleinste Änderung einen neuen Termin. Sämtliche Aspekte ihrer Beerdigung werden durchdacht, diskutiert, aufgeschrieben. Einige Bewohner organisieren sogar ihre eigene Totenwache.

Betsy Groot war eine nicht praktizierende Katholikin. Nana behauptet, sie habe die Bezeichnung geliebt und bei jeder Gelegenheit verwendet, um sich zu beschreiben. Trotzdem hatte sie eine traditionelle Trauerfeier geplant und sogar den katholischen Priester von Hillier Saint Martin in West Wrestler für die Totenpredigt angefordert.

Das Mavis Ornstein hat eine eigene Kapelle. Sie ist nach Jeffrey Gallico benannt, dem besten Freund der Gründerin Mavis Ornstein, und steht, hinter einer Hecke versteckt, nicht weit vom Gemeinschaftsraum.

Nana und die verbliebenen Bowling-Mädel sitzen vorne

in der ersten Reihe, alle in Weiß. Ich sitze direkt dahinter, zwischen Papa und Betsy.

Die Luft riecht nach Weihrauch, Gardenien und Gin.

»Jetzt stell dir vor, du stehst im Pferch«, sagte Tracey-Ann.

Es war einen Tag später, und Tracey-Ann erklärte mir den nächsten Schritt. Sie war nach dem Mittagessen gekommen. Mum hatte gesagt, ich sollte lernen, andere nicht vorschnell zu beurteilen.

»Die Schafe, die gestern Abend gegrast haben, sehen dich jetzt an …« Ich stellte mir vor, wie sie die Köpfe hoben. »Weil du in wenigen Momenten das Tor öffnen wirst.« Tracey-Ann legte einen dramatischen Ton in ihre Stimme.

Mir ging auf, dass meine Weide kein Tor hatte. Ich baute schnell eins ein.

»Aber vorher«, unterbrach Tracey-Ann meinen Gedankengang, »musst du entscheiden, ob du die Schafe selbst auswählen willst oder ob du sie auf gut Glück einlädst.«

»Was ist der Unterschied?«, fragte ich. Ich wollte nichts unvorbereitet tun.

Sie richtete sich auf und sah mich lange unverwandt an. »Auswählen ist schwerer, weil du die Schafe selbst durch das Tor bugsieren musst. Das kann Ewigkeiten dauern.«

Ihre Stimme klang wie die des Sprechers bei den Spätnachrichten.

»Sie einzuladen ist einfacher«, fuhr sie fort. »Du brauchst bloß darauf zu warten, dass die vorwitzigen von selbst in den Pferch laufen.«

Darüber dachte ich einen Augenblick nach.

»Ich glaube, ich werde sie auswählen«, sagte ich, ziemlich glücklich über meine Entscheidung, gegen den Strom zu schwimmen.

»Cool«, sagte Tracey-Ann. »Obwohl du es vielleicht noch bereuen wirst.«

Nana geht nach vorne. Sie ist mit ihrer Rede an der Reihe. Sie räuspert sich und schaut direkt auf den Platz rechts neben mir. »Betsy Groot«, beginnt sie, »wird uns fehlen.«

»Sie kann uns sehen, weißt du«, sagt Papa zu Betsy vorgebeugt.

»Das habe ich mir gedacht«, antwortet Betsy.

»Vielleicht wirst du mehr Glück haben«, sagt er. Es ist nur ein kurzer Moment, aber er enthält die ganze Traurigkeit von Papas Einsamkeit.

Sie starren einander an, als wäre ich nicht da.

Einer der entscheidenden Unterschiede dazwischen, ob man mit Jonah oder mit Bill zusammenlebt, ist, dass Jonah fast nie launisch ist. Selbst wenn er müde oder ein bisschen schlecht drauf ist, lässt er es nicht an mir aus. Heute Morgen zum Beispiel ist er mit einer Erkältung aufgewacht, aber er hat nicht gejammert. Als wir feststellten, dass uns die Milch ausgegangen war, sprang er aufs Rad und radelte die vier Kilometer zur Meierei und kam mit zwei Litern wieder, die noch warm vom Melken waren. Als ich ihm sagte, dass er wunderbar ist, zuckte er nur mit den Schultern und meinte, ich würde es genauso machen. Aber da bin ich nicht so sicher. Ich glaube, ich wäre ziemlich sauer.

Neulich Abend hatte ich einen Heißhunger auf Schokolade. Da brachte Jonah mir das Nutellaglas und einen Löffel und sagte, ich könne ruhig alles aufessen, das wäre ihm egal (obwohl er zum Frühstück am liebsten Toast mit Nutella isst). Ich achtete darauf, ihm noch genug nachzulassen. Als er das mitbekam, sagte er: »Du bist so rücksichtsvoll, Tom«, und er meinte jedes Wort ernst.

Wenn Bill so etwas gesagt hätte, hätte das von Ironie getrieft.

Ich stelle öfter solche Vergleiche an.

Jonah ist ein wunderbarer Freund. Er wäre das eine, was ich auf eine einsame Insel mitnehmen würde.

»Vergisst du da nicht gerade wen?«, fragte das Fischlein.

Jonathan hat Jonah von Rumbly erzählt, und er scheint keine Einwände zu haben. Heute Morgen hat Jonathan den Stall gebracht, und Jonah hat ihn mit mir auf der Veranda eingerichtet. Wir haben Heu gestreut und Meerschweinchenfutter hingestellt und eine Wasserflasche aufgehängt und eine alte Mütze von mir reingelegt, falls Rumbly kalt wird. Rumbly scheint das alles gut zu gefallen. Mrs Blanket hat ihn das kleine Herzkissen behalten lassen, und im Moment liegt er darauf und schläft fest.

»Rumbly ist ein cooler Name«, sagt Jonah. Wir sitzen zusammen auf der Veranda und sehen Rumbly beim Schlafen zu.

»Danke«, sage ich.

»Wo hast du ihn her?«

»Ach, das weiß ich nicht mehr.«

Ich werde Jonah nicht noch eine Bill-und-Tom-Geschichte erzählen.

Über Bill will ich gar nicht mehr reden.

13

Mum lässt meine Hand los und rennt.

»Sarah!«, ruft sie. In ihrer Stimme höre ich Panik.

Ich will loslaufen, aber meine Beine sind schwer wie Stein. Ich lasse mich auf alle viere fallen und versuche zu krabbeln. Der Wind ist wieder da und bläst mir Sand in die Augen. Ich kann mich kaum bewegen, fast nichts sehen. »Mum«, schreie ich und spähe mit zusammengekniffenen Augen in den Abgrund, »lass mich nicht allein.«

Ich spüre eine Hand an der Schulter.

»Tom.«

Es ist Jonah. Er rüttelt mich sanft wach.

»Tom«, sagt er wieder. »Du hattest einen Albtraum.«

Ich fange an zu weinen. Vor der Flut war ich immer erleichtert, wenn ich aus einem schlechten Traum erwachte.

»Tröste dich, Tom«, sagt Jonah. »Ich habe auch oft welche.«

»Jonathan, glaubst du, es ist möglich, Zeit zu verdichten?«

Wir sind auf dem Weg zum Mavis Ornstein und unterhalten uns wie üblich während der Autofahrt. »Wenn man so alt ist wie ich, fühlt es sich ganz gewiss so an, als wäre sie verdichtet«, antwortet Jonah und lächelt in sich hinein. »Die Jahre verschwinden in einem Augenblick.«

»Ich dachte mehr so an Träume.«

»Träume sind etwas völlig anderes«, sagt er. »Ich weiß nicht, ob sie Zeit verdichten oder einfach nur unsere Wahrnehmung verändern.«

Ich benutze immer beides, mein Synonymlexikon und mein Wörterbuch, in keiner bestimmten Reihenfolge, wobei ich diesmal zuerst im Wörterbuch nachschlage. Wahrnehmung ist eines von diesen Wörtern mit einem ellenlangen Eintrag im Wörterbuch. Weil mir die akribischen Definitionen ein wenig zu viel werden, beschließe ich nachzusehen, ob das Wort auch im Synonymlexikon verzeichnet ist. Das lohnt sich. Im Synonymlexikon gibt es Einträge zu Wahrnehmung, Wahrnehmungsvermögen, wahrnehmen und wahrnehmbar. Ich lese sie alle und kehre dann noch einmal zum Wörterbuch zurück.

»Wir sind da«, sagt Jonathan, als wir auf den Parkplatz fahren.

»Jonathan«, sage ich und packe die Bücher in meine alte Schultasche. »Die werde ich heute nicht brauchen. Kann ich sie im Auto lassen?«

»Ich weiß nicht, wie du das schaffst«, sagt er und deutet mit Hilfe seiner Augenbrauen auf die Bücher in meinem Schoß. »Mir würde hundeelend werden.«

Sarah wurde im Auto immer schlecht, und dann hielt sie den Kopf aus dem Fenster. Sie behauptete, im Fahrtwind wurde es besser. Mum ließ sie immer vorne sitzen. Ich verstand nicht, wieso das Vornesitzen irgendwas an dem Gefühl in ihrem Magen ändern sollte.

Nana hält im Reden inne. Sie mag keine Unterbrechungen, und an dieser scheine ich schuld zu sein. Jonathan und Mavis stehen im Gang und sehen mich an.

»Macht nichts, Schatz«, sagt Mavis. »Rutsch einfach weiter.«

Das ist allerdings leichter gesagt als getan, weil Betsy sich nicht von der Stelle rührt. An sich ist das verständlich, da es sich ja um ihre Beerdigung handelt, aber wenn sie nicht schleunigst ihren Platz räumt, wird sie die Demütigung erleiden, dass sich entweder Jonathan oder Mavis auf ihren Schoß setzt.

Ich pikse Papa in die Rippen.

»Komm, Betsy, ich zeig dir die Hecke«, sagt Papa und springt auf. »Entschuldige, Tom«, sagt er zu mir. »Ich war meilenweit weg.«

Betsy lächelt und tätschelt meinen Arm. »Vielen Dank, dass du gekommen bist, Schatz. Das war eine schöne Trauerfeier. Der Priester und was er gesagt hat war wunderbar.« Sie gibt mir einen Kuss auf die Wange, quetscht sich am Fischlein vorbei und verlässt mit Papa die Kapelle. Sie biegen in den Bogengang ein und verschwinden in den Garten. Erleichtert rutsche ich auf Papas Platz am Ende der Bank, und Mavis und Jonathan setzen sich zu mir.

»Das ist Valerie Wolkoffs Enkelin Tom«, sagt Hazel und hält mich am Ellbogen fest. Hazel ist ständig von alten Leuten umgeben, deswegen ist das Anfassen von Ellbogen für sie etwas ganz Natürliches.

Hazel stellt mich einer Verwandten von Betsy vor. Wir sind alle im Gemeinschaftsraum und trinken auf Betsys Wunsch Margaritas mit Tequila. Ich bin im achten Monat. Ich habe mit dem Fischlein geredet, und wir können nicht begreifen, wieso ein Margarita schaden sollte, daher habe ich ein großes Glas mit Salzrand in der Hand, und ich habe den Eindruck, als wäre das für einige der Beerdigungsgäste ein Problem.

»Tom«, fährt Hazel fort, »das ist Annabel, Betsys Enkeltochter.« Hazel dreht sich um und geht. Jetzt sollen wir also miteinander reden.

»Wir haben von der Flut gehört«, sagt Annabel. »Das tut uns so leid. Unsere Großmutter hat erzählt, dass du deine ganze Familie verloren hast.« Sie sagt ständig »wir« und »uns«, und das ist irgendwie komisch.

»Ich habe noch Nana«, sage ich.

Annabel ist schön. Sie hat langes schwarzes Haar und dunkle Haut. Ihre Augen sind so dunkelbraun, dass es schwerfällt, die Pupille zu erkennen. Von ihren Schultern steigen kleine Blasen auf. Winzig kleine Bläschen von beinahe blauer Farbe, wobei ich vermute, dass das eine Illusion ist. Höchstwahrscheinlich sind sie durchsichtig.

»Ja, natürlich. Deine Nana. Betsy erzählt ständig von ihr«, sagt Annabel.

»Hat erzählt«, unterbricht eine männliche Stimme.

Annabels Augen weiten sich einen winzigen Moment

lang. Sie sieht mich an, ihr Blick ist beinahe starr. »Das ist mein Cousin«, sagt sie.

Ich überlege, ob er in das »Wir« mit eingeschlossen ist.

Annabel dreht sich um und murmelt einer männlichen Version von ihr leise etwas zu. Die beiden sehen sich so ähnlich, dass sie Zwillinge sein könnten.

Sie wendet sich wieder mir zu. Lächelt. Dann neigt sie kaum merklich den Kopf, bewegt die Augen nach hinten und sagt über die Schulter: »Würdest du mir einen Drink holen?«

Der Cousin schaut von Annabel zu mir. Seine Augen sind kalt.

»Klar«, sagt er. »Aber du wirst das Salz nicht mögen.«

Annabel sieht mich an und verdreht die Augen.

»Dann guck, ob du einen mit Zuckerrand bekommst. Und sonst einfach ohne«, sagt sie. Ihre Augen ruhen weiter auf mir. Komischerweise ist das nicht unangenehm.

Für mein Gefühl muss Annabel Anfang oder Mitte zwanzig sein. Sie hat unglaublich perfekte Haut. Und seitlich am Hals winzige Fischschuppen. Ich denke mir, die werden meistens unter ihrem Haar versteckt sein.

Sie trägt ein langes abalonenfarbenes Kleid mit hauchdünnen, schillernden Trägern und keinen Schmuck außer einem Perlenring an ihrem rechten Zeigefinger, mit dem sie spielt, wenn sie redet.

»Ich glaube, Annabel ist eine Meerjungfrau«, flüstert das Fischlein.

Ich muss ihr Recht geben. Ich habe noch nie jemanden kennengelernt, der mehr zum Meer gehörte als Annabel. Aber die Geschichte, dass Meerjungfrauen an Land gehen können, ist reine Fantasie. Sie können niemals das Meer verlassen.

Auf dem Rückweg zu Jonahs Haus kommt Jonathan auf unsere Unterhaltung von vorhin zurück.

»Irgendwann, und ich habe keine Ahnung, wie lange das her ist«, beginnt er, »habe ich mal eine Sendung über Schlaf gehört. Ich hatte das vollkommen vergessen, aber etwas, was der Pfarrer gesagt hat, hat mich daran erinnert.«

Jonathan kann sehr formell sein. Er hat Regeln dafür, was ein Gespräch ausmacht. Jetzt bin ich an der Reihe, etwas zu sagen.

»Was wurde in der Sendung gesagt?«, frage ich.

»Es war eine Reportage über Schlafstörungen. Zitiert wurde der Fall eines Mannes, der wie üblich eingeschlafen war, aber in einer Nacht ein ganzes Leben geträumt hatte. Der Traum begann offenbar mit seiner Geburt und endete achtzig oder mehr Jahre später mit seinem Tod. Im Gespräch mit dem Interviewer sagte er, das sei das furchtbarste Erlebnis in seinem Leben gewesen. Anscheinend war er sich dabei Tag für Tag, Jahr für Jahr ununterbrochen bewusst gewesen, dass er in einem Traum gefangen war. Und diese Qual hatte ihm Furcht vor dem Schlaf eingeflößt.« Jonathan trommelt mit den Daumen auf dem Lenkrad. Das ist eine seiner Angewohnheiten.

»Verständlicherweise, denke ich«, fährt er fort, mehr zu sich selbst als zu mir. »Der arme Mann muss einen Horror davor gehabt haben, dass es ihm ein zweites Mal passiert.« Die

Daumen haben einen vollkommen regelmäßigen Rhythmus gefunden.

»Jonathan, wenn er sich umgebracht hätte – durch einen Sprung von einem Hochhaus oder so ähnlich –, hätte ihn der Schreck denn nicht geweckt?«

»Gute Frage, Tom«, sagt Jonathan. »Aber soweit ich mich erinnere, wurde das nicht thematisiert.«

Es ist ein kalter Samstagnachmittag. Ich hänge in Fielders Zoohandlung herum. Mrs Blanket ist eine Woche verreist (sie besucht ihre Tochter), und Clare hat solange das Geschäft übernommen. Ich unterhalte mich mit einem Seepferdchen, das Professor heißt und, wie sich herausstellt, Buddhist ist. Ich habe ihm gerade von dem Mann mit dem Traum erzählt, der achtzig Jahre dauerte.

»Fische gehen nicht von einer gesonderten Realität aus«, sagt der Professor nach ungefähr zehn Minuten Nachdenken. »Ja, man könnte so weit gehen zu behaupten, dass wir ganz buchstäblich unsere Realität träumen.«

»Soll das heißen, dass ihr nie richtig schlaft?«

»Das ist schwer zu beantworten.«

Er scheint sich wieder in Gedanken zu verlieren. Also warte ich.

»Einfach ausgedrückt«, sagt er plötzlich, »träumen Fische immer, aber wir kennen keinen Schlaf an sich.«

Er schwimmt näher an die Scheibe. Ich habe den Eindruck, er starrt mich an.

»Zum Beispiel«, fährt er fort und bewegt sich langsam

im Kreis, »träumt ihr im Schlaf. Wenn ihr im Wachzustand träumt, nennt ihr das halluzinieren. Wenn ihr im Traum wach seid, nennt ihr das luzide träumen. Das ist beides ganz anders als das, was wir Wasserwesen erleben.«

Ich versuche, das alles zu begreifen. Ein Kunde kommt in den Laden. Die Fliegentür knallt gegen die Glocke. Ich drehe mich zu dem Geräusch um, aber es ist niemand, den ich kenne. Der Fremde geht in die Vogelabteilung und nimmt eine Tüte Vogelsaat, unterhält sich kurz mit Clare und bezahlt. Die Fliegentür schlägt wieder an die Glocke, als er rausgeht.

»Menschen können sich das Leben nicht als Kontinuum vorstellen.« Der Professor hört auf, mit den Flossen zu schlagen. Ich sehe zu, wie er langsam zum Boden des Aquariums sinkt. »Für mein Gefühl stört das Schlafbedürfnis des Menschen seine Fähigkeit, die Kontinuität des Lebens zu verstehen.«

Er hängt regungslos im Wasser.

In der Zoohandlung ist es still, nur die Aquarien summen leise.

Ich bin mir nicht sicher, ob ich verstehe, was er meint.

»Das gilt zumindest für die meisten von euch«, liest er meine Gedanken.

Damit schwimmt er unbeholfen einmal rund um die Wände seines Aquariums und hält dicht über dem Schiffswrack an. Mrs Blanket hat eine Schwäche für Wracks. In jedem Aquarium liegt eins. Manche sind groß, manche klein. Das Wrack des Professors ist ziemlich groß; es ist mit einem Filter ausgestattet, der einen kleinen Strom von Luftblasen ausstößt. Ich warte darauf, dass der Professor weiterredet. Schließlich macht er den Mund auf.

»Der Mann, der ein ganzes Leben geträumt hat«, sagt er, »ist so nahe an meiner Realität, wie ihr kommen könnt.« Und damit dreht er sich weg und flattert in die hinterste Ecke seines Aquariums.

Durch den Professor spüre ich, wie sehr ich Oscar vermisse.

Ich habe mich um drei Uhr vor der St. Josephs Church mit Jonah verabredet. Das ist die anglikanische Kirche des Ortes, ein kleines Backsteingebäude mit hellroten Dachziegeln und einem Garten voller Rosen davor. Mum hat die Kirche geliebt. Es sei das hübscheste Gebäude von The Crossing, hat sie gesagt. Sie war mit Dave McKewen im Gartenausschuss. Die beiden waren für die Rosen zuständig.

Mum hat in einer kleinen Ecke mit erhöhten Beeten, die sie die Gärtnerei nannte, Rosenstecklinge gezogen. Die Beete hatte Dad mit geschnorrten Ziegelsteinen von Bunter & Davis gebaut. Und zwar kniehoch, was laut Mum die perfekte Höhe war – wozu Dad meinte, da habe sie aber Glück gehabt, weil er einfach gebaut habe, bis die Ziegel aufgebraucht waren. Mums Lieblingsrose war die Harlekin und gleich dahinter kamen alle, die dufteten.

Jonah ist spät dran, oder ich zu früh. Also verbringe ich die Zeit damit, von Rose zu Rose zu gehen und möglichst herauszufinden, welche der duftenden Rosen von Mum und welche von Dave McKewen sind. Eine der Harlekinrosen riecht so stark, dass es mich an ein Parfum erinnert, aber ich vermute, sie hat den Duft von einer Nachbarpflanze geborgt.

Der Kirchgarten ist voller Farbe. Er wird jetzt von einigen Männern aus dem Club der Überlebenden gepflegt. Sie haben eine kleine Plakette zum Gedenken an die früheren Betreuer des Gartens angebracht. Anfangs hat mir die Idee gefallen, aber als ich sie jetzt angucke, kommen mir Zweifel. Sie wirkt, als wären Mum und Dave ein Paar gewesen.

Endlich kommt Jonah, und wir setzen uns auf die Treppe und teilen uns ein Würstchen im Schlafrock und Spinatquiche und warten darauf, dass Jonathan uns abholt. Es ist ruhig. Das Fischlein bewegt sich. Ich nehme Jonahs Hand und lege sie auf meinen Bauch.

»Ich wünschte, du wärst der Vater«, sage ich zu Jonah.

»Ich auch«, sagt Jonah.

»Und ich erst«, sagt das Fischlein.

»Was hast du gesagt?«, fragt Jonah.

»Er kann mich hören!«, sagt das Fischlein.

Jonahs Gesicht ist völlig verblüfft.

»Ehrlich, Jonah? Du kannst das Fischlein hören?«

»Sag Ja, Jonah, sag Ja!«, ruft das Fischlein.

»Ich glaube, ja«, sagt er. »Aber das ist ein bisschen seltsam, oder?«

»Total«, antworte ich.

»Absolut«, sagt das Fischlein.

Jonah fängt an zu lachen. »Ich dachte, du wärst verrückt«, sagt er.

»Ich weiß.«

»Jetzt staunst du aber, wetten?«, sagt das Fischlein angeberisch.

»Mach, dass sie noch was sagt«, sagt Jonah. Sein sonst so unbewegtes Gesicht ist vor Aufregung und Fassungslosigkeit ganz verzerrt.

»Oh«, sage ich, als mir aufgeht, was da gerade passiert ist. »Es ist total unberechenbar, Jonah. Ich kann nicht machen, dass sie spricht.«

»Ja, klar, natürlich«, sagt er. »… ich dachte bloß, weil du doch ständig mit ihr redest.«

»Jonah, das machen alle schwangeren Mütter. Das hat mit der Bindung zwischen Mutter und Kind zu tun und ist längst nicht immer ein Gespräch. Aber ab und zu höre ich sie tatsächlich etwas sagen. Und eben hast du sie auch gehört.«

»Und jetzt hört er mich nicht mehr?«, fragt das Fischlein. Ihre Stimme rutscht vor Enttäuschung so hoch, dass sie ganz schrill wird. Aber sie braucht keine Antwort. Dass eine Reaktion von Jonah ausbleibt, sagt alles.

Wir sitzen nebeneinander und denken. Die Minuten ticken vorüber.

»Was Jonathan wohl so lange aufhält?«, frage ich. Jonah und ich schauen die Straße hinunter, seine Hand auf meinem Bauch. Das Auto ist nicht zu sehen.

»Kann das unser Geheimnis bleiben?«, fragt Jonah.

»Absolut«, sage ich und borge mir das neue Lieblingswort vom Fischlein.

Es ist ruhig. Wir haben alles aufgegessen, uns bleibt nichts zu tun, als auf unseren Chauffeur zu warten. Ich beschließe, ein paar Blumen zu pflücken. Jonah zieht mich von der Stufe hoch.

»Machst du mit?«

»Nein, ich warte hier«, sagt er und setzt sich wieder auf die Treppe.

Ich hole die Schere aus dem Briefkasten und beginne mit einer Harlekin.

»Jonah«, sage ich. »Kann ich dich was fragen?«

»Klar.« Er erhebt sich nun doch von der Stufe und setzt sich so auf die niedrige Ziegelmauer, dass er mein Gesicht sieht.

»Es geht um Bill«, sage ich. »Soll ich Sergeant Griffin sagen, dass ich ihn manchmal treffe?«

»Tom? Wieso das denn?«

»Jetzt mach keine Mücke zum Elefanten«, antworte ich und wünsche mir, ich hätte meine Gedanken für mich behalten. »Ich treffe ihn einfach manchmal. Meistens an der Mündung, aber neulich auch im Bootsschuppen.«

»Wie bitte, du *triffst* dich mit ihm?« Jonah wird richtiggehend rot.

»Nein, nein, nein!«, rufe ich aus, als mir klar wird, was er meint. Ich deute mit zwei Fingern auf meine und dann auf seine Augen. »Ich *sehe* ihn. Er begegnet mir.« Jonah nickt. Aber mir ist heiß, und ich fühle mich so komisch, dass mir beinahe übel ist.

»Wir verabreden uns nicht«, erkläre ich weiter. »Nicht wie früher, als er mich bei dir abgeholt hat. Aber er kennt meine Gewohnheiten. Er weiß, wie leicht es ist, mich zu finden.

Und, ja, wenn ich an der Mündung bin, taucht er meistens auch auf. Es ist nicht so, dass ich eine Wahl hätte.«

»Als er also neulich da war – und die beiden Bewaffneten auch –, da hat er mit dir … geangelt?«

»Ja.« Das klang sonderbar. »Du verstehst das nicht, Jonah.« Ich konnte von Jonah nicht erwarten, dass er es verstand – ich verstand es ja nicht mal selber. »Manchmal vermisse ich ihn, und dann ist es gut, zu sehen, wie es ihm geht. Und manchmal taucht er einfach auf.« Wie ein faules Ei.

»Dann, ja, dann solltest du es Sergeant Griffin sagen.«

»Aber ich habe Angst, Jonah.«

»Sergeant Griffin ist doch nett.«

»Nein, nicht deswegen, Jonah. Ich habe Angst davor, etwas gegen Bill zu unternehmen.«

Jonah sieht mich an. Er sieht die Angst in meinem Gesicht. Ihm nur zu zeigen, wie ich mich fühle, es dieses eine Mal nicht zu verstecken, kostet mich meinen ganzen Mut.

»Dann reden wir mit Großvater. Er ist Anwalt, und er muss das, was du ihm erzählst, vertraulich behandeln. Er wird wissen, wie man am besten mit Bill fertigwird.«

»Gut. Aber lass mich erst noch drüber nachdenken.«

14

»Sergeant Griffin sucht dich«, sagt Papa.

Papa hat die Gewohnheit, mich immer anzusprechen, wenn es ihm gefällt. In diesem Augenblick schlafe ich fest, aber das scheint ihn nicht zu stören.

»Tom«, sagt er noch einmal lauter. Sein Ton verrät mir, dass er beunruhigt ist. Wenn ich ihn noch länger ignoriere, wird er sich zu meinem Ohr hinunterbeugen und pfeifen.

»Papa«, sage ich mit geschlossenen Augen und bemühe mich mit aller Kraft, nicht aufzuwachen. »Ich bin mitten in einem Traum über Mum.«

»Tut mir leid, Kleines«, sagt er, »aber ich bin gerade an Sergeant Griffin vorbeigekommen, und er fuhr viel schneller als erlaubt.«

»Er fuhr schnell?« Ich richte mich auf und bin plötzlich hellwach. Sergeant Griffin fährt nur schnell, wenn er es eilig hat. Ich weiß, das klingt offensichtlich, aber wir sind hier auf dem Land. Außerhalb des Ortes gibt es keine Geschwindigkeitsbeschränkung – oder wenigstens keine, um die sich jemand schert – und die meisten Leute fahren trotz der schlechten Straßen hundert oder mehr. Sergeant Griffin sagt, die Straßen sind zu gefährlich für so hohe Geschwindigkeiten, und bleibt, um ein Vorbild zu sein, bei sechzig.

»Was hat er für einen Grund?«, frage ich und reibe mir die Augen. »Und wie spät ist es?«

»Keine Ahnung. Acht Uhr dreiundzwanzig.«

Ich habe Sergeant Griffin nicht gesehen, seitdem er aufgetaucht ist, als ich in Bills Bootsschuppen herumschnüffelte.

»Vielleicht hat er rausgefunden, was Bill angestellt hat«, sagt das Fischlein.

»Das erklärt nicht, warum er es so eilig hat«, antworte ich.

Doch der Gedanke macht mir Angst. Ich habe versucht, nicht über Bill nachzudenken. Jetzt geht mir auf, dass ich mich überhaupt noch nicht richtig gewappnet habe. Das Fischlein und ich stehen auf und gehen unter die Dusche.

Ich esse gerade ein Stück Toast, als Sergeant Griffin an die Tür klopft.

Ich kann ein leises Tuten hören – sanft, konstant, regelmäßig –, als ich durch den Garten hinterm Haus zur Komposttonne laufe. Ich habe einen kleinen Durchschlag mit Gemüseabfällen dabei, und obwohl ich ihn mit beiden Händen trage, fallen immer wieder Kartoffelschalen herunter. Als ich endlich bei der Tonne ankomme, habe ich über die Hälfte verloren.

»Hast du Angst, den Rückweg nicht zu finden?«, fragt Papa. Es ist eine rhetorische Frage, deshalb versuche ich gar nicht erst, eine Antwort zu finden. Ich mag das Wort »rhetorisch«.

Ich hebe mit einer Hand den Deckel an und schütte die Abfälle auf die wimmelnde Masse von Würmern. Jonahs Komposttonne ist nichts Besonderes, nur eine alte Plastiktonne mit Deckel. Damit die Würmer die Erde drunter verbessern, wurde der Boden abgesägt, aber dadurch kommen die Ratten leicht herein. Genau wie bei uns früher.

Von Zeit zu Zeit bat Mum Dad, sie besser zu sichern, aber er hatte immer anderes zu tun. Eines Nachmittags tauchte Bill mit einem Stück Maschendraht auf. Er zerrte die Tonne vom gammelnden Gemüse, ummantelte den Boden mit zwei Schichten Draht, so dass keine Nagetiere mehr hineinkonnten, stellte die Tonne wieder auf und schaufelte den halb zersetzten Unrat wieder hinein. Das Ganze dauerte weniger als eine Stunde.

»Kein Problem«, sagte Bill. Mum gab ihm zum Dank ein Bier.

»Willst dich wohl bei ihr einschleimen?«, fragte Paul Bunter.

Paul hatte Dad mit den Bremsen am Pick-up geholfen.

»Sieht ganz so aus«, antwortete Bill, und Paul lachte.

Mum mochte Paul. Sie hat immer gesagt, von allen Freunden von Dad sei Paul der, mit dem man am besten reden konnte. Die beiden saßen oft zusammen und unterhielten sich.

»Lass ihn, Bill«, sagte Dad, als er zu den Stufen vor der Veranda ging. »Wenn ich morgen sterben sollte, ist Paul bestimmt der Erste, der sich in die Schlange stellt, um an meine Stelle zu treten.«

Solche Sprüche hat Dad geliebt.

»Welche Schlange soll das sein?«, fragte Mum, die mit einem Sixpack unterm Arm in der Tür stand.

»Die Angie-Schlange«, sagte Dad, ohne eine Miene zu verziehen.

Ich liebe mit Marmelade gefüllte Krapfen. Am liebsten mag ich die langen, wurstförmigen, viel lieber als die runden, und mit richtiger Sahne, nicht diesem schrecklichen künstlichen Zeug. Manchmal gehe ich in die Bäckerei, bevor ich in die Zoohandlung gehe. Mrs Blanket sieht es nicht gern, wenn Leute im Laden essen. Sie hat ein Schild an der Tür, auf dem steht: *Essen und Trinken verboten.*

Ich kaufe meinen Krapfen und gehe damit zur Bushaltestelle. In The Crossing fahren keine Busse. Der Staat hat entschieden, dass es zu teuer ist. Aber die Sitzplätze an den Haltestellen hat man uns gelassen. Die Bank gegenüber der Zoohandlung ist grau und hat einen kleinen Mülleimer daneben. Den hat Mrs Blanket gespendet, deshalb steht das Logo des Ladens an der Seite. Ich setze mich und öffne die Tüte. Weil die Marmelade stellenweise am Papier festgeklebt ist, reiße ich sie vorsichtig der Länge nach auf.

Heute ist ein perfekter Tag für Marmeladenkrapfen. An den falschen Tagen darf man sie nicht essen. Jonah hielt das für eine seltsame Ansicht, bis ich ihm erklärte, dass ein perfekter Tag für Kürbissuppe kalt und bewölkt ist oder noch besser regnerisch. Und ein perfekter Krapfentag ist eben klar und sonnig, aber eher kühl. Und es ist besser, wenn es

Herbst ist als Frühling, so dass die Luft ein wenig Biss hat. Das leuchtet total ein, wenn man drüber nachdenkt.

Ich esse den Krapfen auf, wische mir am T-Shirt die Hände und wühle in meinem Rucksack nach meinem neuen Lexikon. Ich habe es meistens nicht in der Tasche, obwohl es wirklich so klein ist, dass es hineinpassen würde. Dieses Taschenlexikon besitze ich erst seit kurzem. Ich habe es im Gebrauchtwarenladen hinter der evangelischen Kirche in der Holly Street gefunden – beziehungsweise der »Holy« Street, wie die Kirchgänger sagen, damit es wie »heilig« klingt. Sie meinen das als Witz. Haha.

Die Kirche ist ein schlichter, butterblumengelb gestrichener Holzbau, und dahinter, im ebenfalls gelben Gemeindehaus, ist seit Urzeiten Smiths Gebrauchtwarenladen untergebracht. Nach der Flut wurde er supergroß. Überall aus dem Land trafen solche Mengen von Kleidung und Spielsachen ein, dass noch immer eine ganze Reihe unausgepackter Kisten im Schuppen steht.

Für mein neues Lexikon habe ich 40 Cent bezahlt. Es ist ein kleines Synonymlexikon mit dem Titel *Oxford Taschenthesaurus*. Das Wort Taschenthesaurus gefällt mir nicht. Ich finde, es sollte mit einem Bindestrich zwischen »Taschen« und »Thesaurus« geschrieben werden. Das habe ich Betsy Groot gegenüber erwähnt. Sie hat mich gesehen, wie ich mit dem Buch aus dem Laden kam, so dass ich das Gefühl hatte, ich sollte wohl einen Augenblick mit ihr plaudern.

»Mit einem Lexikon lässt sich schwer streiten«, sagte sie, als ich ihr von dem fehlenden Bindestrich erzählte. Da hat sie wohl Recht. Aber überzeugt bin ich trotzdem nicht. Außerdem finde ich es, glaube ich, nicht richtig, wie sehr manche Einträge von denen in der normal großen Ausgabe abweichen. Klar, in einem Taschen-Thesaurus (der Bindestrich gefällt mir gut) ist der Platz knapp, aber manche Einträge sind ziemlich schwach. Unter »flott« zum Beispiel steht nichts mehr von »zackig« oder »schneidig«. Damit fehlt irgendwie was. Dafür ist unter »Falte« alles Mögliche aufgeführt, was in meinem großen Synonymlexikon nicht vorkommt. Das sind nur zwei von haufenweise Beispielen, aber ich will euch nicht mit ihnen langweilen.

Ich möchte unbedingt noch mal zum Bootsschuppen. In dem Zimmer unterm Dach stimmte etwas nicht, und obwohl ich es im Kopf zigmal abgesucht habe, komme ich nicht darauf, was es war.

»Herein«, sagte ich. »Möchten Sie auch ein Stück Toast?«

»Gern«, sagte Sergeant Griffin. Er ging zum winzigen Küchentisch und setzte sich auf Jonahs Stuhl.

»Kommen Sie wegen Bill?«, fragte ich. Weil ich spürte, wie ich rot wurde, wandte ich mich ab und legte eine Scheibe Brot unter den Grill.

»Nein«, antwortete er. »Aber wenn du etwas wüsstest, würdest du es mir sagen, nicht wahr, Tom?«

Ich spürte ein Tröpfeln an meinen Beinen.

»Setz dich hin«, flüsterte das Fischlein.

»Mir ist ein bisschen komisch«, sagte ich. »Ich glaube, der Toast wird warten müssen.«

»Sofort!«, befahl das Fischlein. Ich stellte den Grill aus und nahm gegenüber von Sergeant Griffin Platz.

»Tut mir leid«, sagte ich, »aber Sie scheinen sich immer die seltsamsten Momente auszusuchen.«

Das Wasser lief weiter meine Beine hinunter. Ich hoffte, dass es nicht zu sehen war.

»Macht nichts, Tom«, sagte er. »Ich bin nicht sehr hungrig.« Er beugte sich zu mir herüber und tätschelte meine Hand. »Aber deine Nana hat einen Zusammenbruch gehabt. Es geht ihr wieder gut, aber man hat sie auf die Pflegestation verlegt, und sie ist außer sich vor Wut. Wenn du es schaffst, könnte sie einen Besuch gebrauchen.« Dass es um Nana ging, entspannte mich. Bis zu dem Augenblick hatte ich keine Ahnung, wie sehr mir das mit Bill zu schaffen machte.

»Sind Sie deswegen so gerast?«, fragte ich, ohne nachzudenken.

»Ja«, antwortete er. Er sah mich seltsam an.

»Was?«

»Das war eine kluge Frage, Tom«, sagte er. »Du solltest zur Polizei gehen.«

»Ich hab bloß geraten«, sagte ich.

Ich blieb sitzen, während Sergeant Griffin Dr. Frank anrief und ihm die Sache mit meinem Fruchtwasser erklärte. Als wäre das nicht schon stressig genug, weigerte sich das Fischlein, mit mir zu reden.

»Es ist nicht, dass ich dir nicht vertrauen würde«, sagte ich zu ihr, »aber ich bin für dich verantwortlich.«

Sie war still wie eine Maus. »Ich will auch nicht wieder ins Krankenhaus«, sagte ich. »Aber was haben wir für eine Wahl?«

Sergeant Griffin beendete den Anruf. »Wahrscheinlich ist es das Beste, wenn ich dich gleich mitnehme«, sagte er. »Wenn du Sachen brauchst, kann Jonah sie dir später bringen.« Es gab keinen Verhandlungsspielraum. Ich hoffte, das Fischlein hörte zu.

»Vielleicht schnappen Sie sich lieber noch ein Handtuch«, sagte ich, und Sergeant Griffins Augenbrauen schossen hoch bis an den Haaransatz. Er holte zwei Handtücher aus dem Bad und half mir die Treppe hinunter und in den Polizeiwagen hinein. Mit beiden Handtüchern unter mir machte Sergeant Griffin den Gurt nur so fest, dass er bequem saß.

Ich fühlte mich bei ihm sicher. Er war solide und verlässlich. Ob es dem Fischlein recht war oder nicht, ich legte ihr Leben jetzt in seine Hand.

Wir fuhren los. Sergeant Griffin hielt ein regelmäßiges Tempo.

Als wir im Mavis Ornstein ankamen, wartete Hazel mit einem Rollstuhl. Sie brachte mich direkt auf die Pflegestation.

Dr. Frank war am Telefon und unterhielt sich mit Dr. Patek. Dann und wann warf er mir einen Blick zu und lächelte.

Aber das ist nur ein Trick. Aus mir tropft es noch immer.

Als ich Nana endlich zu sehen bekomme, ist es Nachmittag. Die Schwester hat die strenge Anweisung, meinen Besuch nicht auf mehr als zehn Minuten auszudehnen. Dr. Frank hat mich ermahnt, auf jeden Fall die Ruhe zu bewahren, obwohl Nana wirklich sehr verzweifelt ist. Andernfalls werde mich die Krankenschwester wieder wegbringen. Und den Rollstuhl darf ich auch nicht verlassen.

Dr. Patek hat mir absolute Bettruhe verordnet. Dr. Frank soll mich die nächsten 24 Stunden beobachten. Hoffentlich hört das Fruchtwasser auf zu lecken. Sie befürchten, dass die Wehen zu früh einsetzen könnten. Ich musste lange betteln, bis ich zu Nana durfte.

»Danke, Schwester«, sagt Nana von oben herab. »Und nun möchte ich alleine mit meiner Enkelin sprechen.«

Die Schwester zögert. Sie hat die strikte Anweisung, im Zimmer zu bleiben.

»Gehen Sie ruhig«, sage ich. »Kommen Sie einfach wieder, wenn die zehn Minuten um sind.«

Die Schwester wirkt nicht gerade glücklich, aber sie rollt mich an Nanas Bettrand.

»Bitte, Tom, bleib im Rollstuhl sitzen«, sagt sie. »Und« – sie wendet sich Nana zu – »drücken Sie auf den Klingelknopf, wenn Tom aussieht, als würde ihr schlecht.«

»Selbstverständlich«, sagt Nana. »Ich mag alt sein, aber doof bin ich nicht.«

Die Schwester wendet sich zum Gehen, wirft mir einen Blick zu, den Hazel als vernichtend bezeichnen würde, und marschiert aus dem Zimmer. Die Tür schließt sie nicht.

»Ach, mein Schätzchen«, sagt Nana und hält meinen Arm fest, »du musst ihnen sagen, dass sie mich in mein Zimmer zurückbringen sollen. Ich kann hier nicht bleiben.«

»Das wird schon, Nana. Sie behalten dich nur zur Beobachtung hier«, sage ich betont munter.

»Nein, Tom. Du verstehst mich nicht. Ich *kann* hier nicht bleiben.«

Nana sieht aus, als würde sie gleich in Tränen ausbrechen.

»Warum denn nicht?«, frage ich.

»Ich brauche unbedingt einen Gin, und das wäre bloß der Anfang«, sagt sie, und ein Lachen bricht aus ihr heraus.

Zum ersten Mal in meinem Leben erlebe ich, dass Nana Angst hat.

»Oh, Nana«, sage ich, »drück auf den Klingelknopf.«

Die Schwester muss in der Nähe der Tür gewartet haben, denn sie eilt fast unverzüglich herbei. Sie ruft nach Unterstützung, und ich werde durch den Flur in ein leeres Zimmer geschoben. Zwei Pfleger heben mich auf das Bett, und die Schwester eilt davon, um Dr. Frank zu holen.

Die arme Nana. Sie ist so ungern allein. Dabei fällt mir ein: Was ist denn nur mit Papa? Den habe ich seit dem frühen Morgen nicht mehr gesehen.

Auf dem Gelände des Mavis Ornstein gibt es einen Steilhang, der sich manchmal so dick mit Raureif überzieht, dass es von weitem aussieht wie Schnee. Er liegt ganz am Ende des Grundstücks, ungefähr anderthalb Stunden Fußweg von der Kapelle. Letzten Herbst hat es früh gefroren. Papa holte mich vor dem Frühstück ab. »Es ist sehr kalt, Kleines«, sagte er. »Hol deinen Mantel.«

Papa hat ein altes Fahrrad. Ich sitze immer auf dem Lenker,

weil er hintendrauf seinen Werkzeugkasten festmacht. Jedes Mal wenn wir zusammen fahren, beschwert er sich, dass ich zu groß werde und mir endlich ein eigenes Fahrrad zulegen soll. Aber ich liebe es, zu zweit zu fahren. Das hat so einen besonderen Zauber.

Raureif ist etwas völlig anderes als Schnee. Er geht leicht kaputt; und wenn man ihn aufklauben will, fällt er auseinander. Papa hat einen Busch jahrelang so zugeschnitten, dass er aussah wie ein Schneemann, so lange, bis er schließlich das Interesse verlor, weil er nie ebenmäßig bereift wurde. Inzwischen baut er seinen Reifmann am Boden, indem er die Form, ein paar Tage bevor Frost angesagt ist, in den Abhang mäht. Manchmal kommt der Frost früh, manchmal sehr spät. Papa sagt, die Kunst ist, den richtigen Zeitpunkt zu finden.

Nana hat gute Gründe, die Pflegestation nicht zu mögen, auch über die Tatsache hinaus, dass alle, die hier untergebracht sind, im Sterben liegen oder bereits tot sind. Mir gefällt es hier auch nicht. Ich darf nicht aufstehen – nicht einmal um zu pinkeln – und ich komme um vor Hunger, weil ich mich vorhin nicht dazu bringen konnte, den Brei zu essen, den es zu Mittag gab. Hätte ich ein Telefon, würde ich Jonathan anrufen und ihn bitten, mir was Essbares vorbeizubringen. Aber als ich eine Schwester deswegen fragte, sagte sie: »Wir sind kein Hotel.«

Ich wünschte, Papa wäre hier. »Die Schwester ist eine Zicke«, würde er sagen. »Ich wette, manche Leute sterben bloß, um ihr zu entkommen.« Na gut, vielleicht war das ein bisschen hart, selbst für Papa.

Ich wünschte, Hazel würde mich besuchen. Dann könnte ich sie bitten, Nana ihren Gin zu bringen und mir etwas vom Teewagen zu holen. Vielleicht könnte ich sie sogar bitten, Papa etwas auszurichten.

»Hallo, Süßkartoffel.«

Da ist Hazel ja. Sie steht mit einer Tasse Tee und einem Tablett vor der Tür. »Hazel!«, rufe ich laut. »Ich habe gerade an dich gedacht!«

»Und, willst du mich hereinbitten?«, fragt sie lächelnd. »Ich komme mit Geschenken.«

Hazel sah zu, wie ich drei Passionsfruchttörtchen in mich hineinstopfte. Mrs Fletchers Tochter Ellen bringt jeden zweiten Dienstag eine Ladung mit. Ich habe noch nie drei auf einmal gegessen.

Der Tee war kalt, aber ich trank ihn trotzdem.

»Vielen Dank, Hazel. Ich war schon total verhungert.«

»Ich verstehe nicht, wieso«, sagte sie und nickte in die Richtung des Mittagessens, das unberührt auf dem Nachttisch stand.

»Das Zeug würde wahrscheinlich Wehen auslösen!«, sagte ich in der Hoffnung, das Fischlein zu einer Antwort zu reizen, aber es kam kein Piep. Sie spricht immer noch nicht wieder mit mir.

»Ach, so schlimm ist es nun auch wieder nicht«, sagte Hazel.

Doch, das war es. Alles war richtig schlimm.

Einmal, mit sechs, hatte ich einen Anfall. Mum hat erzählt, dass ich blau wurde und am ganzen Körper bebte und dass meine Augen sich nach hinten verdrehten. Für sie war es der schrecklichste Tag ihres Lebens. Sie erinnerte sich, dass sie nach Dad geschrien hatte, der aus dem Schuppen angerannt kam und, als er mich sah, sofort sagte, sie solle Sarah und die Autoschlüssel holen. Dann nahm er mich auf den Arm und trug mich zum Auto. Er hielt mich fest, während Mum fuhr. Ich stelle mir vor, dass er Angst hatte, aber davon hat er nie was gesagt. Mum meinte, ich hätte keinerlei Erinnerungen an den Tag, und im Wesentlichen hat sie Recht. Aber an Dads Gesicht erinnere ich mich. Er hat seinen Blick keine Sekunde von mir abgewandt.

»Hallo, Kleines«, sagt ein Mann mit einem schmalen Schnurrbart.

»Hi«, antworte ich, doch meine Stimme ist ganz leise und kommt von weit her.

»Du bist ein bisschen zusammengeklappt«, fährt er fort. »Deine Eltern haben einen Schreck bekommen.«

»Mir ist übel«, sage ich. Es kostet mich meine gesamte Kraft, das auszusprechen.

»Du wirst schon wieder«, sagt der Mann lachend, aber ich verstehe den Witz nicht.

Ich überlege mir, dass es das Beste wäre, Papa eine Nachricht zu schreiben. Hazel muss ihre Runden machen, aber sie hat versprochen, nach dem Abendessen wiederzukommen.

Lieber Papa,
bitte komm uns besuchen. Ich weiß, dass Du uns meidest, aber wir brauchen Dich.
Du weißt, wo wir sind.
Liebe Grüße
Tom x

Ich würde gern noch mehr schreiben, aber Hazel wird es lesen. Und sie ist zwar bereit, ihm die Nachricht auf die Veranda zu legen, damit er sie findet, aber wenn ich zu viel sage, denkt sie womöglich, ich hätte sie nicht mehr alle. Oder sie versucht am Ende, selbst mit ihm in Verbindung zu treten. Das wäre noch schlimmer. Papa wäre entsetzt.

Hinter meinem Brustbein ist so ein Druck, und ich weiß, da stimmt was nicht. Ich drücke immer wieder den Klingelknopf, aber er scheint nicht zu funktionieren. Ich weiß nicht, was ich tun soll. Vielleicht sollte ich laut schreien.

»Wie wäre es mit ein wenig Gesellschaft?«

»Was?«

»Ich bin Peter. Ich habe für dich Chauffeur gespielt, während Mr Whiting verreist war.«

»Peter, ja klar. Ich erinnere mich«, sage ich. Ich spüre, wie sich auf meiner Stirn Schweißperlen bilden.

»Soll ich dir eine Schwester holen?«

»Ich weiß nicht«, sage ich. »Wie sehe ich aus? Sehe ich aus, als bräuchte ich eine Schwester?«

»Du siehst ganz okay aus«, sagt er und lächelt. »Aber du hast den Klingelknopf in der Hand.«

Ich schaue auf meine Hand. »Ja«, sage ich, »aber er scheint nicht zu funktionieren.«

»Sie haben zu wenig Personal«, sagt Peter zur Erklärung. Dann kommt er ins Zimmer und geht zu dem einzigen Stuhl. »Darf ich mich setzen?«

Ich sehe zu, wie er den Stuhl nimmt und ihn näher ans Bett rückt. Mir wird klar, dass er auf eine Antwort wartet. »Ja, sicher«, sage ich. »Aber bitte doch.«

Er setzt sich hin, streicht die Hose glatt und schlägt bedächtig ein Bein über das andere. Das macht er mit der Anmut eines Menschen, der die Bewegung eingeübt hat.

»Wie geht's Ihrem Onkel?«, frage ich.

»Meinem Bruder«, sagt er. »Marcus.«

»Entschuldigung, stimmt. Wie geht es ihm?«

»Gut. Keine Veränderung.«

Mist.

Ich weiß nicht, was ich als Nächstes sagen soll. Deshalb lege ich erst mal den Klingelknopf wieder an seinen Platz unter dem Kissen. Peter zupft kleine Fussel von seiner Hose.

»Du wirkst noch gar nicht alt genug, wenn ich das so sagen darf«, bemerkt Peter und bricht so das Schweigen.

»Wie bitte?«

»Nun, wenn du dein Alter nicht äußerst geschickt verbirgst, musst du mindestens fünfzig Jahre jünger sein als alle anderen hier.«

»Ach so«, sage ich einigermaßen erleichtert. Ich dachte, er wollte mir eine Predigt über Jugendliche halten, die zu früh Kinder kriegen. »Meine Fruchtblase ist undicht. Sie machen sich Sorgen, dass die Wehen vorzeitig ausgelöst werden.«

»Trotzdem … seltsam, dass sie dich hierher gebracht haben«, sagt er und macht eine Armbewegung, die die ganze Pflegestation umfasst.

»Ja«, sage ich. »Letztes Mal haben sie mich nach West Wrestler gebracht.«

»Da war Marcus auch eine Zeit lang. Sobald sein Zustand stabil war, habe ich ihn hergeholt.«

»Ich war in der Frauenklinik.«

»Ach«, sagt er lachend. »Natürlich.«

Annabel und ich liegen lang ausgestreckt im Aluboot. Jede an einem Ende. Die Leinen hängen im Wasser, wir haben die Augen zu. Es ist außergewöhnlich warm, und wir tragen beide nur Badesachen. Ich liege im spitzen Ende, eine Hand hält die Schnur und hängt im Wasser. Ich will gerade eindösen, als Annabel das Schweigen bricht.

»Wie lange sollen wir denn warten?«, fragt sie, wackelt hin und her und bringt das Boot zum Schaukeln. In gleichmäßigen Abständen entstehen kleine Wellen und streben zum Ufer.

Ich weiß nicht, was ich antworten soll. Am liebsten würde ich sagen, dass es eine Weile dauert, Anglergeduld zu lernen.

»Sag ihr, dass man es nie richtig lernt«, kommt mir Papa zu Hilfe. »Sondern sich bloß an die Langeweile gewöhnt.«

»Noch ein Weilchen«, sage ich. »'ne halbe Stunde. Vielleicht eine ganze.«

»Was hast du gesagt?«

Erschrocken richte ich mich auf und stoße mir den Ellbogen am Riemen.

Statt Annabel sitzt Bill im Heck und grinst mich eklig an.

»Du hast im Schlaf geredet«, sagt er. »Und wer zum Teufel ist Annabel?«

»Niemand«, sage ich, reibe mir den Arm und versuche, meine Leine nicht loszulassen.

15

Seit drei Tagen regnet es Bindfäden. Jonah hat erzählt, dass der Fluss an der Mündung schon über die Ufer tritt, und Sergeant Griffin hat gestern Nachmittag angerufen, um zu berichten, dass die Hauptstraße nach West Wrestler abgeschnitten ist.

Ich verliere immer noch Fruchtwasser, deshalb hat man mich an den Tropf gehängt. Und – vorübergehend – in Nanas Zimmer verlegt. Die arme Nana liegt immer noch auf der Pflegestation, und Papa, dieser Fiesling, will sie nicht besuchen. Jedes Mal, wenn ich darauf zu sprechen komme, wechselt er das Thema. Ich vermute, die Pflegestation ist ihm irgendwie unheimlich.

Jonah hat mir Rumbly gebracht. Hazel meint, das ist kein Problem; mehrere Bewohner haben Haustiere. Aber mir fällt auf, dass Campbell herumschnüffelt.

»Ich habe Angst, dass Rumbly hier nicht sicher ist«, sage ich zu Jonah, der auf Nanas Bettkante sitzt.

»Wenn du dir Sorgen machst, kann ich ihn wieder mitnehmen«, sagt er und schaut dabei auf Rumblys Käfig, den er heute Morgen mit Jonathan gebracht hat. Was er eigentlich meint, ist, dass ich früher darüber hätte nachdenken sollen.

»Ich hab Angst, dass eine der Katzen den Käfig umkippt«, sage ich, ohne auf seinen Ton einzugehen.

»Echt?«, sagt Jonah. »Ich weiß nicht. Er ist ziemlich schwer.«

»Das Fischlein redet immer noch nicht wieder mit mir«, sage ich, um das Thema zu wechseln.

»Heißt das, du musst dir Sorgen machen?«, fragt er.

»Ja, das tu ich«, sage ich. »Ich glaube, sie ist mir wirklich böse.«

Jonah beugt sich vor und legt mir eine Hand auf die Schulter. »Du tust, was du kannst«, flüstert er. »Darüber kann sie nicht böse sein.«

»Das verstehst du nicht, Jonah. Dem Fischlein geht es ums Vertrauen.«

»Du hast Recht«, sagt Jonah und zieht seine Hand zurück. »Das verstehe ich nicht.«

Im Winter vor zwei Jahren gab es keinen Raureif. Papa und ich sind fast täglich zu dem Steilhang geradelt, um nachzusehen, aber waren jedes Mal enttäuscht. Ich konnte nicht verstehen, warum ihm das so viel bedeutete, aber so war es nun mal.

Wir vergnügten uns trotzdem. Wir spielten Verstecken und »Ich sehe was, was du nicht siehst«. Manchmal spielten wir auch Fangen, aber dabei schummelte Papa immer (er verschwand in dem Moment, wo ich ihm nahe kam, und tauchte weiter weg wieder auf).

Als es eines Morgens zu regnen anfing, hockten wir uns unter Papas Regenmantel und dachten uns Geschichten darüber aus, was passiert war.

In meiner Lieblingsgeschichte hatte der Reifmann von unserem Steilhang seine große Liebe gefunden. Sie hieß Este und war eine Gartenfee, und sie lebte mit ihrer Familie am östlichen Steilhang des Mavis-Ornstein-Geländes.

Papa behauptet, alle Feen leben nach festen Regeln. Die Zahnfee zum Beispiel ist nur in den Stunden vor Mitternacht aktiv, die Kürbisfee arbeitet nur zwischen Mitternacht und drei Uhr früh, während die Gartenfee den ganzen Tag unermüdlich arbeitet, vom Morgengrauen bis zur Abenddämmerung, sieben Tage die Woche.

Es gibt mehrere Sorten von Gartenfeen, und Este gehörte zum Volk der Königlichen Enziane – gewöhnlich bekannt als Royal Blue. Das Erkennungsmerkmal der Königlichen Enziane, das eine, was sie von den anderen Gartenfeen unterscheidet und ganz außerordentlich macht, ist die Tatsache, dass sie sichtbar sind – jeden Tag ein Mal –, und zwar in den flüchtigen Momenten kurz vor Sonnenaufgang.

Mit der Liebe ging es langsam voran. Este war sehr scheu. Aber der Reifmann besaß Geduld.

Jeden Abend wanderte er zu ihrem Garten und wartete die ganze Nacht, nur um sie bei Tagesanbruch ein Mal zu sehen. Dann kehrte er an seinen Steilhang zurück. Doch der Weg war lang, und wenn er zu Hause ankam, war es schon zu warm, um Raureif zu verbreiten.

Dies, so beschlossen wir, war die beste Erklärung dafür,

warum trotz Frost und perfekter Witterung nirgends am Steilhang Raureif entstand.

»Kommst du heute Nachmittag mit angeln?«, fragte Bill. Ich hatte gehört, wie sein Pick-up vor dem Haus hielt, und war auf die Veranda gegangen, um zu sehen, was er wollte.

Er stand auf der zweiten Stufe. Ungefähr einen Meter von mir entfernt.

»Nein«, sagte ich. »Ich will nichts mit dir zu tun haben.«

»Hör mal zu, du kleines Dreckstück.« Bill baute sich höher auf als je zuvor und beugte sich so dicht zu mir herunter, dass ich seinen Atem roch. »Ich weiß, was du vorhast.«

Er stank widerlich. Ich war noch dabei, eine Antwort zu suchen, als er mich schlug, mit voller Kraft auf die Wange.

»Wofür war das denn?«, fragte ich. Eine sinnlose Frage natürlich, denn ich wusste es.

»Sie reagiert nicht«, sagt jemand. Ich kann entferntes Piepen hören.

Ich rieb mir die Wange. Vom Schlag war mir schwindelig geworden.

In diesem Augenblick beschloss ich, dass ich Bill vielleicht wirklich hassen könnte. Jonathan würde sagen, das war der Tipping Point.

»Willst du, dass ich ihn auch hasse?«, fragte das Fischlein. Aber ich antwortete nicht. Ich wollte zwar, dass das Fischlein nichts mit ihm zu tun hatte, aber dass sie ihn hasste, wollte ich nicht von ihr verlangen.

Bill bückte sich und hob den FishMaster vom Gokart.

»He, was machst du da?«, fragte ich empört.

»Was denkst du denn?« Bill grinste hämisch. »Ich nehme deinen Schickimickikasten mit zur Mündung. Kommst du oder nicht?«

Mist. Jetzt hatte ich keine Wahl. Wenn ich nicht mitkam, war Bill im Stande, den ganzen Inhalt in den Fluss zu kippen und mir den leeren Kasten wiederzubringen. Nur aus Rache.

»Warte«, sagte ich fast bettelnd.

»Nein«, sagte er. Triumphierend.

Abrupt wandte Bill sich ab und ging. Er machte die Tür seiner Doppelkabine auf, kletterte hinein, warf den FishMaster auf den Beifahrersitz und knallte die Tür zu.

»Bill!«, rief ich. Aber es war zu spät. Er ließ den Motor aufheulen und fuhr in Richtung der Mündung davon, schlitterte über den Kies und hinterließ Reifenspuren auf der Einfahrt.

In gewisser Hinsicht war ich erleichtert. Ein Teil von mir wollte mit aller Kraft losrennen und das Arschloch an der Mündung stellen. Doch die andere Hälfte wusste, dass es hoffnungslos war. Selbst wenn ich so fit wäre wie ein Turnschuh, könnte ich mit dem Fischlein nicht rennen. Also ging ich ins Haus zurück, aß meinen Teller leer, ging zur Toilette, schmierte mir ein Honigbrot, füllte eine Wasserflasche, nahm ein Kissen, legte alles auf den Gokart und brach zur Mündung auf. In einem langsamen, stabilen Tempo.

Ich konnte nur hoffen, dass Bill sich beruhigen würde, bis ich ankam.

»Du hast dir ja ewig Zeit gelassen«, rief Bill, als ich über den Pier auf ihn zuging.

»Ich bin schwanger, falls du das noch nicht gemerkt hast«, erwiderte ich. So weit, so gut, dachte ich.

»Du hast Glück«, sagte er und zeigte auf den Eimer. »Die Fische beißen.«

Seine Laune hatte sich gebessert. Mein Glück war so blank wie eine frisch geprägte Münze. Man mag's glauben oder nicht, das ist kein Spruch von Nana, aber eigentlich klingt er bei näherem Hinhören auch gar nicht nach ihr. Nein, der Spruch stammt von Mr Greerman. Ihr erinnert euch an den alten Mann mit den Schlafanzügen? Mr Greermans Sprüche sind anders als Nanas, und normalerweise erklärt er sie nicht – sondern sagt höchstens dazu, dass man sie versteht, wenn man im Krieg war.

In dem Eimer lagen zwei Fische von anständiger Größe. Ich klappte möglichst beiläufig den FishMaster auf. Alles war noch da, sogar größtenteils unberührt. Mich überrollte eine Woge der Erleichterung.

»Wie? Hast du gedacht, ich schmeiß ihn weg?«, fragte Bill. Da war dieser Ton wieder.

»Ja, klar«, sagte ich. »Deswegen bin ich so schnell hergekommen.«

Bill warf den Kopf nach hinten und lachte. »Da«, sagte er und gab mir seine Schnur. »Nimm die, ich mache mir eine neue.«

Ich legte das Kissen an die Kante, setzte mich drauf und ließ die Beine baumeln. Es würde doch noch alles gut gehen.

Ich würde eine Stunde oder so aushalten und ihm dann sagen, dass ich vergessen hatte, Jonah eine Nachricht zu hinterlassen.

»Dad!«

»Hallo, meine Große.«

»Dad«, sage ich noch einmal, weil ich es nicht glauben kann. »Ich träume, Dad, oder?«

»Nicht ganz«, sagt er.

»Dann muss es ziemlich ernst sein, sonst wärst du nicht hier.«

»Das könnte man sagen.«

»Wo ist Mum?«

»Nicht weit. Sie ist mit Sarah im Auto.«

»Das verstehe ich nicht.«

»Wir haben abgestimmt. Ich komme dich holen.«

»Du hast ja einen bösen blauen Fleck, Tom«, sagte Mrs Blanket.

»Ja«, antwortete ich. Meine Wange ist blau angelaufen und ziemlich geschwollen.

»Clare kommt gegen zehn wieder, wenn du denn solange warten magst.«

»Das muss nicht sein, Mrs Blanket. Jonah kauft mir gerade ein Steak.«

Das Fischlein stieß mich an. Als ich mich danach umsah, was sie so aufregte, entdeckte ich eine nagelneue Schauvitrine. Sie erinnerte mich an Nanas Glasschrank, nur mit offener Vorderseite.

»Was wird denn das?«, fragte ich.

Mrs Blanket sah mich an und hob die linke Hand zu einem Zeichen, das »Warte« hieß. Ihre rechte Hand kramte in den Sachen auf dem Tresen, bis sie fand, was sie suchte. »Da bist du ja«, sagte sie zu der Broschüre. »Tom«, sie winkte mich zu sich heran. »Guck, das ist meine neueste Errungenschaft.« Errungenschaft, auch so ein Wort für Sprachliebhaber.

Mrs Blanket zeigte auf ein Bild von einem Großen Fetzenfisch, *Phycodurus eques*, aus Südaustralien. Er hatte ein langes drachenartiges Maul und seltsame blattförmige Auswüchse als Flossen. Ich wusste nicht recht, ob er mir gefiel.

»Wie findest du ihn?«, fragte Mrs Blanket.

»Wow«, sagte ich. »Kaum zu glauben, dass es ein Fisch ist.«

»Genau«, sagte sie. »Wahnsinn, oder?«

»Unglaublich gut gegen Arthritis«, sagte Clare, die gerade von hinten hereinkam. »Scheiße, Tom. Soll ich dir was für das Veilchen geben?«

»Jonah holt ihr ein Steak«, sagte Mrs Blanket, bevor ich antworten konnte.

»Es ist die Wange«, sagte ich. »Nicht das Auge.«

»Dann musst du kein Steak verschwenden«, sagte Clare und marschierte zu den Aquarien. Sie kam mit einer Handvoll Kraut zurück, das Mrs Blankets Fetzenfisch bemerkenswert ähnlich sah. »Halte dir das an die Wange, bis es warm wird, und dann pausiere ein Weilchen, zwanzig Minuten oder so.« Sie sah mein Gesicht. »Du hast kein Aquarium?«, fragte sie, aber es klang weniger fragend als anklagend.

»Nein.«

Mrs Blanket und ich warteten schweigend, während Clare die Erkenntnis verdaute, dass ich keine Fische hatte. »Gut«, fuhr sie fort. »Wenn das Kraut warm wird, kühlst du es in einer Schüssel Wasser und drückst es dann wieder auf die Haut. Das machst du dreimal, dann schmeißt du das Kraut weg. Und zwischendurch nicht das Wasser wechseln.« Clare wartete auf eine Antwort.

»Okay«, sagte ich und nahm das Kraut entgegen. »Danke, Clare.«

»Kein Problem«, sagte sie. »Morgen um diese Zeit ist der blaue Fleck verschwunden.«

Die Glocke schepperte, und jemand kam in den Laden. Wir drehten uns alle drei um. Da stand Jonah mit einer kleinen braunen Tüte vom Schlachter.

»Na«, sagte Clare, »wenn ihr keine Vegetarier seid, dann ist das wohl euer Abendessen.«

Rumbly ist so süß. In kalten Nächten lasse ich ihn bei mir und dem Fischlein schlafen. Er ist so klein, dass ich ihm extra ein Bettchen bauen muss. Ich rolle ein altes Handtuch auf und lege es zu einem Kreis zusammen. In die Mitte lege ich sein Herzkissen und seine Mütze, damit er weiß, dass es sein Platz ist.

Er ist ziemlich schlau, deswegen hat es nicht lange gedauert, ihm beizubringen, dass er da bleiben muss. Nur manchmal wache ich auf und finde ihn auf meinem Kissen. Aber das stört mich nicht.

Anfangs, nachdem Dr. Patek mir Bewegung in Maßen verordnet hatte, kam Hazel manchmal nach mir sehen. Ich wusste nicht recht, warum sie kam, wo ich sie doch sowieso fast jeden Tag sah, wenn ich Nana besuchte, und es war mir irgendwie unangenehm. Jonah meinte, ich wäre bloß paranoid. In meinem Synonymlexikon fehlt das Wort paranoid. Wenn ich eins schreiben würde, käme es auf jeden Fall hinein. Paranoid: wahnhaft, ängstlich, argwöhnisch.

Es klopfte an der Tür. Das Fischlein und ich taten so, als würden wir schlafen.

Jonah ging aufmachen. Es war Hazel. Ich konnte sie reden hören.

Ich wollte gerade aufstehen, als ich Jonah lachen hörte. Es klang, als kämen sie bestens ohne mich zurecht. Rumbly rekelte sich und gähnte. Ich kraulte ihn am Bauch. Er schlug kurz die Augen auf, beinahe als wollte er gucken, wo er war, und schlief wieder ein.

Nach einer Weile pochte Jonah leise an meine Tür. »Hazel ist da«, flüsterte er.

»Hallo, Hazel«, sagte ich, als ich in die Küche trat.

»Hallo, Tom. Wie geht es dir?«

»Gut, danke.« Vielleicht war es Zeit, die Sache anzusprechen. »Kommst du, weil Nana dich schickt?«

»Ja, klar«, sagte Hazel, aber ihre Stimme hatte einen eigenartigen Ton.

»Aha«, sagte ich, weil mir aufging, dass sie mich verkohlte.

Hazels Lächeln wurde breiter. Sie lachte. »Ich hab dich nun mal gern.«

»Tut mir leid, Haze«, sagte ich. »Ich bin eine dumme Gans.«

»Nein«, sagte Hazel. »Aber ein bisschen paranoid bist du schon.«

Jonah guckte weg. Aber ich wusste, dass er grinste.

In drei Wochen ist der 26. Dezember; das ist mein Stichtag. Das Tröpfeln hat fast aufgehört, der Regen hat nachgelassen, Nana sieht aus, als käme sie wieder hoch, und Papa, nun ja, der stellt sich immer noch quer, und auch das Fischlein schweigt sich weiter aus. Hazel meint, drei von fünf sind nicht schlecht, also will ich nicht klagen. Obwohl ich, um mal von mir selbst zu sprechen, nicht weiß, wo sie mich unterbringen werden, wenn Nana wieder in ihr Zimmer darf. Hätte ich eine Wahl, würde ich gern wieder zu Jonah ziehen. Ich vermisse die Ruhe. Hier ist zu viel los, auch wenn vieles immer wieder dasselbe ist. Mit Betsy Groot führe ich jeden Tag den gleichen Dialog.

»Oh, hallo, mein Schatz. Wo ist dein Großvater?«

»Keine Ahnung, Betsy. Hast du auf der Veranda nachgesehen?«

»Du weißt, dass jemand in meinem Zimmer wohnt.«

»Mrs Gladstone. Ich habe sie kennengelernt. Sie macht einen netten Eindruck.«

»Werde lieber nicht alt, Tom. Man stirbt und dann zieht jemand in dein Zimmer ein.«

Kaum ist Betsy weg, kommt Papa.

»Betsy Groot sucht dich.«

»Sag ihr nicht, wo ich bin.«

»Die ist schon um die Ecke. Ich hab ihr gesagt, sie soll auf der Veranda suchen.«

»Na, da bin ich nicht.«

»Wo soll ich sie dann hinschicken?«

»Ach so, gut. Die Veranda ist in Ordnung. Ich sehe zu, dass ich morgen da bin.«

Täglich grüßt das Murmeltier.

»Hallo, Jonathan.«

»Hallo, Tom.«

Jonathan lächelt mir kurz zu und geht zu Rumbly, der sich in einem Hut von Nana zusammengerollt hat. Jonathans Gesicht verknüllt sich und wird ganz faltig. Wahrscheinlich wird er genauso ein Gesicht machen, wenn er das Fischlein zum ersten Mal sieht: runzlig und weich und liebevoll. Aber das hat auch etwas Seltsames. Dieses Gesicht ist so anders als sein normales, dass ich gespannt bin, wie das Fischlein darauf reagiert. Ich würde sie fragen, aber ich habe jeden Versuch aufgegeben, die schlechte Stimmung zwischen uns zu reparieren. Irgendwann wird sie sich besinnen. Das tut sie immer.

»Nana erholt sich gut«, sage ich.

»Das habe ich auch gehört«, sagt er. Er krault Rumblys Bauch. »Hazel sagt, du darfst vielleicht nach Hause.«

»Wirklich?«

Das hat mir keiner gesagt.

»Tut mir leid«, sagt er. »Vielleicht habe ich die Überraschung verdorben.«

»Wenn es tatsächlich was wird, hast du gar nichts verdorben. Hat Hazel sonst noch was gesagt?«

»Nein.«

Und selbst wenn, wird Jonathan auf keinen Fall seinen Fehler wiederholen. Er ist hyperkorrekt, und sein Ausrutscher von eben ist ihm deutlich unangenehm.

»Keine Sorge, Jonathan«, sage ich. »Ich werde überrascht tun, wenn ich die Nachricht höre.«

»Danke, Tom.«

Jonathan krault weiter Rumbly. Rumbly schnurrt auf Meerschweinchenart.

»Tom, kann ich dich etwas fragen?«

»Kommt drauf an.«

»Verständlich«, sagt er. Draußen auf dem Flur niest jemand. Die Atmosphäre in Nanas Zimmer ist wie in einem Film. Es fehlt nur das Ticken einer Uhr.

»Das alles geht mich nichts an«, fährt Jonathan fort. »Obwohl vielleicht doch.«

Das ist ein echter Jonathan-Whiting-Satz. Vorsichtig, mehrdeutig, typisch Anwalt.

»Ich habe keine Ahnung, wovon du sprichst, Jonathan, also spuck es aus.« Im Film hätte ich ihm gesagt, er soll die Fakten auf den Tisch legen.

»Es geht um Bill Hamperton«, sagt er.

Im Zimmer herrscht vollkommene Stille.

Jonathan räuspert sich. Er steht auf und geht ans Fenster. »Bill ist mit dem Gesetz in Konflikt geraten, Tom. Ich habe, wie man so sagt, einflussreiche Freunde, und Bill hat sich Dinge zu Schulden kommen lassen, denen man nicht so leicht entrinnt.«

»Haben sie ihn gefunden?«, frage ich.

»Ja, Tom, sie haben ihn gefunden.«

»Oh«, sage ich.

Ich hätte nicht gedacht, dass er gefunden wird. Ich dachte, er wäre für immer verschwunden.

16

Caleb Loeb und Jonah Whiting sind ein Paar. Das habe ich nicht von Jonah erfahren, sondern von Caleb Loeb. Er hat einen Zettel geschrieben. Der war nicht für mich gedacht, jedenfalls nicht direkt, aber er muss gewusst haben, dass ich ihn irgendwann zu Gesicht bekommen würde.

Liebster Jonah, stand da. *Du bedeutest mir unendlich viel. Kuss Kuss.*

Er hat tatsächlich *Kuss Kuss* geschrieben. Das denke ich mir nicht aus.

»Was ist das?«, fragte ich Jonah, als ihm ein kleines Stück Papier aus der Hosentasche fiel.

»Nichts«, sagte er.

»Dann gib her«, sagte ich. Jonah sah ganz verlegen aus, als er mir den Zettel reichte.

»Kuss Kuss?« Meine Stimme ist anklagend. »Wer in aller Welt schreibt *Kuss Kuss*?«

»Das ist ein bisschen hart«, sagte Jonah und riss mir den Zettel aus der Hand. Er faltete ihn zweimal zusammen und schob ihn wieder in die Tasche. Er ließ sich Zeit und ignorierte meinen Blick.

»Willst du mir antworten oder nicht?«

»Caleb.«

Ich hatte es gewusst, aber es traf mich trotzdem wie ein Schlag.

»Caleb Loeb?« Ich hörte den schrillen Ton in meiner Stimme. »Kuss Kuss von Caleb Loeb, diesem Scheißer?«

»Das sagt man nicht«, sagte Jonah.

»Du hast Recht«, sagte ich. »Entschuldige. Und jetzt raus aus Nanas Zimmer.«

Heute Morgen bin ich gleich nach dem Frühstück eingeschlafen. Da hatte ich einen sehr interessanten Traum von Bills Bootsschuppen. In dem Traum war ich ein Tier, klein und sehr dicht über dem Boden. Vielleicht ein Possum oder ein Beuteldachs. Ich bin nicht sicher, was ich war. Es ist egal. Wichtig ist nur, dass ich als Tier sicher war.

Es war dunkel. Bill war dabei, eines seiner Löcher zu graben, und ich stöberte in der Nähe im Gebüsch herum. Zuerst dachte ich, ich wäre allein. Die Gerüche der Nacht stimmten mich glücklich, und ich war ganz in meiner eigenen kleinen Welt – bis mir plötzlich etwas bekannt vorkam. Es war einer dieser seltsamen Momente im Traum, in denen ich mich einfach irgendwo befand, ohne zu verstehen, wie ich dahin gelangt war.

Ich sah mich danach um, wo der Geruch herkam, und da entdeckte ich Bill, ungefähr sechs oder sieben Meter von mir entfernt. Ich wusste, wenn er aufblickte, musste er mich sehen.

Eine kleine Grube der Angst begann zu wachsen. Als ein Ast knackte, legte Bill die Schaufel weg und griff nach seiner Taschenlampe. Er schwenkte den Strahl in einem weiten Bogen über den Boden. Das Licht traf auf mich, verharrte einen Augenblick, und dann ließ Bill die Taschenlampe fallen und grub weiter. Ich verstand nicht, warum er sich nicht für mich interessiert hatte, bis mir einfiel, dass ich ja in einem Tierkörper steckte. Die Erleichterung durchströmte mich wie Medizin. Ein Teil von mir wollte ganz nah heran, um meine Unsichtbarkeit auszunutzen. Doch der Teil von mir, der Bills Unberechenbarkeit kannte und wusste, dass er ein kleines Tier ebenso gut umbringen wie laufenlassen konnte, beschloss, lieber das Weite zu suchen.

Als ich aufwachte, wurde mir klar, dass der Traum mir etwas gezeigt hatte. Ich war der Entdeckung, was Bill versteckte, nicht näher gekommen, aber ich wusste jetzt, dass Tiere für ihn keine Bedrohung waren.

Am Nachmittag wurde Nana wieder in ihr Zimmer gebracht. Ich wurde in den Rollstuhl gesetzt und in der Ecke geparkt. Hazel bezog das Bett neu. Jemand brachte eine Vase mit Blumen aus dem Küchengarten, die alte Mrs Beakle brachte Nana ein Brot mit Hähnchensalat und ein Glas Limonade, und Jonathan kam mit einem Satz Kristallgläser und einer Flasche Tanqueray Gin. Nana war weniger als eine Woche fort gewesen, doch da nur wenige Altenheimbewohner, die auf die Pflegestation verlegt werden, je wieder zurückkehren, war sie eine Art Heldin.

Nana hatte ihren zweiten Gin zur Hälfte geleert, als Hazel mit dem Teewagen eintrat, dicht gefolgt von der Donnerstags-Bridge-Truppe, vier Frauen, deren Namen alle mit P anfangen. Gleich nach ihnen kam Mike Spice mit einer Flasche Sherry. In Nanas Zimmer wurde es allmählich eng, aber alle Neuankömmlinge wurden mit Jubel begrüßt.

Am Abend wurde die Feier noch ein wenig ausgedehnt, weil andere Bewohner nach dem Essen hinzukamen. Wer nicht ins Zimmer passte oder Nana nicht so gut kannte, setzte sich auf die Veranda, trank und unterhielt sich.

Das Fischlein und ich sollten nach West Wrestler verlegt werden. Als es für Jonathan und mich Zeit wurde loszufahren, hielt Nana mir ihre Hand zum Kuss hin.

Eine Königin umgeben von ihren Untertanen.

»Wiedersehen, mein Schatz«, sagte Nana ein wenig lallend zu mir. »Danke, dass du mein Bett warm gehalten hast.«

»Wiedersehen, Nana«, sagte ich und beugte mich aus dem Rollstuhl zu ihr hinüber, um sie zu umarmen. Sie roch so vertraut. Ich vermisste sie schon jetzt. Jonathan drückte Nanas Hand, und die Menge teilte sich, um uns durchzulassen. Wir fuhren über die breite Veranda zur Rampe am Haupteingang.

»Kein Wunder, dass sie die Pflegestation nicht mochte«, sagte Papa, als ich vorbeirollte. Er schmollte an einem stillen Plätzchen, weit weg von Nanas Party.

»Du hast Glück, dass sie nicht mit dir redet«, sagte ich leise, »denn sonst würde sie jetzt bestimmt nicht mehr mit dir reden!«

Er wusste, was ich damit sagen wollte.

Jonathan fuhr durchgehend neunzig. Ich war ziemlich müde und schlief unterwegs immer wieder ein. Als wir ankamen, war ich zu erschöpft, um Fragen zu beantworten, aber Jonathan war fantastisch. Er verlangte die Schwester vom Dienst zu sprechen und kümmerte sich um alles, während ein Pfleger mich in mein Zimmer fuhr.

Eine Schwester duschte mich und half mir ins Bett.

»Dr. Patek sagt, du sollst erst mal schlafen, und sie kommt gleich morgen früh nach dir sehen.«

Ich fühlte mich sicher und döste gerade ein, als ich jemanden hörte. »Bist du das, Jonathan?«

»Entschuldige, Tom. Ich wollte dich nicht stören«, flüsterte er. »Bis morgen früh.«

»Danke«, sagte ich, aber er war schon weg.

Es ändert sich nicht viel.

Du liebst Leute. Sie sterben. Du vermisst sie. Du wirst älter.

Sarah sitzt auf meinem Fußende.

Ich weiß, dass sie da ist, aber ich lasse die Augen zu. Ich muss sie warten lassen. Wir wissen beide, dass sie es verdient hat.

Am nächsten Morgen ist sie noch da.

»Du bist eine launische Sau«, sagt sie, als ich die Augen aufschlage.

»Und du nicht?«, frage ich.

»Nein, du Dummkopf, ich bin tot.«

»Glaubst du, das weiß ich nicht?« Ich hatte vergessen, wie nervig sie sein kann.

»Hör zu, Tom. Es ist nicht leicht, hier zu sein. Wenn du eine Ahnung hättest, wie schwer es ist, würdest du … hättest du …«

Immer noch so wortmächtig«, sage ich.

»Lass mich«, sagt sie.

»Lass du mich doch.«

Das lief ja super. Eineinhalb Jahre, und es war wie gestern.

Ich setzte mich auf und sah sie an. Ich hatte gedacht, sie würde noch genauso aussehen, aber irgendwas an ihr war anders. Wenn ich es nicht besser wüsste, würde ich sagen, sie wirkte älter.

»Sollen wir noch mal von vorne anfangen?« Ein Sarah-Klassiker. Immer eine weiße Weste.

»Nein. Erzähl mir einfach von Mum und Dad.«

Sarah saß auf meinem Fußende und erzählte von der Flut und wie sie Wochen damit zugebracht hatte, Mum und Dad und mich zu suchen. Das machte mich traurig. Ich hatte gedacht, die Toten fänden sich einfach so. Sarah erzählte, dass sie schon geglaubt hatte, sie würde für immer allein bleiben, als sie Dad zufällig am Fowlers Hill über den Weg lief.

»Fowlers Hill?«, sagte ich. »Wieso denn da?«

»Keine Ahnung. Aber der Tod macht merkwürdige Sachen mit einem. Du glaubst, du hast alles unter Kontrolle, aber dann gerätst du an Orte, wo du gar nicht hinwolltest.«

Ich wusste, was sie meinte. Papa hat schon Ähnliches erzählt.

»Und wie geht es Mum und Dad?«

Sarah starrte mich an. Sie sah eindeutig älter aus. Sie stand auf und strich sich ihr Kleid glatt. Mir fiel auf, dass es neu war. Ich wollte sie gerade danach fragen, als sie sich wieder hinsetzte, diesmal näher, und meine Hand nahm.

»Sarah«, sagte ich. »Du machst mir Angst.«

»Mum und Dad sind tot«, sagte sie mit ernster Stimme.

»Ach, du lieber Gott, Sarah, ich weiß, dass sie tot sind!«

Sarah zog ihre Hand weg und verschwand. Das ging so schnell, dass ich mir ein paarmal die Augen rieb, falls sie mich getäuscht hatten.

»Nicht weggehen, Sarah«, sagte ich. Aber es war zu spät.

»Sie kommt wieder«, sagte Papa.

»Papa! Fast hätte ich einen Herzschlag bekommen.«

»Tut mir leid, Kleines.«

Papa setzte sich auf den kleinen Zweisitzer und schlug bedächtig ein Bein über das andere. Er räusperte sich, als wollte er weiterreden, doch dann lehnte er sich bloß zurück und verschränkte die Arme.

»Bist du sicher?«

»Natürlich«, sagte Papa. »Sie ist noch so jung. In ihrem Alter braucht man eine Weile, um sich zu sortieren.«

Ich sah ihn mit einem Ausdruck an, der sagte, dass ich mehr hören wollte.

»Na schön«, sagte er. »Sie hat versucht zu erklären, wie schwierig es war, dich zu finden. Ich denke mir, sie hat einige harte Entscheidungen zu fällen.«

»Zum Beispiel?«

»Zum Beispiel muss sie entscheiden, wo sie sein will. Für

mich war das einfach; ich wollte in der Nähe deiner Großmutter sein. Aber Sarah hat viele Optionen.«

Das war mir viel zu kompliziert.

Während der Fahrt nach West Wrestler hat mir Jonathan gesagt, dass er ein Hotelzimmer gebucht hatte, um nicht mitten in der Nacht nach The Crossing zurückfahren zu müssen. Deswegen bin ich nicht überrascht, als er am nächsten Morgen vorbeikommt und nach mir sieht.

Er wirkt frisch und glatt rasiert.

»Na, wenn das nicht Herr Saubermann ist«, bemerkt Papa, als Jonathan ins Zimmer tritt. Es ist zu spät, um etwas zu sagen, also werfe ich Papa nur einen Blick zu.

»Keine Sorge«, sagt Papa. »Ich hau ab. Ich will sowieso mal sehen, was sie aus dem Park gemacht haben, seit ich das letzte Mal hier war.«

Papa verlässt das Zimmer, und Jonathan geht ans Fenster, um die Vorhänge aufzuziehen. Dann setzt er sich in den Sessel, und wir plaudern, vor allem über Nana und darüber, wie erleichtert wir sind, dass sie sich so gut erholt hat.

Während einer Gesprächspause fällt mir etwas ein. Jonathan hatte mir doch erzählt, dass man Bill gefunden hat.

»Hattest du nicht eine Frage?«, sage ich. »Wegen Bill?«

»Ach ja«, sagt Jonathan. Er wirkt total verlegen. Er steht auf, steckt die Hände in die Taschen und geht zur Tür. Als er sich wieder zu mir umdreht, ist die Verlegenheit verflogen, und vor mir steht der Kronanwalt Jonathan Whiting. Das macht mich nervös.

»Bill Hamperton«, sagt er mit tiefer, klarer Stimme, »wird ins Gefängnis kommen. Meine Sorge gilt daher deinem Wohlergehen und dem deines Kindes.«

»Ich verstehe nicht.«

»Doch, Tom, das tust du bestimmt. Bill ist der Vater, nicht wahr?«

»Ist das die Frage?«

»Ja.«

»Ich möchte nicht über Bill reden.«

»Tom«, sagt Jonathan und tritt auf mich zu. »Es tut mir leid, so förmlich sein zu müssen, aber die Sache ist ziemlich verzwickt.« Er setzt sich auf den Stuhl an meinem Bett. Er räuspert sich. »Normalerweise würde ich dir eine so persönliche Frage nicht stellen. Aber Bill besitzt Geld. Einiges davon ist rechtmäßig erworben, anderes nicht. Deine Großmutter wünscht, dass ich alles unternehme, um dir das zu sichern, was dir zusteht.«

»Nana weiß, dass Bill der Vater ist?«

»Ja, Tom, das hat sie von Anfang an gewusst.«

17

Mum besucht mich jeden Tag. Wenn ich schlafe, spüre ich, wie sie neben mir sitzt. Manchmal streichelt sie mir das Haar, manchmal summt sie. Wenn ich aufwache, ist sie weg.

In mein Zimmer schwebt Musik. Ich glaube, sie kommt aus einem der Geburtssäle: eine Frauenstimme, langsam, traurig. Es klingt wie etwas, das Dad spielen könnte. Er hat Gitarre gespielt. Er hatte es sich selbst beigebracht, und nach dem Abendessen setzte er sich oft auf die Veranda und spielte bis spät in die Nacht. Manchmal sang er dazu, und Mum weinte. Bei ihm klinge alles so traurig, sagte sie. Ich vermisse es, zum Klang von Dads Stimme einzuschlafen. Wenn er hier wäre, könnte er für das Fischlein und mich singen.

Jonah hat in seinem Zimmer ein kleines Radio, das er anstellt, wenn er nicht schlafen kann. Ab und zu wird ein Lied gespielt, das Dad früher gesungen hat. Dann stelle ich mir vor, dass er es ist, auch wenn eine Frauenstimme singt. Nana hört nur Soundtracks von Filmen. Am liebsten den *König der Löwen*.

Das Fischlein bewegt sich. Ich lege beide Hände auf den

Bauch. Ich fühle, wie sie sich dreht. »Du fehlst mir«, sage ich, aber sie antwortet nicht. »Überall wird geschmückt«, sage ich, ohne auf ihr Schweigen einzugehen, »weil wir über Weihnachten hier sein werden. Jonathan hat uns einen Baum gekauft, und Jonah und der fiese Caleb haben Lichterketten gekauft. Samstag kommen alle drei, um ihn aufzustellen.« Ich dachte wirklich, die Lichterketten würden ihr eine Reaktion entlocken. »Du hast keine Ahnung, was wir für ein Glück haben«, fahre ich fort. »Nicht jeder hat einen eigenen Baum.«

Ich lege mich wieder auf mein Kissen und ziehe mir die Decke bis ans Kinn.

»Macht nichts«, sage ich. »Wenn du geboren bist, wirst du sehen, wovon ich rede.«

»Weihnachten ist mir nichts Neues.«

»Ach, ja?«

»Mhmm«, sagt das Fischlein mit einer Stimme, die klingt, als wäre alles wie immer. Das ist ein Gran ärgerlich. Ein Gran heißt so viel wie eine Spur und kommt von einem alten Wort für ein Getreidekorn. Das weiß heute kaum mehr jemand.

»Du hast seit Wochen keinen Piep gesagt«, erwidere ich, »und jetzt kommt von dir nur, dass Weihnachten für dich ein alter Hut ist?«

Ich kann den Groll in meiner Stimme hören, aber wie ich so daliege und an die Decke starre, kann ich mir das Lächeln nicht verkneifen.

»Das Fischlein ist wieder da«, sage ich zu Papa, der schon den ganzen Nachmittag im Sessel liegt, mein Fußende als Unterlage für die Füße benutzt und immer wieder einnickt.

»Na, weit kann sie ja nicht gewesen sein«, sagt er.

»Ja, ich weiß.«

Papa gähnt. »Ich habe Musik für dich gefunden«, sagt er und zieht sich hoch. Er geht zum Fernseher und spielt mit den Knöpfen und schaltet durch die Sender, bis er das findet, was er sucht. »Ich habe gehört, wie eine Schwester davon erzählte«, sagt er. »Sie klingt ein bisschen wie Fahrstuhlmusik, aber besser als nichts.«

Im Zimmer ertönt Musik. Papa und ich hören eine Weile zu. Dann schlafe ich ein.

In der zweiten Klasse gewann ich den Lesewettbewerb. Der Preis wurde mir von einem Gast überreicht: einer Nonne aus einem fernen Land. Ich weiß nicht mehr, wieso sie nach The Crossing gekommen war. Jedenfalls war sie einen ganzen Monat an der Schule, hielt Vorträge, las aus ihrem Tagebuch vor und half, wo es nötig war. Sie war freundlich. Ich weiß nicht, was mich gerade an sie erinnert hat.

Mum streichelt mir das Haar. Weiche, sanfte Striche von links nach rechts über meine Stirn. Irgendwo weit weg höre ich leise Pieptöne.

»Es scheint ihr gut zu gehen«, sagt Mum zu jemandem im Raum.

»Ja, es ist auf jeden Fall schon viel besser«, lautet die Antwort.

Gut, denke ich. Es geht mir besser. Ich weiß zwar nicht besser als was, aber anscheinend ist es mir egal.

»Wann werden Sie den Schlauch entfernen?«, fragt Mum.

Den Schlauch? Ich horche nach der Antwort, aber ich kann die Wörter nicht verstehen. Alles verschwimmt in einem Nebel. Mum und Sarah stehen am Ende der Sandspitze. Sie schauen zu mir her, aber die Sonne scheint mir in die Augen, und ich kann ihre Gesichter nicht erkennen. Ich versuche, ihre Namen zu rufen, aber meine Kehle ist trocken, und es will nichts heraus. Plötzlich bin ich erschöpft. Meine Arme sind schwer wie Blei, ich kann sie nicht heben. Es ist aus, denke ich. Ich habe keine Möglichkeit, sie zu erreichen. Ich stecke bis zum Hals im Sand, nur die Arme und der Kopf sind frei, und ich sinke. Ich versuche meine Beine zu bewegen, aber das Gewicht des Sandes drückt mir auf die Lunge und nimmt mir die Kraft. Ich versuche den Kopf zu heben, aber er reagiert nicht. Mein Atem ist nur noch ein kleines Keuchen. Sandkörner beginnen meine Nasenlöcher zu füllen. Ich ersticke, und ich kann nichts dagegen tun.

Als ich klein war, hat Dad mich einmal zum Skifahren mitgenommen. Ich war erst drei. Paul Bunter und er hatten einen Kameraden von der Army, der in den Southern Highlands eine Hütte besaß, ungefähr eine Stunde Fahrt von den Schneegebieten entfernt. Mum und Sarah blieben zu Hause; ich weiß nicht genau, warum, aber ich glaube, weil ich eifersüchtig auf Sarah war. Wahrscheinlich wollte Mum Zeit haben, sich mit ihr anzufreunden, ohne dass ich dauernd dazwischenfunkte.

Draußen war es eiskalt, aber die Hütte war warm. An einer

Wand standen mehrere Etagenbetten, und an der anderen gab es einen gigantischen Kamin, den Dad und Paul Tag und Nacht mit riesigen Baumstämmen heizten. Die Küche bestand nur aus einem alten Spülbecken und einem kleinen Tisch. Wir brieten Würstchen auf der Holzkohle, und manchmal kochte Dad ein Fleischragout. Wir wickelten Kartoffeln in Alufolie und garten sie in der Glut. Wir aßen vor dem Feuer, zu dritt auf das einzige Sofa gequetscht. Manchmal setzte ich mich auf den Teppich und kroch näher und näher ans Feuer, bis Dad meinte, mein Gesicht sei so rot, dass die Haut zu verbrennen drohe.

Tagsüber liefen Dad und Paul Ski. Manchmal durfte ich mit, bei Dad auf den Rücken geschnallt. Er hielt seine Skijacke verkehrt herum, und ich steckte die Beine in die Ärmel. Dann knöpfte er sich den Bund der Jacke um den Hals und band sich die Ärmel um die Mitte. Ich fühlte mich pudelwohl und genoss es total. Die Luft wehte mir eisig kalt ins Gesicht, vor allem wenn wir einen Berg hinuntersausten. Als Dad und Paul einmal weiter den Berg hinaufwandern wollten, ließen sie mich zurück, um den Haufen mit unseren Skijacken zu bewachen. Ich muss mich in sie hineingekuschelt haben und eingeschlafen sein, weil ich eine klare Erinnerung daran habe, wie ich aufwachte, als sie ihre Jacken unter mir herauszogen.

Keiner warnt einen richtig vor der Geburt. Keiner sagt dir, dass du noch so sehr versuchen kannst sie aufzuhalten – es geht einfach irgendwann los, ob du einverstanden bist oder nicht. Ich habe die Kurse besucht. Jonah und ich haben alles geübt, das Keuchen, das Handhalten und Zählen. Ich habe Müttern gelauscht, die es alles schon hinter sich hatten. Ich habe einen scheußlichen Film geguckt. Nichts hat geholfen. Nichts hat mich vorbereitet.

»Annabel? Was machst du in West Wrestler?«

»Tom?«

»Ja«, sage ich.

»Hallo«, sagt sie strahlend.

Ich weiß nicht, was ich sagen soll. Ihre Schönheit macht mich stumm.

Plötzlich stehen wir am Ende des Piers. Der Himmel ist wolkig und das Wasser kabbelig und dunkel. »Nimm meine Hand«, sagt sie.

»Was willst du machen?«, frage ich.

Sie antwortet nicht, aber hält mein Handgelenk fest. »Nein!«, schreie ich, als mir klar wird, was passiert. Aber es ist zu spät.

Mein Körper verdreht sich, als er aufs Wasser schlägt. Ein scharfer Schmerz schießt mir durch die Beine und den Rücken. Ich fahre mit den Armen durchs Wasser, suche panisch überall in der Dunkelheit, doch Annabel ist verschwunden. Furcht greift nach meinem Herzen. Meine Lunge füllt sich. Mein Körper wird unter den Pier gezogen. Es ist finster und beklemmend. Dunkelgrüne Binsen streifen mein Gesicht.

Sarah hat die Arme um meinen Hals gelegt. Sie hält fest, zu fest, und ihr Gewicht zieht mich weiter vom Haus fort. Ich kann kleine Fische sehen und allerlei Müll, aber das Wasser ist so trübe, dass man kaum erkennt, ob die Fische lebendig sind. Meine Haare verfangen sich an irgendwas. Das Wasser rauscht vorüber, aber meine verknoteten Haare halten mich an der Stelle fest. Etwas Großes schlägt gegen uns, ein Baumstamm vielleicht, oder ein Zaunpfahl. Durch den Aufprall löst sich Sarahs Griff, und das Hochwasser zieht sie fort. Ich taste nach ihr. Ich versuche sie zu rufen. Sarah! Sarah! Aber ich werde unter Wasser gezogen, und die Rufe hallen in meinen Ohren.

Das Wasser ist kalt. Zu kalt. Alles an mir zittert. Ich bekomme keine Luft, kann nicht klar sehen. Die Strömung ist erbarmungslos. Es fühlt sich an, als würden mir die Haare vom Kopf gerissen. Äste segeln vorbei, Sachen prasseln auf mich ein. Ich werde von einer solchen Panik erfasst, dass ich ihr einen Moment lang beinahe nachgebe. Da spüre ich auf einmal etwas Hartes, Massives, einen Felsen vielleicht, und stemme mich dagegen. Ich nutze die Kraft meiner Beine, um meine Haare zu befreien, stoße mich bis an die Oberfläche und schnappe nach Luft.

Schmerz zerreißt meinen Körper. Wenn er doch nur endlich nachlassen würde.

Ich öffne die Augen. Man hat mich in den Geburtsraum verlegt.

Der Raum ist anders, als ich es erwartet hatte; bloß ein Bett und nebenan ein Zimmer mit einer Badewanne. In der Ecke steht ein Sessel, einer dieser hässlichen Fernsehsessel. Im Augenblick sitzt Papa drin. Leise Musik spielt; irgendwas

Langweiliges, ohne Zweifel Beruhigendes, aber ich glaube, ich würde lieber was Lautes, Gnadenloses hören.

Eine Schwester kommt herein. Meinen Schmerzen gegenüber wirkt sie blind.

»Wie geht es uns?«, fragt sie, ohne mich anzusehen. Sie nimmt mein Handgelenk und misst den Puls. Mein Schlafanzug ist schweißgetränkt. Meine Haare sind nass. An meinem Ärmel hängen Binsenreste.

»Ich glaube, ich würde gern in die Badewanne gehen«, sage ich.

»Ja, super«, sagt sie. »Ich lasse Wasser ein.«

Sie verschwindet an Papa vorbei ins Bad und dreht die Hähne auf. Sie holt Handtücher und andere Dinge aus einem Schrank und legt alles auf eine Bank, die an der Wand verläuft. Als sie fertig ist, kommt sie wieder zu mir und legt mir ihre Hand auf den Arm. Ich denke, sie glaubt, das wäre tröstend.

»Nicht versuchen, selbst einzusteigen«, sagt sie und tätschelt mich wie einen kleinen Hund. »Ich bin gleich mit der Hebamme wieder da.«

»Dann bin ich jetzt mal weg«, sagt Papa, steht auf und stellt die Rückenlehne hoch.

»Toll.« Mein Ton ist sarkastisch, und ich will noch mehr sagen, aber eine Wehe kommt dazwischen.

»Tut mir leid, Tom, aber das ist wirklich nicht meins.«

Ich versuche zu antworten, aber ich muss mich zusammenkrümmen. Mir dröhnt der Kopf. Als ich es schaffe, mich aufzurichten, sehe ich, dass die Wanne überläuft. Das Wasser steht halbhoch an meinem Bett. Ich greife nach dem Klingelknopf und drücke und drücke.

»Bitte, Mum«, sage ich für den Fall, dass sie mich hört. »Ich kann das nicht allein.«

Jemand nimmt meine Hand. »Alles gut«, sagt eine Frauenstimme. »Bei mir bist du sicher.« Ich versuche zu erkennen, wer sie ist, aber meine Augen können nicht scharf sehen.

»Ich kann das nicht«, sagt meine Stimme ganz leise.

»Doch, du kannst es«, tröstet sie. »Entspann dich, dann kann dein Körper sich erinnern.«

»Es kommt niemand«, sage ich und gebe ihr den Klingelknopf.

Das Zimmer schwankt. Das Bett ist durchnässt. Ich kriege keine Luft.

Sachte und ohne Anstrengung spüre ich, wie ich wegglei-te. Irgendwo ganz entfernt habe ich das Gefühl, vielleicht wirklich zu ertrinken.

Die Wanne war schon ganz gut gefüllt, als die Hebamme kam. Sie sah mich nur einmal an und rief die Schwester. Als keine von beiden zu mir durchdrang, riefen sie Dr. Patek.

Sie haben mich aufgeschnitten. Ich habe eine Narbe auf dem Bauch.

18

Mum tippt mir auf die Schulter.

»Maus«, flüstert sie, »aufstehen, du musst zur Schule.«

Ich bin schon wach, aber ich drehe mich um und stöhne und rekele mich.

Als ich die Augen aufmache, steht Dr. Patek am Fußende und sieht mich an.

»Es war zu viel für dich, Tom, da hast du uns plötzlich verlassen«, erklärt sie.

»Ich weiß«, sage ich.

»Hast du das Fischlein gesehen?«, fragt sie.

»Ja.«

»Sie ist wunderschön.«

»Das finde ich auch«, sage ich. Im Zimmer ist es still. Ich versuche mich zu bewegen, aber alles tut weh.

»Bist du schon mal aufgestanden?«, fragt Dr. Patek.

»Weiß ich nicht. Es ist alles ein bisschen wirr.«

»Das macht nichts, Tom, du hast allerhand durchgemacht.«

Sie hält eine Akte vor der Brust und kommt einen Schritt näher, so dass sie seitlich an meinem Bett steht. »Ich komme morgen wieder«, sagt sie. Eine Hand glättet und tätschelt abwechselnd meine Krankenhausdecke. »Und ich werde mit der Schwester besprechen, wann du aufstehen und dich ein bisschen bewegen sollst.«

Das Fischlein steht noch für 24 Stunden unter Beobachtung. Wahrscheinlich ist Papa im Säuglingszimmer und starrt sie an.

Meine Vorhänge sind zugezogen, aber das Zimmer ist nicht dunkel. Ich hätte Dr. Patek nach der Uhrzeit fragen sollen. Und nach dem Datum.

Das Fischlein sieht aus wie Dad. Sie hat seine dunkle Haut und seine Augen. Darüber freue ich mich. Ich will nicht, dass sie aussieht wie Bill.

Alle sagen, dass sie meinen Mund hat. Ich halte sie immer wieder vor den Spiegel, und da ist er: mein Mund in Klein. Es ist komisch, einen Gesichtszug, der einem so vertraut ist, an einem anderen Wesen zu sehen.

Wir sind fast den ganzen Januar in West Wrestler geblieben. Dr. Patek wollte ganz sicher sein, dass alles in Ordnung ist, bevor sie uns nach Hause entließ. Es gab ein paar Komplikationen. Ich weiß nicht genau, worin sie bestanden, dafür waren es mir zu viele Informationen. Sie erklären einem immer alles, während man halb von Schmerzmitteln betäubt ist und am Tropf hängt. Weiß der Himmel, wie man das ganze Zeug aufnehmen soll. Möge die Aussage genügen, dass es uns jetzt gut geht. Möge es genügen – ist das nicht toll? Das habe ich von einer der Teeschwestern. Helen. Helen die

Himmlische nenne ich sie. Sie benutzt viele altertümliche Wendungen. Sie war total in das Fischlein verliebt und hat geweint, als wir nach Hause durften. Ich habe versprochen, sie auf dem Laufenden zu halten. Und habe gesagt, ich würde jeden Monat ein Foto schicken. Jetzt hoffe ich, dass Nana mir eine Kamera kauft.

Jonathan hat alles organisiert. Ich glaube, ich möchte ihn adoptieren, aber ich habe nicht den Mut, es Papa zu beichten. »Jonathan, du bist unglaublich«, sage ich und bemühe mich, nicht zu weinen. Er hat mein Zimmer bei Jonah mit Babysachen ausgestattet: einer Wiege, einem Wickeltisch, einer wunderschönen Babykommode.

»Jonathan, du bist *unglaublich*«, wiederhole ich, diesmal mit mehr Betonung.

»Nicht ich, deine Großmutter«, sagt er. »Sie hat Listen geschrieben, und ich musste sie bloß abarbeiten.«

»Sei nicht so bescheiden, Jonathan Whiting. Du bist der netteste Mann, den ich kenne.« Ich lege das Fischlein in die Wiege und umarme Jonathan, wobei mir aufgeht, dass ich ihn vorher noch nie umarmt habe. Das muss man dem Fischlein lassen; durch sie wird alles anders.

»O mein Gott!«, schreie ich, als ich sehe, dass die schmale Liege, die früher mal Jonahs Bett gewesen war, sich in ein Doppelbett verwandelt hat. »Ist das ehrlich wahr?« Ich lasse ihn los und springe auf das Bett.

»Das Bett war meine Idee«, sagt Jonathan leicht verlegen.

»Na, für mein Empfinden ist es eine exzellente Wahl«, sage

ich in Nachahmung von Helen der Himmlischen, und Jonathan lacht.

»Komm, Tom. Deine Großmutter wird schon die Minuten zählen.«

»Oh, Schatz, gib sie mir her«, sagt Nana mit ausgestreckten Armen, die Augen auf ihre Urenkelin gerichtet. Nana liegt im Bett. Seit ihrem Aufenthalt in der Pflegestation verbringt sie die meisten Vormittage im Bett und steht manchmal erst nach dem Mittagessen auf. Anfangs fand sie das furchtbar, weil sie sich dadurch alt fühlte. Aber es scheint ihr gut zu tun. Sie sieht ausgeruht aus.

»Oh, ist sie schön«, sagt Nana und drückt das Fischlein an sich. »Und das Ebenbild deiner Mutter.«

»Nana«, sage ich, »sie sieht kein bisschen wie Mum aus, und das weißt du genau.«

»Aber sie hat deinen Mund, und den hast du ganz sicher von meiner Angie.«

Nana hält sich das Fischlein so nahe vors Gesicht, dass es ein Wunder ist, dass sie sie tatsächlich sehen kann. »Ich könnte mich vor Glück in den Hintern beißen«, sagt sie und drückt dem Fischlein ihre Nase an den Hals. Ich habe Nana noch nie so glücklich gesehen.

»Ist sie nicht absolut perfekt, Jono?«

»Ja, Valerie, das muss man sagen«, antwortet Jonathan.

»Ich geh mal einen Moment raus, Nana. Kann ich sie bei dir lassen?«

Ich beuge mich hinunter, küsse das Fischlein auf die Stirn

und dann Nana auf die Wange. Als ich weggehe, setzt sich Jonathan auf die Bettkante.

Ich finde Papa auf der Veranda und nehme mir den Stuhl neben ihm.

»Sie ist wunderschön«, sagt Papa.

»Das Fischlein? Oder meinst du Nana?«

Sein Gesicht fällt zusammen. »Ich liebe sie über alles, das weißt du.«

»Ja.«

»Ich kann nicht loslassen.«

»Dann versuche es lieber gar nicht«, sage ich. »Wozu auch? Du wärst sowieso nirgends lieber.«

Die alte Mrs Beakle schlurft vorbei. »Hallo, Seth«, sagt sie. Mir schenkt sie keine Beachtung.

»Die Arme«, sagt Papa.

»Nicht das Thema wechseln.«

Papa holt einmal tief Luft. Er atmet ganz langsam aus. Zum ersten Mal wird mir klar, wie seltsam es ist, einen Toten atmen zu hören.

»Jonathan ist ein guter Mann.«

»Er ist unglaublich«, sage ich, aber ich habe es ein bisschen zu schnell und mit zu viel Begeisterung gesagt. Zwischen uns tanzt ein imaginäres Babymobile mit kleinen Sprechblasen an den Bändern, in denen Beschreibungen von Jonathan stehen: Unglaublich. Gut. Klug. Aufmerksam. Nett. Liebenswert. Lebendig.

Ich hoffe, Papa kann es nicht sehen.

»Du weißt, dass er dich niemals von deinem Platz in meinem Herzen verdrängen wird«, sage ich.

»Danke, Kleines, aber hier geht es nicht um dich und mich.«

Okay. Ich bin froh, dass das gesagt ist. In meiner Brust breitet sich etwas aus, das wehtut.

»Würde es dich umbringen, dir einzugestehen, dass sie glücklich ist?«, frage ich.

»Mich umbringen. Das ist ziemlich krude.«

In meinem Taschen-Thesaurus ist krude nicht aufgeführt. Ich kann nicht behaupten, dass es mich überrascht.

»Sie weiß, dass du hier bist«, fahre ich fort, ohne auf seinen Ton einzugehen. »Und du weißt, dass sie dich liebt. Nur verliebt sein kann sie in einen Toten nicht.«

»Immer auf den Punkt, Tom.«

»Tut mir leid, Papa.«

»Schon gut, Kleines«, sagt Papa, aber seine Worte sind leer.

Uns fällt beiden nichts mehr ein, was wir sagen könnten, und so sitzen wir schweigend da, bis wir das Fischlein weinen hören.

»Da hat jemand Hunger«, sage ich und stehe auf. »Und übrigens, hier kommt Betsy Groot.«

»Ich mache einen Spaziergang«, sagt Papa.

Ein schwacher Hauch von Jelängerjelieber verrät Mum. Der Duft schwebt beruhigend über der Wiege. Ich bin sicher, das Fischlein kann sie sehen. Ich erwische sie dabei, wie sie jemandem mit den Augen folgt, und manchmal kichert sie und zieht die Knie an, als würde sie gekitzelt. Zuerst war ich traurig. Ein paarmal wurde ich wütend und sogar eifersüchtig. Doch inzwischen macht mir das nichts mehr aus.

Aber schwer ist es trotzdem.

Sie fehlt mir.

»Ich lasse es nicht zu spät werden«, sagt Annabel zu Jonah.

Annabel geht mit mir nachtschnorcheln. Ich schmiege meine Hand in ihre, und wir machen uns schweigend auf den Weg, nur das Knirschen der Kieselsteine in den Ohren. Als wir zum Pier kommen, läuft mir ein Schauder über den Rücken. Alles voll von Bill.

»Bei mir bist du sicher«, sagt Annabel.

Das weiß ich. Ich habe mich noch nie so sicher gefühlt. Und trotzdem wächst die Angst.

»Wir können zurückgehen, wenn du willst«, sagt sie. »Wir können es morgen wieder versuchen.«

Es ist ungefähr das hundertste Mal, dass sie mit mir hergekommen ist. Ich habe noch nie jemanden gekannt, der so geduldig ist. Ich fange an zu weinen. Sie fängt meine Tränen in ihrer Hand auf und verreibt sie sich in den Haaren. Sehr seltsam ist das.

Rumbly hat sich angewöhnt, beim Fischlein zu schlafen. Ich bin sicher, es gibt Regeln über Babys und Meerschweinchen in einem Bett, aber die beiden sehen zusammen so süß aus, dass ich es nicht übers Herz bringe, sie zu trennen. Er beginnt die Nacht immer bei mir, zusammengerollt in seiner Mütze neben meinem Kissen. Doch irgendwann zwischen der Mahlzeit um zwei und dem nächsten Morgen findet er den Weg in die Wiege, und ich entdecke sie dann später zusammengekuschelt. Einmal lagen sie aneinandergeschmiegt wie die Löffelchen, wobei Rumbly so klein ist, dass es mehr so aussah, als kuschelte ein Baby mit einem Stofftier. Ich brauche wirklich eine Kamera.

Ich kann Jonahs Ungeduld spüren, als ich die Kette öffne und das kleine goldene Angelblei abmache. Mir ist klar, dass sein Gewicht kein Zufall ist.

»Ich wünschte, es wäre bloß von mir«, sagt Jonah.

»Ich auch«, sage ich.

Wir stehen am Ende des Anlegers. Jonah hat den Tag mit mir in Bills Bootsschuppen verbracht, und wir haben überall herumgekramt. Wir haben nichts Interessantes gefunden, aber das war nicht der Sinn der Übung.

»Was würde ich ohne dich machen?«

»Ach, ich weiß nicht«, sagt er. »Dich langweilen, von der Schule abgehen … die Liste lässt sich fortsetzen.«

»Haha. Jonah als Witzbold. Wer hätte das gedacht?«

Es ist das letzte Ende des Tages. Winzige Lichtpunkte tanzen auf dem Wasser. Ich drücke das Blei sanft in meinen Handteller. Ich spüre, wie es mitten in der Mulde sitzt und sich fragt, was jetzt wohl kommt.

»Mach schon, Tom, ich werde alt.«

»Tut mir leid.« Ich greife nach dem FishMaster im Boot. Ich habe eine Schnur vorbereitet und mache das kleine goldene Blei direkt über dem Haken fest.

»Grün oder Wurm?«

»Grün«, sagt Jonah und gibt mir einen kleinen Algenklumpen.

»Vielleicht sollten wir rausrudern«, sage ich, »damit ich es sachte über Bord fallen lassen kann.«

»Dann steig ein«, sagt Jonah. »Ich nehme die Riemen.«

Wir klettern ins Boot, und Jonah rudert uns in die Mitte. Der Himmel ist rosa. Eine kleine Brise weht.

»Ich liebe dich, Jonah.«

»Ich liebe dich auch, Tom. Und jetzt mach.«

Ich blicke über den Bootsrand. Es ist ein bisschen zu dunkel, um Fische zu sehen. Ich hab irgendwie gehofft, Sarah zu sehen. Und auf einmal hab ich's. Ich will mit Bills Blei keinen Fisch fangen; ich will es einfach los sein. Ich nehme das Schabemesser.

»Was machst du denn jetzt?«, fragt Jonah. Seine Stimme klingt leicht frustriert.

»Ich lasse los«, sage ich, und das kleine goldene Gewicht fliegt in den Jessops Creek.

Annabel besitzt *Die geheime Sprache der Geburtstage*: ein riesiges Buch, dass die Charaktereigenschaften von Menschen anhand des Datums erklärt, an dem sie geboren sind. Das Fischlein ist am 26. Dezember geboren, dem Tag des Unbeugsamen. Ehrlich. Ich wünschte, ich hätte von dem Buch gewusst, als ich sie noch im Bauch hatte. Ich hätte keine Sekunde an ihrem Stichtag gezweifelt.

»Annabel ist Fische«, erzähle ich Jonah. Ich habe mir das

Buch geliehen, und es nimmt fast den ganzen verfügbaren Platz auf unserem Küchentisch ein.

»Sie ist am 26. Februar geboren, dem Erweckungstag.«

»Und?«

»Hier steht: *An diesem Tag Geborene besitzen eine außerordentliche Fähigkeit, andere Menschen emotional und geistig zu erregen.*«

»Und?«

»Im Ernst, Jonah, findest du das nicht unheimlich?«

»Nur wenn du den Tag der Megapfeife hast.«

»Nee, den hast du.«

»Ich lasse es nicht zu spät werden«, sagt Annabel zu Jonah, als wir das Haus zum x-ten Mal verlassen und durch die Nacht zur Mündung gehen. Der Mond ist fast voll.

»Du bist anders«, sagt sie.

Sie hat Recht. Etwas hat sich verschoben.

»Stimmt. Ich spüre es auch.«

»Wir gehen es trotzdem langsam an«, sagt sie. »Sag mir einfach, wenn du genug hast.« Annabel führt mich an die Spitze des Piers. Dann reicht sie mir Schnorchel und Tauchermaske.

In meinem Traum stehe ich an der Spitze des Piers und springe nicht nach unten, sondern stoße mich so ab, dass mich der Wind trägt und ich flach über das Wasser fliege. Die Arme habe ich über den Kopf gestreckt, die Hände zu einer Spitze zusammengelegt, und ab und zu streifen die Finger das Wasser. Es überrascht mich, wie langsam ich fliege.

Nach dem ersten Schock ist das Wasser warm, wie Fruchtwasser. Ein leises Rauschen zeigt an, dass die Luft aus meiner Lunge entweicht und meine Haut nahtlos die Aufnahme von Sauerstoff übernimmt. Als ich tiefer tauche, passen sich meine Augen an die Dunkelheit an.

Plötzlich erschreckt mich Müll. Überall auf dem Grund liegen Trümmer. Je näher ich heranschwimme, umso mehr erkenne ich: ein Schild vom Postamt, ein rostender Nagetierkäfig aus der Zoohandlung, ein alter Reifen, ein Roller.

Dads Pick-up.

Ich gleite näher, versuche die Tür zu öffnen. Doch sie klemmt. Ich schwimme zur anderen Seite und vermeide es sorgsam, durch die Windschutzscheibe ins Innere zu gucken. Die Beifahrertür ist auch nicht zu bewegen. Der Griff bricht in meiner Hand ab. Ich weiß nicht, was ich damit machen soll.

Mir wird klar, dass ich hier nichts finden werde.

»Es kann sein, dass du nie erfahren wirst, wie sie gestorben sind«, sagt Papa.

»Kannst du es mir nicht sagen?«, bitte ich ihn.

»Dass ich tot bin, gibt mir keinen Zugang zur Wahrheit, Tom. Das weißt du.«

»Aber kannst du es herausbekommen?«

»Es war ein Traum, Tom. Du bittest mich, einen Pick-up aus einem Traum suchen zu gehen.«

»Könntest du es nicht wenigstens versuchen?«

»Nein, Tom. Ich wüsste nicht, wo ich anfangen sollte.«

19

Martha und ich haben angeboten, die Kisten aus dem Schuppen hinter dem Gebrauchtwarenladen zu sichten. Das Fischlein schläft in ihrem Wagen, und ich müsste eigentlich mindestens zwei Stunden haben, bis sie wach wird. Es ist ein warmer Sommertag, und Martha hat sämtliche Kartons nach draußen geschleppt. Wir haben ein richtiges System; wir nehmen uns jede Kiste einzeln vor: Ausschuss auf einen Haufen, Sachen fürs Fischlein auf einen anderen, Verkäufliches auf einen dritten. Der Haufen fürs Fischlein ist gewaltig.

Clare kommt vorbei. Ich habe sie noch nie außerhalb der Zoohandlung gesehen. Sie ist hübsch. »Hallo, Clare«, sage ich. »Clare, das ist Martha. Martha, Clare.«

Martha steht auf und gibt ihr die Hand.

»Hallo, Clare«, sagt er. »Bitte nenn mich Will.«

»Hallo, Will«, sagt sie und schüttelt ihm die Hand.

»Will«, sage ich. Es passt zu ihm.

»Ja, Tom«, sagt er.

»Bitte nennt mich Holly«, sage ich. »Aber erst mal nur heute Nachmittag. Ich möchte sehen, ob es passt.«

Sarah habe ich nie wieder gesehen. Aber Papa meint, ich hätte ihr wahrscheinlich einen Gefallen getan; so schwer, wie es ihr gefallen war, mich zu finden, wäre die Versuchung, zu bleiben, riesig gewesen. Er hat mir erklärt, dass er zwar sehr gern hier bei Nana ist, aber dass es ihn auch viel Kraft kostet.

Ich habe darüber nachgedacht und weiß, glaube ich, was er meint.

Aber es ist traurig. Wenn ich gewusst hätte, dass es das letzte Mal war, hätte ich mir mehr Zeit gelassen und ihren Besuch in die Länge gezogen. Ich gehe unser Gespräch in Gedanken immer wieder durch, um dahinterzukommen, was sie abgeschreckt hat. Warum hat sie sich so aufgeführt wie immer, mit dem Geschimpfe und allem, und ist dann, nur weil ich ungeduldig wurde, plötzlich eingeschnappt und verschwunden?

Papa meint, dass sie auf einmal verschwunden ist, kann auch für sie überraschend gewesen sein, und ich soll nicht so viel Wert auf die faktischen Ereignisse legen.

Es ist so ein Glück für mich, Papa zu haben. Dass er tot ist, verleiht ihm eine völlig andere Perspektive.

»Oscar«, sage ich. »Bist du das?«

»Warte hier«, sagt er und schwimmt weg.

Ich gehe seit jenem ersten Mal mit Annabel oft im Dunkeln schwimmen. Heute Abend bin ich allein. Die Tage werden kühler; man kann fühlen, dass der Herbst schon nah ist, aber das Wasser ist noch warm. Ich habe den FishMaster mitgebracht, und der Plan ist, kurz mal einzutauchen und dann etwas für ein frühes Abendessen zu fangen. Jonah passt zu Hause auf das Fischlein auf. Er ist total in sie vernarrt. Ihr solltet die beiden sehen.

In zwei Tagen fängt die Schule an.

Ich bin ziemlich aufgeregt. Nach der Flut habe ich den größten Teil der Neunten und die ganze Zehnte gefehlt. Die Kinder aus meiner alten Klasse werden jetzt alle in die Elfte gehen, aber ich musste eine Prüfung machen, um das Direktorium zu überzeugen, mir die Zehnte zuzutrauen. Dank James Wo muss ich die Neunte nicht wiederholen. Aber es wird trotzdem komisch sein. Mir haben die Leute, die eine Klasse wiederholen mussten, immer leidgetan, wobei ich ja streng genommen die Zehnte nicht wiederhole.

Jonah kommt in die Zwölfte. Er war schon immer eine Klasse über mir, und jetzt sind es zwei. Er sagt, ich soll mir nicht so viele Gedanken machen, es wird schon alles gut gehen. Aber das stimmt nur für ihn. Als ich ihn fragte, wie er vorhat, die Schule und das Baby unter einen Hut zu bringen, hat er nur mit den Schultern gezuckt und gesagt: »Man muss das Leben einfach Tag für Tag nehmen.«

Jonah ist eine Maschine. Er kann das Frühstück zubereiten, sich mit mir unterhalten und mit dem Fuß den Kinderwagen schaukeln. Er wird wahrscheinlich lernen, das Fischlein Bäuerchen machen zu lassen, während er Hausaufgaben macht. Und ich? Multitasking liegt mir nicht. Ich habe keine Ahnung, wie ich zurechtkommen werde.

Alle versuchen zu helfen, wo sie können. Nana und Jonathan betonen immer wieder, sie wären mehr als glücklich, das Fischlein jeden Tag zu nehmen (obwohl Jonah und ich der Ansicht sind, sie würden höchstwahrscheinlich bald zusammenbrechen und die Arbeit Hazel überlassen). Ich habe beschlossen, sie mit zur Schule zu nehmen, solange sie noch so klein ist – oder wenigstens, solange ich sie stille. Man hat uns in einem Büro eine Babyecke eingerichtet.

Oscar taucht wieder auf. Er spuckt mir etwas in die Hand.

»Wirf deine Vergangenheit nicht weg«, sagt er. »Lern mit ihr zu leben.«

Ich betrachte das kleine goldene Angelblei. Im Wasser hat es fast kein Gewicht.

»Ich hab dich vermisst, Oscar«, sage ich.

»Du musst es nicht bei dir behalten«, sagt er. Er spürt meine Bedenken. »Du könntest es im Barben-Aquarium aufbewahren. Ich bin sicher, Mrs Blanket hätte nichts dagegen.«

»Warte kurz«, sage ich, schwimme zur Leiter, klettere auf den Pier und gehe zum FishMaster. Ich lege das Blei in eines der Fächer. Dort ist es sicher, bis ich mich entscheide, was ich damit machen will.

Ein kleines Platschen unterbricht meine Gedanken. Oscar schwimmt weit draußen. »Warte auf mich«, schreie ich. Ich nehme Anlauf, mache einen Kopfsprung vom Pier und schwimme, so schnell ich kann, um ihn einzuholen.

Im Mai ist der zweite Jahrestag der Muttertagsflut. Dann soll es im Rathaus eine Feier zu Ehren aller Leute geben, die nie gefunden wurden. Spontan (so jedenfalls die Lokalpresse) wurde vorgeschlagen, auf dem Gelände des Gerichtsgebäudes kleine Kreuze zu errichten. Der Ort wurde ausgewählt, weil das Gericht einen schönen, gepflegten Garten hat – und einen Brunnen, den die Gemeinde zu restaurieren versprochen hat. Jonah und ich haben einen Brief bekommen, der uns über den Vorschlag informiert. Alle, die Angehörige verloren haben, haben den gleichen Brief bekommen.

»Was ist, wenn ich das nicht will?«, frage ich, Jonah sitzt mir gegenüber. Seit die Briefe gekommen sind, haben wir kaum ein Wort miteinander gesprochen.

»In diesem Stadium wird es nur zur Diskussion vorgelegt«, antwortet Jonah und klingt bemerkenswert nach seinem Großvater. »Vermutlich werden sie die Rückmeldungen abwarten, bevor sie entscheiden, ob sie den Plan umsetzen oder nicht.«

»Was hältst du davon?«

»Ich weiß nicht«, sagt er. Er tippt mit dem Zeigefinger auf den Brief. »Super finde ich, dass sie den Brunnen herrichten wollen.«

Gott, kann der einem auf die Nerven gehen. »Aber wie findest du das mit den Kreuzen?«, frage ich, um zum eigentlichen Punkt zurückzukehren.

»Keine Ahnung«, sagt er.

Ich habe keine Wahl, als mitzuspielen. Also schüttele ich den Kopf, hebe den Brief hoch, lese ihn noch einmal. Seufze.

Mindestens fünf Minuten lang sagt keiner von uns beiden ein Wort.

»Okay«, sagt er und bricht das Schweigen. »Ich finde es furchtbar.«

»Ich auch.«

»Man wird von uns erwarten, dass wir uns verhalten, als wäre alles wieder normal.«

»Das wird es aber nie.«

»Und ich kann den Gedanken nicht ertragen, dass Mum und Dad auf zwei Kreuze reduziert werden«, sagt Jonah.

»Dito«, sage ich, obwohl ich andere Gründe habe.

Ich gewöhne mich langsam an den fiesen Caleb, obwohl mein Bauch mir immer noch sagt, dass er nur Ärger bringt und Jonah eines Tages das Herz brechen wird. Das Fischlein mag ihn, aber nur, weil er ihr seine lustige Seite zeigt. Und er hat ihr süße Stiefelchen gekauft. Dank Nana hat das Fischlein einen ganzen Berg Stiefelchen, aber Caleb hat ihr ein richtiges Paar gekauft, und das begeistert sie total.

Jonah und Jonathan und das Fischlein und ich sind im Mavis Ornstein. Jonah wollte Caleb mitbringen, aber ich habe mich durchgesetzt. Alle sind im Gemeinschaftsraum und trinken Tee. Ich habe mich einen Moment davongeschlichen, um mit Papa zu plaudern.

»Meinst du, ich sollte es dem Fischlein schenken?«, frage ich.

Wir sitzen draußen im Garten. Papa will Betsy Groot aus dem Weg gehen.

»Ich glaube, das kleine Blei war immer für sie gedacht«, sagt er.

»Wow«, sage ich ein wenig überrascht. »Warum hast du

nicht früher was gesagt?« Meine Stimme klingt ein wenig vorwurfsvoll. Ich hoffe, Papa hört das nicht.

»Ich wusste nicht, dass du ein Problem damit hattest«, sagt er nüchtern.

»Hatte ich aber.«

Ich lasse das sacken. Papa sagt nichts.

»Ich muss mit meiner Vergangenheit fertigwerden«, sage ich und versuche, nicht so zu klingen, als hätte ich es eingeübt. »Und Bill wird immer ein Teil davon sein.«

»Biologisch gesehen«, sagt Papa, »könnte Bill nicht gegenwärtiger sein.«

»So kann man das auch ausdrücken.«

Das ist typisch Papa und ich.

»Dann passt das Blei also«, sage ich. Das ist eine Aussage, aber es klingt eher wie eine Frage.

»Ja, und du weißt es, Tom.«

Nana hat mir endlich eine Kamera gekauft. Man kann damit Bilder und Videos aufnehmen. Ich mache Jonah damit verrückt, weil das Fischlein schon fast zwölf Wochen alt ist und es außer ein paar netten Schnappschüssen von Hazel keine frühen Aufnahmen von ihr gibt.

»Hey, du glückliche Kamerabesitzerin«, ruft Jonah aus der Küche.

»Warte einen Augenblick«, sage ich zum Fischlein. Ich gehe zur Tür.

»Was ist?«, sage ich zu Jonah. Er schlüpft sofort in seine Kamerapersönlichkeit – teils Jonah, teils Fernsehkoch. Ich könnte mich schieflachen, und er merkt nicht mal, dass er es macht.

»Wir sollten dem Fischlein das Baumhaus zeigen.«

Das haben wir schon Ewigkeiten vor. »Jonah, du bist einfach der Beste. Aber nur zu dritt, okay? Ohne den fiesen Caleb?«

»Tom, du hast versprochen, ihn vor dem Fischlein nicht mehr fies zu nennen.«

»Verzeihung«, sage ich. Ich wende mich ab, um mein Grinsen zu verbergen.

Das Fischlein lacht. Rumbly ist in ihr Bettchen geklettert und leckt ihr die Füße. »Komm schnell, Jonah«, sage ich. »Das musst du sehen.«

Jonah und ich stehen zusammen in der Tür. Ich lasse die Kamera laufen.

»Ich wette, das Fischlein hält uns für ihre Eltern«, sagt Jonah und legt mir einen Arm um die Taille.

»Ja, klar«, sage ich. Ich richte die Kamera auf uns und lehne meinen Kopf an Jonahs Schulter.

Das Fischlein und ich essen vor dem Wandbild von James Wo unser Mittagsbrot. Jonah will uns nach seiner Besprechung mit dem Mathelehrer hier treffen. Es ist ein Schultag, und dauernd bleibt jemand stehen, um Hallo zu sagen – nicht mir, sondern dem Fischlein. Sie liebt es.

Ich glaube, Mum ist auch hier. Im Augenblick macht das Fischlein kleine Handbewegungen, die aussehen, als hielte sie sich an Fingern fest. Während ich sie beobachte, wird mir klar, wie schwer es all die Jahre für Nana gewesen sein muss. Sie muss Millionen Mal gehört haben, wie ich mit Papa redete, und sie hat nie etwas gesagt, nie eine einzige Frage gestellt. So viel Zurückhaltung kann ich mir nicht vorstellen.

Jonah kommt und lässt sich neben mich fallen. »Hab ich einen Hunger«, sagt er und öffnet seine Brotbüchse. Das Fischlein macht ein kleines Geräusch.

»Hallo, Baby«, sagt Jonah. Er beugt sich über ihren Wagen und lächelt. Sie erwidert sein Lächeln.

»Du bist ja schon fertig«, sagt Jonah zu mir, als ihm auffällt, dass er allein isst.

»Mmhm«, sage ich. Jonah ist im obersten Mathekurs. Ich kann gerade mal addieren.

»Ich sollte das Fischlein lieber auch füttern, bevor es klingelt«, sage ich. Jonah antwortet nicht. Wenn er Hunger hat, ist er wie ein Tier. Die nächsten zehn Minuten genießen Jonah und das Fischlein ihr Mittagessen, während ich das Wandbild von James Wo bewundere.

Es ist dunkel, und Annabel und ich sind auf dem Weg zur Mündung, um den Mond aufgehen zu sehen. Die Nacht ist klar und vollkommen still. Als wir über den Pier gehen, fällt mir auf, dass Annabel gar keine Schnorchelsachen dabeihat. Am Ende dreht sie sich zu mir um, tritt näher und legt mir kurz die Hände um die Taille. Mir fällt auf, dass von ihren Schultern Blasen aufsteigen. Eindeutig blau. Ich will etwas sagen, aber der Moment geht vorüber.

»Es ist Zeit«, sagt sie.

Sie hält mir ihre Hand hin, ich gebe ihr meine. Sie lächelt. Meine Welt füllt sich. »Ich lass dich nicht los«, sagt sie und zieht mich, ohne ein weiteres Wort, über den Rand.

Das Wasser ist wunderschön, klar, warm. »Komm mit«, sagt Annabel, und wir tauchen tief in die Bucht hinaus. Ich habe schon fast keine Luft mehr, als sie sich umdreht und hoch über meinen Kopf deutet. Zuerst denke ich, ich soll an die Oberfläche schwimmen, doch dann zieht sie erneut energisch an meinem Arm. Wieder deutet sie, diesmal mit noch mehr Begeisterung.

Es ist der Vollmond, goldgelb und tief über dem Horizont, aber schon hoch genug, um über den Bäumen auf der Ostseite der Bucht zu stehen. Er wankt in der Strömung, riesengroß und überwältigend schön. Doch meine Lunge will nicht mehr. Ich stoße mich ab und schwimme so schnell ich kann nach oben.

Als ich Annabel endlich entdecke, hat sie es zur anderen Seite geschafft – wahrscheinlich mit einem einzigen Atemzug – und winkt mir. Ich kann nicht anders, sondern muss staunen.

Das Fischlein ist immer noch der Meinung, sie ist eine Meerjungfrau.

Oscar sagt, sie ist bloß eine gute Schwimmerin, deren Lunge ein Riesenfassungsvermögen besitzt.

Es gibt nur zwei Leute, die mich Holly nennen: Martha, der in Wirklichkeit Will heißt, und Mrs Haversham, die eine Zicke ist.

»Holly!«

»Holly Thomas!«

Mrs Haversham. Ich glaube, ich ignoriere sie noch ein Weilchen.

Das Fischlein hat mich fast die ganze Nacht wach gehalten. Ich weiß nicht genau, was mit ihr war, aber als mein Wecker klingelte, hatte *ich* ein Problem. Jetzt bin ich so müde, dass ich nichts aufnehmen kann. Ich hätte zu Hause bleiben sollen. Stattdessen habe ich den Kopf auf den Tisch gelegt, und meine Gedanken sind draußen auf dem Meer.

Ich weiß nicht, wie er es angestellt hat, aber Papa hat Dad gefunden, und wir drei sind zum Tiefseeangeln mit der *Coast of Mary* unterwegs, dem schönsten Fischerboot, das ich je gesehen habe.

»Sie ist eine Barkasse«, korrigiert mich Papa.

Die *Coast of Mary* ist weiß und mit Türkis abgesetzt, das in schmalen Streifen über das Deck verläuft. Im Augenblick schaukelt sie etwas, und wenn ich über die Seite gucke, kann ich sehen, dass sie auch unter der Wasserlinie türkis gestrichen ist. Sie ist für das Angeln auf dem offenen Meer gebaut, was ganz anders ist als das, was ich gewohnt bin. Zum Beispiel werden die Fische nicht zum Essen gefangen, es geht allein um die Jagd. Und um die Größe des Fangs.

Alles auf der Barkasse ist zweckmäßig eingerichtet. Einige der Ruten sitzen fest am Bootsrahmen und sind mit Winschen versehen, mit denen die wilden Fische eingeholt werden, wenn sie sich zu sehr wehren. Am Heck stehen zwei große weiße Stühle mit Rutenhaltern und Fuß- und Nackenstützen und Getränkehaltern. Vollkommen übertrieben, wenn man mich fragt, doch Dad und Papa fahren voll darauf ab: die Leinen im Wasser, jeder ein kaltes Bier in der Hand und zu ihren Füßen eine Kühlbox mit Nachschub.

Über dem Deck gibt es einen Ausguck, und dort ist auch der Steuerstand. Da stehe ich gerade. Man kann meilenweit sehen, schon ohne Fernglas. Als ich Papas Stimme höre, drehe ich mich um 180 Grad. Papa erzählt Dad etwas, und beide lachen bei der Pointe. Ich wende mich wieder der Aussicht zu. Es weht eine leichte Brise, am Himmel ist keine Wolke, und egal in welche Richtung ich schaue, überall ist nur Meer.

Das Fischlein ist unter Deck und schläft wie ein Baby. Ich wollte vorhin nach ihr sehen, aber da fing Dad meinen Blick ein und schüttelte den Kopf. Als ich zögerte, zwinkerte er mir zu. Ich glaube, er weiß, dass Mum da unten bei ihr ist. Na ja, so habe ich wenigstens mal Zeit mit Dad.

»In zwanzig Minuten gibt's Essen«, sagt eine Stimme.

»Super«, sagt Papa.

Ich schaue weiter auf das Meer. Es hat etwas Hypnotisches. Das möchte ich als Wort für heute aufschreiben, aber ich weiß nicht, wo mein Notizbuch ist. Es muss hier irgendwo sein. Ich hatte es vorhin; ich habe mir Wörter aufgeschrieben, die ähnlich, aber doch ganz unterschiedlich sind, wie Essen und Essenz. Jetzt wo das Wort »Essen« gefallen ist, merke ich, dass ich ziemlich hungrig bin. Ich frage mich, ob Mum mitessen wird.

Jemand rüttelt mich am Arm. Ich höre eine Menschenmenge, die lacht. Ich habe keine Ahnung, wo die sein könnte.

»Holly«, sagt Dad. Ich kann es nicht fassen, dass er mich Holly genannt hat, und will mich beschweren, aber er ist verschwunden.

»Auf Holly hört sie nicht, Miss«, sagt die Stimme des Jungen, der auf der anderen Seite des Ganges neben mir sitzt. Mist. Ich bin in meiner Bank eingeschlafen. Nicht zum ersten Mal.

»Verzeihung«, sage ich noch mit geschlossen Augen.

»Komm mit«, sagt die Stimme von Mrs Haversham.

Mist, Mist, Mist.

Jonathan hat den gemieteten Babysitz zurückgegeben und einen nagelneuen für das Auto gekauft. Er ist cremeweiß (passend zum Innenraum des Bentley). Ich schnalle das Fischlein fest.

Das Wetter ist umgeschlagen. Von Westen sind Regenwolken aufgezogen, ein schlechtes Omen. Jonathan wartet darauf, dass ich fertig bin. Es dauert Ewigkeiten. Zuerst kann ich meine Bio-Notizen nicht finden, und als sie gefunden sind, merke ich, dass ich meinen Stundenplan verloren habe. Ich kippe alles auf den Sitz. Ein heilloses Durcheinander. Ich brauche ein System. Vielleicht würde eine neue Schultasche helfen; eine mit mehr Fächern und Abteilungen. Den Stundenplan finde ich schließlich in meinem Notizbuch. Dann hole ich tief Luft und packe alles halbwegs ordentlich wieder ein. Unordnung macht mich in letzter Zeit fertig. Vor allem in meinen Schulsachen muss Ordnung herrschen. Ich glaube, das ist ein Bewältigungsmechanismus.

Endlich kann ich mich anschnallen. Fertig.

»Bist du so weit?«, fragt Jonathan.

»Ja«, antworte ich, obwohl es eigentlich offensichtlich ist. »Tut mir leid.«

An den meisten Tagen fährt Jonathan mich zur Schule und holt mich wieder ab. Jonah fährt mit dem Rad. Zuerst sind das Fischlein und ich mit dem Bus gefahren. Mit dem Kinderwagen kommt man leicht zur Haltestelle, und sie ist nur fünfzehn Minuten entfernt. Doch dann begann Jonathan vorbeizukommen, und schließlich wurde es zur Gewohnheit. Anfangs nutzte er die Fahrt als Möglichkeit, mich allein zu erwischen und über Bill zu reden. Er möchte meinen Fall bei der Polizei vorbringen. Er sagt, es war schlicht und einfach Missbrauch. Ich denke, er hat Recht, aber ich glaube nicht, dass ich das alles wieder hervorkramen will. Die ganze Schule würde es erfahren. Bei dem Gedanken wird mir schlecht.

Ich bin erschöpft. Zum Glück scheint Jonathan sich nicht unterhalten zu wollen. Selbst das Fischlein ist still. Dann und wann macht sie Lutschgeräusche.

»Ich habe deine Großmutter gefragt, ob sie mich heiraten will«, sagt Jonathan plötzlich. Ich öffne die Augen, um ihn anzusehen, aber er starrt geradeaus auf die Fahrbahn.

Ich bin nicht überrascht. Es kommt mir ganz selbstverständlich vor, wie die einzig normale Folge aus dem, was ist.

»Was hat sie gesagt?«

»Sie will es mit dir besprechen.«

Nanas Methode, Papas Zustimmung zu bekommen, ein bisschen hintenherum.

»Na, du weißt ja, wie sehr ich dich mag, Jonathan.«

»Danke, Tom. Das bedeutet mir viel.«

Das Fischlein klatscht in die Hände. Ich sehe mich zu ihr um.

Auf der Rückbank sitzt Papa und starrt aus dem Fenster.

20

Den Rest der Fahrt reden Jonathan und ich nicht mehr. Als wir auf das Gelände des Mavis Ornstein fahren, fällt mir auf, dass die Hecke zerfleddert wirkt. Immerhin kann ich nirgendwo eine böse Botschaft entdecken. Doch andererseits: Vielleicht ist sie das schon.

Als ich das Fischlein aus dem Babysitz befreit habe, ist Papa verschwunden. Ich muss ihn finden und mit ihm reden. Wenn er sich betrogen fühlt – wer könnte ihm das verdenken?

Caleb Loeb hat sich aus dem Staub gemacht. Ich muss auf mein Gesicht aufpassen. Ständig.

»Er kommt wieder«, sage ich. Zum Glück weht ein Wind und lenkt Jonah von der Hohlheit meiner Wort ab. Es hat keinen Sinn, ihm zu sagen: Ich hab's dir doch gesagt. Aber ein Teil von mir möchte es laut herausschreien, immer wieder. Stattdessen berühre ich Jonahs Schulter oder reibe ihm den Rücken.

Jonah spielt an seinem Uhrenarmband. Es ist die Uhr von seiner Mutter. Er hat sie gestern Morgen im Schuppen gefunden. »Guck mal«, sagte er und hielt sie am Verschluss fest. Dann legte er sie an. Es war ein wichtiger Fund, aber er hat eine Stunde gewartet, um sie mir zu zeigen. So ist Jonah nun mal. Einmal hat er fast eine Woche gebraucht, um mir einen Manschettenknopf zu zeigen. Ich kann mir nicht vorstellen, dass Jonahs Vater Hemden trug, die Manschettenknöpfe brauchten, aber was weiß ich schon?

Trotzdem fand ich es komisch, dass Sachen einfach aus dem Nichts auftauchen, nach so langer Zeit.

Ich hielt es für Papas Werk.

Als ich ihn fragte, sagte er: »Ich war's nicht, Kleines.«

»Wer dann?«

»Keine Ahnung«, lautete die Antwort. Er sah meinen Blick. »Aber ich kann mich erkundigen.«

»Danke, Papa.«

Jonah hat rote Augen. Er hat wahrscheinlich überhaupt nicht geschlafen. Wie schlecht es ihm geht, erkenne ich daran, dass er nicht mal mit dem Fischlein redet. Nana sagt immer, wenn man in einer Krise keine Worte findet, soll man sich einen Topf nehmen und was kochen. Es gibt einem etwas zu tun, und die Beschäftigung wirkt entspannend, wenigstens solange man dabei ist. Ich folge ihrem Rat und mache Rührei und Toast. Ich koche nur selten, weil Jonah es besser kann, aber er sitzt schon über eine Stunde am Tisch, und wenn ich nicht bald etwas esse, falle ich um.

»Jonah«, sage ich, als er um mich herum zum Kühlschrank geht. »Irgendwie tauchen hier Sachen auf.«

»Was für Sachen?«, sagt er, holt die Milch raus und setzt

sich wieder an den Tisch. Ich kann ihn noch so oft bitten, ein Glas zu nehmen, er trinkt immer aus der Flasche. Aber jetzt gerade habe ich nicht das Herz, ihm böse zu sein, also sehe ich zu, wie er sich einen Liter in die Kehle kippt.

»Na«, sage ich, »zum Beispiel die Uhr von deiner Mutter.«

»Das ist nur *eine* Sache«, sagt Jonah.

»Gut«, sage ich, »aber du musst zugeben, dass es erstaunlich ist. Nach all dieser Zeit.«

»Ja. Und?«

Manchmal sind Gespräche eine Kunst, und wer mit Jonah vorankommen will, wenn er niedergeschlagen ist, darf nicht lockerlassen. »Deswegen«, sage ich, »würde ich gerne wissen, ob bei mir auch Sachen auftauchen.«

»Zum Beispiel?«

»Keine Ahnung«, sage ich. »Sachen eben.«

»Und …«

»Und«, sage ich, während ich ihm eine Scheibe Toast reiche, »ich möchte, dass du mit mir nachsehen kommst.«

»Im Baumhaus haben wir nichts gefunden.«

»Stimmt. Aber wir haben draußen nicht geguckt. Ich würde gern noch mal hingehen.«

»Jederzeit«, sagt Jonah. Er sieht den Toast in seiner Hand an und schaut dann zu mir. Er scheint vergessen zu haben, was man als Nächstes macht.

»Butter«, sage ich und zeige ihm mit einem Blick, dass sie direkt vor ihm steht.

»Klar«, sagt er. »Gut.« Jonah nimmt ein Messer und beginnt zu schmieren. Ich reiche ihm die zweite Scheibe. »Ich kann nicht glauben, dass du tatsächlich Frühstück machst«, sagt er und lässt sein Jonah-Whiting-Lächeln mit voller Wattzahl leuchten.

Sein Gesicht ist so hübsch, und seine Augen sind so lieb. Ich wünsche mir zum x-ten Mal, ich hätte Caleb Loeb umgebracht, als ich noch die Gelegenheit hatte.

Ich war erst drei, als Dad mir mein erstes Auto schenkte. Mein erstes und einziges, wie sich herausstellte.

»Hier, kleiner Spatz«, sagte er.

Wir standen im Schuppen, und ich versuchte, in dem trüben Licht etwas zu sehen.

»Herrgott, Lucas«, sagte Mum. »Das arme Kind hat keine Ahnung, was es anschauen soll.«

Dad hob mich hoch und setzte mich auf seine Hüfte, schnappte sich mit der freien Hand etwas Großes vom Boden und ging mit mir nach draußen. Das Sonnenlicht blendete mich, aber als sich meine Augen dran gewöhnten, erkannte ich ein glänzendes rotes Auto. Ich stand reglos davor. Die Spannung muss unerträglich gewesen sein.

»Setz sie rein«, schlug Mum vor. Und Dad tat es. Er hob mich hoch und ließ mich auf den Sitz hinunter. Er legte meine Hände auf das Lenkrad und setzte erst den einen, dann den anderen Fuß auf die Pedale. Dann schob er mich eine Stunde lang durch den Garten, redete mir zu, in die Pedale zu treten, und brachte mir das Lenken bei.

Nach dem Mittagessen war ich allein. Unsere Einfahrt führte vom Schuppen bergab und endete in einer Mulde. Ich bremste mit den Füßen, damit ich nicht zu schnell wurde. Als Mum klar wurde, dass das Auto keine Bremsen hatte, musste ich meine Gummistiefel anziehen. Das war noch besser, weil ich mit ihnen im letzten Moment bremsen und durch den Dreck schlittern konnte, bis ich stand.

Das kleine Auto und ich wurden unzertrennlich. Wenn Dad an seinem Pick-up bastelte, tat ich so, als reparierte ich mein Auto. Manchmal stellte er es auf Kisten, damit ich mich drunterlegen und die Antriebswelle reparieren konnte. Aber meistens fuhr ich damit durchs Haus. Ich stand morgens auf und fuhr zum Frühstück in die Küche. Ich saß im Auto auf der Veranda und aß mein Mittagessen. Wahrscheinlich hätte ich im Auto geschlafen, wenn man es mir erlaubt hätte.

Eines Tages war ich zu groß, um die Beine noch unter den Kühler zu zwängen. Widerwillig gab ich das Auto an Sarah weiter, die es als Spielhaus für ihre Puppen benutzte.

»Dein Vater hat das Auto bei Bunter & Davis gefunden«, sagt Papa, als ich ihn danach frage. »Er hat Monate daran gearbeitet, bis es tipptopp war. Mechanisch waren diese kleinen Tretautos eher simpel. Er musste nur die Antriebswelle begradigen und den Rost abschleifen. Am längsten hat es gedauert, die Karosserie auszubeulen und neu zu spritzen.«

»Es war aus echtem Blech?«

»Ja, Kleines«, sagt Papa, »und es war eine echte Schönheit.«

Oscar ist wirklich abenteuerlustig. Von Mrs Blanket wegzugehen hat ihm zuerst Angst gemacht, sagt er, doch sobald er sich daran gewöhnt hatte, hätte er niemals mehr in einem

Aquarium leben mögen. Irgendwie weiß ich, was er meint. Sosehr ich Mum und Dad und Sarah vermisse, so sehr liebe ich mein neues Leben mit Jonah und dem Fischlein. Ich glaube, ich könnte auch nicht mehr zurück. Das war eine merkwürdige Erkenntnis.

»Hast du dem Fischlein schon das Blei geschenkt?«, fragt Oscar. Wir haben uns mal wieder am späten Nachmittag zum Schwimmen getroffen. Seitdem er mir vorgeschlagen hat, das Blei zu behalten, lässt er das Thema nicht mehr ruhen.

»Noch nicht, Oscar«, sage ich. »Es ist mir immer noch unheimlich.«

»Was denn, das Blei oder Bill?«

Das ist das Problem mit einfühlsamen Freunden. Deine Tarnung interessiert sie nicht. »Können wir jetzt über was anderes reden?«, bitte ich.

Das Wasser ist warm und dunkel. Ich will es einfach nur genießen.

»Bill ist der leibliche Vater«, sagt Oscar. Er nudelt dieselbe Platte wie Papa.

»Damit will ich mich jetzt nicht befassen.«

»Das verlangt auch keiner von dir, Tom. Aber es könnte dir guttun, die Tatsache nicht weiter zu verdrängen. Das verbraucht zu viel Energie.«

»Ich will nicht drüber reden, Oscar«, sage ich und werde dabei unfreiwillig lauter. »Bitte, hör einfach auf.«

»Okay«, sagt er.

Wir schwimmen über die Mündung zum Boot, das ungefähr dreißig Meter vom Pier vor Anker liegt. Es ist Bills Aluboot, aber er hat es nicht wegholen können, weil Jonathan eine einstweilige Verfügung gegen ihn erwirkt hat. Ihm ist jeder Aufenthalt in der Nähe der Mündung oder von Jonahs Haus verboten. Nicht mal zum Bootsschuppen darf er, ohne vorher eine Erlaubnis einzuholen. Jonathan meint, er wird wahrscheinlich, sobald Anklage erhoben wird, ins Gefängnis müssen. Bis dahin wohnt er im Ort, in einem Zimmer über einem der Pubs. Es liegt weitab von der Zoohandlung oder dem Pie Shop, so dass ich kaum Gefahr laufe, ihm zufällig zu begegnen. Und selbst wenn das passiert, soll ich mich einfach ruhig verhalten und weggehen, sagt Jonathan. Es ist Bill verboten, sich mir zu nähern oder mit mir zu sprechen.

»Kann ich dir was sagen?«, fragt Oscar. Wir sind beim Boot angekommen, ich will gerade hineinklettern.

»Habe ich eine Wahl?«

»Klar, Tom«, sagt er und wartet, bis ich sicher an Bord bin. »Diesmal hast du auf jeden Fall eine Wahl.«

Ich wickle mich in ein Handtuch und schaue ins Wasser. »Okay, Oscar«, sage ich. »Spuck's aus.« Ich bereite mich auf einen Vortrag vor.

»Du bist der stärkste Mensch, den ich je kennengelernt habe«, sagt er.

Das ist alles? Ich weiß nicht, was ich sagen soll.

»Ich bin dann mal weg«, sagt er, taucht unter das Boot und verschwindet. Einen Augenblick später kommt er noch mal an die Oberfläche, ungefähr zehn Meter von mir entfernt. »Eins hab ich noch vergessen«, ruft er. »Ich schwimme jetzt zu Freunden auf der anderen Seite der Felsnase.« Was er damit sagen will: Ich kann heute Abend ohne Bedenken meine Leine überall auswerfen.

»Danke, Oscar.«

Ich trockne mich ab und ziehe mir den Jogginganzug über das Badezeug. Die Sonne ist hinter die Bäume gesunken, und die Mündung liegt im Schatten, aber der Himmel über mir ist noch hell und wird nach Westen hin tiefrot. Wahrscheinlich ist es nur noch eine halbe Stunde bis zum Sonnenuntergang, so dass mir weniger als eine Stunde bleibt, das Abendessen zu fangen. Aber die Bedingungen sind perfekt; es weht fast kein Wind, das Wasser ist ruhig – und ich habe im Nu zwei Leinen am Bug ausgehängt und bereite eine dritte vor. Meine Füße sind kalt, auch wenn ich sonst am Körper warm bin, und ich nehme mir vor, mir von nun an Socken mitzubringen. Dann lehne ich mich zurück und warte.

Ein Fisch zerrt an der Leine, die an mein Handgelenk gebunden ist. Ich muss eingenickt sein. Ich mache die Augen auf und erschrecke, als ich sehe, dass es schon ziemlich dunkel ist. Schnell setze ich mich hin und hole die Leine ein, aber sie ist leer. Mit den beiden am Bug ist es nicht anders, obwohl an allen dreien der Köder abgefressen ist. Freche Fische.

Mir bleibt nichts übrig, als den Anker zu lichten und nach Hause zu gehen.

Ich bin schon fast am Pier, als etwas meinen Blick fängt: am Ponters Corner ist ein kleines Licht aufgeblitzt. Ich rudere weiter, halte Ausschau, warte darauf, dass es wieder passiert.

Ich will gerade aufgeben, als ich es sehe, heller und näher und, wenn ich mich nicht täusche, auf dem Weg zum Pier.

Ich rudere schneller. Es ist mir egal, ob man sieht, dass ich mich beeile. Wenn es Bill ist, dann kennt er sich sowieso bestens mit allem aus, was ich mache, deswegen ist es das Wichtigste, vor ihm am Pier zu sein und schnell nach Hause zu sausen. Gott sei Dank habe ich Jonahs Fahrrad da.

Als ich zu Hause ankomme, bin ich außer Atem. Das Fahrrad knirscht auf dem Kies in der Einfahrt, und ich höre auf zu treten. Ich lehne das Rad an die Veranda, gehe auf Zehenspitzen zur Küchentür und lasse mich ein. Jonah schaut auf. »Hallo«, sagt er. »Warum so leise?«

»Ich bin im Boot eingeschlafen. Ich habe keine Ahnung, wie spät es ist, und da dachte ich, du und das Fischlein schlaft vielleicht längst.«

»Es ist erst halb acht«, sagt Jonah. »Ich nehme an, es gibt keinen Fisch?«

»Nein. Tut mir leid. Die Mistviecher haben nur die Köder weggefressen.«

»Macht nichts«, sagt Jonah. »Ich habe eine Vorsichtshalbersuppe gekocht.«

Ich fühle mich sicher, wenn auch ein bisschen durch den Wind, und gehe unter die Dusche.

Hier kommt Bill nicht her. So bescheuert ist er nicht.

Ich gehe mit Jonathan und dem Fischlein über den Parkplatz am Mavis Ornstein, als mich Betsy Groot beinahe umrennt.

»Tom, Liebes, ich muss deinen Großvater sprechen.«

Jonathan ist stehen geblieben. Offensichtlich wartet er auf mich.

»Tom, Liebes, es ist *dringend*«, sagt sie. Das letzte Wort schreit sie fast.

»Geh nur, Jonathan«, sage ich und tue so, als machte ich mich am Kinderwagen zu schaffen. »Ich komme gleich nach.« Widerstrebend geht er weiter.

Ich warte, bis ich sicher bin, dass Jonathan mich nicht mehr hören kann, und sage dann zu Betsy: »Hast du auf der Veranda nachgesehen?«

»Da ist er *nie*«, sagt sie.

»Was ist denn, Betsy?«, frage ich. »Vielleicht kann ich helfen.«

»Es ist wegen deiner Großmutter«, sagt sie mir in beherrschtem Ton. »Sie hat wieder einen Schlaganfall gehabt. Diesmal ist es schlimm, Schatz. Sie hat nach deinem Großvater gerufen.«

Mir sackt das Herz in die Hose. »Wann?«

»Wann was, Schatz?«, fragt Betsy.

»Egal. Wo ist sie?«

»In ihrem Zimmer, Liebes.«

»Tut mir leid, Betsy, muss laufen«, sage ich und renne los.

Meine Haut fühlt sich dick und schwer an, so als trüge ich ein Mittelding zwischen einer Rüstung und einem Taucheranzug.

Es ist dunkel, aber meine Nase sagt mir, dass ich im Bootsschuppen bin. Ich erkenne die vertraute Mischung aus

Schweiß, Maschinenöl und Holzrauch, überlagert vom Duft nach etwas Köstlichem, den ich nicht richtig einordnen kann.

Ich quetsche mich unter der Tür hindurch und laufe nach draußen. Der gute Duft kommt von dem Holzhaufen am Ende der Terrasse. Ich watschle hinüber und wühle mich in den Haufen hinein. Es scheint relativ leicht zu gehen. Holzscheite rutschen. Ameisen huschen.

Ich laufe die Treppe hinunter auf die Erde. Ich schnüffele, entscheide mich für einen Abschnitt im Boden und kratze den geschätzten Umfang als Strich in den Dreck (ungefähr eineinhalb Meter lang und einen Menschenkörper breit). Dann beginne ich das gesamte Stück bis in eine Tiefe von etwas acht Zentimetern aufzugraben (für einen Schnabeligel ungefähr bis zur Körpermitte). Meine Vorderpfoten erledigen den größten Teil der Arbeit, unterstützt von meiner Schnauze, die überraschend viel Kraft hat.

Als nichts auftaucht, höre ich auf zu graben. Nach kurzem Nachdenken (bei dem ich mehrmals am Rand meiner Grabung hin und her laufe) konzentriere ich mich auf einen kleineren Abschnitt und grabe weiter, geradeaus nach unten. Nach weniger als zehn Minuten stoße ich auf etwas Hartes aus Metall.

Die komplette Bergung dauert bis zum Morgengrauen. Das Ding ist eine lange Metallkiste – ohne Schloss. Ich öffne den Deckel:

Drei einzeln in Kattunsäcke verpackte Gewehre.

Ein Leupold-Zielfernrohr Mark 4 (LR/T).

Fünf Schachteln Munition .204 Ruger, Kaliber 5 mm.

Vom Parkplatz zum Heim geht es die ganze Zeit bergauf, deswegen komme ich verschwitzt und atemlos in Nanas Zimmer an. Aber das Fischlein hat die Fahrt genossen; sie hat das Ganze für ein Spiel gehalten.

Jonathans Gesicht ist aschfahl. Er nickt mir zu, als ich ins Zimmer will. Ich sehe, dass er geweint hat.

»Was ist passiert?«, frage ich die Schwester, die wie ein Wachhund an der Tür steht.

»Und du bist?«, fragt die Bulldogge. Sie verstellt mir den Weg und hält ihre Hand wie ein Stoppschild hoch.

»Jonathan?«

»Lassen Sie sie rein«, sagt Jonathan. Seine Stimme ist kaum lauter als ein Flüstern.

»Aus, Mädel«, sage ich, als ich an der Schwester vorbeischiebe.

21

Der fiese Caleb ist in der Schule aufgekreuzt, und Jonah benimmt sich wie ein Vollidiot.

»Lass es«, warne ich ihn.

Wir sitzen unten am Fluss und essen, ich kann Caleb von der Nordseite der beiden Araukarien auf uns zukommen sehen und merke Jonah an, dass auch er ihn erblickt hat.

»Was denn?«, sagt Jonah in einem missglückten Versuch, seine Aufregung zu überspielen.

»Tu nicht so, Jonah Whiting«, sage ich. »Du weißt genau, wovon ich rede.«

»Tom«, sagt Jonah mit flehender Stimme. »Ich muss mit ihm reden; ich muss rausfinden, was passiert ist.«

»Ich hab dir schon hundertmal gesagt, was passiert ist. Er hat sein wahres Gesicht gezeigt. Er hat dich bloß benutzt, Jonah. Und jetzt ist er weitergezogen.«

Während wir streiten, kommt Caleb näher.

»Tom.« Jonah sieht mich an, und seine Stimme wird lauter. Vermutlich, damit Caleb ihn hört, der nur noch ungefähr zehn Meter entfernt ist. »Kannst du uns einen Augenblick allein lassen?«

»Nein, Jonah. Ich werde keinen Zentimeter weichen.«

»Gut«, sagt Jonah und springt auf. Ich greife nach seinem Arm, aber er ist zu schnell für mich. Weil ich das Fischlein stille, bin ich gezwungen, hilflos zuzusehen, wie mein bester Freund mir entwischt.

»Jonah!«, rufe ich.

Doch er dreht sich nicht um.

»Sieg« steht Caleb breit ins Gesicht geschrieben, als er sieht, wie ich verliere. Ich kann es nicht glauben, aber Caleb hat diese Runde mit voller Punktzahl gewonnen, und ich kann bloß dasitzen und zugucken.

»Bitte, tu's nicht, Jonah!«

Ein paar aus der Neunten bleiben stehen und starren mich an.

»Was ist?«, sage ich nur, aber die Wut in meiner Stimme reicht, um sie zu verjagen. Ich bin so sauer, dass ich schreien könnte, doch ich weiß, dass ich machtlos bin – dass ich nur warten und hoffen kann, bis Jonah Vernunft annimmt.

Jonah kehrte vor dem Läuten am Ende der Mittagspause zurück, und wir ignorierten einander für den Rest des Tages. Nach dem letzten Läuten um Viertel nach drei schob ich mich ohne Abschied an ihm vorbei. Als ich mit dem Fischlein durch den Gang rollte, trat die Schulsekretärin aus dem Büro und stieß beinahe mit dem Kinderwagen zusammen. »Dich wollte ich gerade sprechen«, sagte sie, und in meinem Kopf ging eine panische Suche danach los, was ich verbrochen haben könnte. »Dein Großvater hat angerufen, um zu sagen, dass er dich heute Nachmittag nicht abholen kann. Er hat gesagt, er bleibt bei deiner Großmutter und du würdest das verstehen.«

»Meine Großmutter ist krank«, sagte ich, ohne sie lange wegen Jonathan zu berichtigen.

»Kommst du denn problemlos nach Hause?«

»Ja, wir können mit dem Bus fahren.«

Während das Fischlein und ich an der Bushaltestelle warteten, sorgte ich mich abwechselnd um Nana und ärgerte mich über Jonah. Damit war ich so beschäftigt, dass ich vergaß, uns aufs Einsteigen vorzubereiten, und alle warten mussten, bis ich das Fischlein, den Kinderwagen und meine Taschen an Bord hatte. Keiner kam mir zu Hilfe. Normalerweise hätte mich das geärgert. Aber heute war mir das scheißegal.

Unterwegs überholten wir Jonah auf seinem Rad. Ich reckte den Hals nach Caleb, doch er war nirgends zu sehen. Nana würde sagen: immerhin ein Lichtblick.

Als das Fischlein und ich an unserer Haltestelle ausgestiegen waren, rannte ich nach Hause, schnappte mir den FishMaster und brach sofort zur Mündung auf. Ohne einen Zettel zu hinterlassen.

Eine Stunde später wünschte ich, dass ich daran gedacht hätte, etwas zu essen mitzunehmen. Mein Magen begann zu knurren.

»Ich kann aufs Fischlein aufpassen, wenn du dir was zu essen holen willst«, sagte Papa.

»Papa!«, sagte ich erschrocken. »Du musst aufhören, dich so anzuschleichen.«

»Ich fürchte, das ist bei uns nun mal so«, sagte er.

»Na, dann, danke für das Angebot, aber ich versuche mich gerade vom Haus fernzuhalten.«

»Ärger im Paradies?«

»Caleb Loeb.«

»Oh.«

Papa und ich unterhielten uns eine Weile. Er wirkte ein wenig verloren. Ich denke mir, Jonathan vermittelt ihm das Gefühl, das fünfte Rad am Wagen zu sein. Ich liebe das Bild vom fünften Rad am Wagen. Ich kenne es schon länger, aber jetzt konnte ich es zum ersten Mal anwenden.

Irgendwann verließ uns Papa wieder. Und weil nichts anbeißen wollte, packten das Fischlein und ich zusammen und gingen auch.

Als wir nach Hause kommen, ist es schon fast dunkel. Das Fischlein schläft fest, und ich fühle mich ein bisschen schuldig, weil sie weder ihr Bad noch ihr Abendessen bekommen hat.

Für den Fall, dass Jonah auf der Couch schläft, will ich keinen Lärm machen und lasse den Kinderwagen unten vor der Treppe stehen, nehme vorsichtig das schlafende Fischlein auf den Arm, schiebe die Haustür auf und schleiche auf Zehenspitzen durch den winzigen Flur in unser Zimmer. Obwohl das Fischlein vermutlich eine total nasse Windel hat, will ich sie nicht wickeln, falls sie dann weint, also lege ich sie in ihr Bettchen und decke sie zum Ausgleich mit einer Extradecke zu. Ich warte einen Moment, um zu sehen, ob sie weiterschläft, und schleiche aus dem Zimmer.

Die Küche sieht genauso aus, wie wir sie am Morgen verlassen haben. Das ist nicht richtig – selbst für jemanden, der so ordentlich ist wie Jonah. Es müsste Zeichen des Fressanfalls geben, den er immer nach der Schule hat. Aber da ist nichts.

Ich öffne den Kühlschrank. Der Pie von gestern Abend fehlt. Es sieht aus, als wäre Jonah nach Hause gekommen und genau wie ich so schnell wie möglich wieder abgehauen. Wenigstens hatte er den Verstand gehabt, an seinen Magen zu denken.

»Nun ja«, sage ich laut vor mich hin.

Ich knipse das Licht in der Küche an, mache den Kessel voll und setze ihn auf. Ich gehe nach draußen, um Rumbly aus seinem Käfig auf der Veranda zu holen. Er freut sich, mich zu sehen, und kuschelt sich an meinen Hals. Ich schiebe ihn auf meine Schulter und warte, bis er sein Gleichgewicht findet, dann gehe ich wieder in mein Zimmer, um das Fischlein zu wickeln. Sie schläft tief und fest, also säubere ich sie rasch am ganzen Körper mit Feuchttüchern und ziehe ihr einen Schlafanzug an. Der Kessel beginnt zu pfeifen, als ich sie zudecke.

Die Küche fühlt sich fremd an. Jonah und ich zanken uns ganz selten, und selbst wenn wir es tun, versöhnen wir uns hinterher meistens rasch. Der heutige Krach hat einen Spalt zwischen uns aufgerissen. Ein besseres Wort dafür wäre »Kluft«.

Während der Tee zieht, belege ich mir Toastbrot mit Käse und Tomaten. Als alles fertig ist, setze ich mich an den Tisch und tu, was ich kann, um mich zu beruhigen. Nana sagt, man soll nicht versuchen, etwas zu essen, wenn der Bauch schon voll ist, und natürlich hat sie Recht; die Wut verdirbt mir den Appetit.

Rumbly leckt mich am Hals und bringt mich zum Lachen. »Du kleiner Süßer«, sage ich, nehme ihn von meiner Schulter und halte ihn vor mein Gesicht. »Also, Rumbly, was soll ich gegen den fiesen Caleb unternehmen?«

Er antwortet nicht. Unter allen Meerschweinchen muss ich mir ausgerechnet das stumme aussuchen.

Ich breche ein Stück vom Toast ab, und Rumbly schlingt es in sich hinein. Ich gieße ihm ein bisschen von meinem Tee in die Untertasse.

Nach dem Essen spüle ich meinen Teller und wische den Tisch ab. Dann gönne ich mir eine richtig lange Dusche. Normalerweise duschen wir schnell, aber heute Abend pfeife ich auf die Regeln und lasse das Wasser laufen. Die Tatsache, dass Jonah nicht da ist und nicht an die Tür klopfen kann, befriedigt mich etwas.

Ich gehe mit nassen Haaren ins Bett. Aber ich bin zu unruhig, um zu schlafen, und denke mir, damit die Zeit vergeht, allerlei Methoden aus, Caleb loszuwerden. Leider fällt mir außer Mord keine dauerhafte Lösung ein.

Irgendwann beschließe ich, da ich ohnehin wach bin, dass ich auch einfach meine Hausaufgaben machen kann. Ich stehe auf, sehe nach dem Fischlein und lege eine Flickendecke über die Wiege, damit sie es dunkel hat. Dann setze ich mich an meinen kleinen Schreibtisch in der Ecke und knipse die Lampe an.

Ich schlage mein Notizbuch auf und schreibe das Wort von heute auf.

Kluft.

Dr. Frank hat schlechte Neuigkeiten. Nana hat mehrere kleine Schlaganfälle in Folge erlitten.

Jonathan ist nicht von ihrer Seite gewichen. Er sieht furchtbar aus. Hazel hat dafür gesorgt, dass er ein Zimmer bekommt und abends nicht nach Hause fahren muss. Doch auch wenn er froh ist, morgens dort duschen und sich frische Sachen anziehen zu können, besteht er darauf, im Sessel an Nanas Bett zu schlafen. Er sieht aus, als hätte er abgenommen.

»Hallo, Jonathan«, sage ich. »Gibt's was Neues?«

»Hallo, Tom«, antwortet er. »Sie mussten sie heute Morgen waschen. Sie wäre entsetzt.«

Er hat Recht; das wäre ganz schrecklich für sie. Dass dies ausgerechnet Nana passieren muss, ist für mich schwer zu begreifen. »Wie geht es jetzt weiter, Jonathan?«, frage ich.

»Ich weiß nicht, Tom. Ich weiß nicht.«

»Nun seid mal ein bisschen munter«, sagt Hazel, die nach einem flüchtigen Klopfen ins Zimmer fegt. »Man würde meinen, es wäre jemand gestorben.«

Jonathan und ich drehen uns beide zu ihr um. Sie sieht nur Nana an.

»Guten Morgen, Valerie«, sagt sie. »Ignorier einfach die

Trauerklöße.« Hazel schiebt Jonathan beiseite. »Raus mit euch, ihr beiden.«

Sie hat eine Plastiktüte in der Hand. O Gott, nein. Nana trägt eine Windel.

»Komm mit, Jonathan«, sage ich. »Gönnen wir Nana ihre Privatsphäre.«

Jonathan küsst Nana auf die Stirn, dann folgt er mir aus dem Zimmer. Als wir gehen, tritt eine zweite Schwester ein. Sie schließt die Tür.

Von Papa oder Betsy ist nirgends etwas zu sehen, also gehen Jonathan und ich zur Sitzgruppe am schattigen Ende der Veranda und setzen uns hin.

»Hier, Jonathan, nimm einen Augenblick das Fischlein, dann kann ich den Kinderwagen holen.«

Jonathan streckt die Arme aus. Das Fischlein ist hellwach und geht gerne zu ihm. Es dauert nur einen kleinen Augenblick, bis ihr Zauber wirkt, und ich höre sie auf dem Weg zum Gemeinschaftsraum glucksen. Höchstwahrscheinlich zieht Jonathan seine schiefe Faltengrimasse.

Jonah und ich reden immer noch nicht wieder miteinander. Jetzt sind es schon zwei Tage. Beim Frühstück heute Morgen haben wir uns umeinander herumbewegt wie zwei geübte Tänzer – eine ganz schöne Leistung auf so engem Raum –, und ab und zu habe ich ihn absichtlich angerempelt. Gott sei Dank ist Wochenende, so dass ich mit dem Fischlein zu Nana ausweichen kann. Ich beschließe, gleich nach dem Frühstück aufzubrechen, weil es zu Fuß ziemlich weit ist.

Am Tor wartet Annabel auf uns. Das macht sie manchmal. Ich habe keine Ahnung, woher sie weiß, wann sie da sein muss. Ich habe sie nie gefragt.

Ihre Haare sind nass und hängen ihr offen über den Rücken. Sie trägt ein T-Shirt über ihrem Badezeug und hat sich ein Handtuch um die Hüften gebunden. Der Rücken ihres T-Shirts ist klitschnass und sie ist barfuß; ihre Sandalen hängen an den letzten beiden Fingern ihrer rechten Hand. Sie wirkt total locker und wunderschön. Als ich ins Tor einbiege, lächelt sie mir zu und fällt in denselben Rhythmus wie ich. So geschieht es oft. Wir sagen selten was.

In der Kurve, ein kurzes Stück bevor der Kies auf den Asphalt trifft, drückt sie meine Hand, und ich bleibe stehen. Sie beugt sich über den Wagen, spricht ein paar Worte mit dem Fischlein und wendet sich zum Gehen.

»Grüß Valerie lieb von mir«, sagt sie. Annabel benutzt immer Nanas vollen Namen.

»Mach ich.«

Als ich in Nanas Zimmer trete, duftet es unverkennbar nach Jelängerjelieber. Eine Schwester sitzt auf dem Stuhl an Nanas Bett. Sie steht auf und richtet ihre Uniform. Bevor ich sie fragen kann, ob sich etwas verändert hat, begrüßt sie mich mit einem Nicken und verschwindet durch die Tür. Vermutlich beantwortet das meine Frage.

Anscheinend duscht Jonathan gerade, und so habe ich Nana ein Weilchen für mich. Ich manövriere den Kinderwagen so nahe an ihr Bett heran wie möglich. Dann gehe ich auf die andere Seite, drehe den Stuhl so, dass ich der Tür den Rücken zuwende, und versuche es mir bequem zu machen.

Als ich gut sitze, nehme ich Nanas Hand. Sie schlägt die Augen auf und sieht mich an. »Hallo, Nana«, sage ich und werde von Gefühlen überschwemmt. »Ich wollte eigentlich sagen, dass es schön ist, dich zu sehen, aber ich finde es gar nicht schön, dich so zu sehen.«

Sie öffnet und schließt ihren Mund. Dann streckt sie die Zunge heraus und fährt sich über die Schneidezähne. Ich kann nicht erkennen, ob sie Durst hat oder zu sprechen versucht.

»Nana«, sage ich. »Du jagst mir einen Schreck ein.«

Ihre Augen halten mich fest. Ich erwidere ihren Blick und warte darauf, dass sie etwas sagt, aber das Äußerste, was sie zu Wege bringt, ist »ahhh«. Schließlich gibt sie auf und legt den Kopf wieder aufs Kissen. Sie drückt ganz leicht meine Hand. Ich erwidere den Druck. Ich muss mich total zusammenreißen, um nicht zu weinen.

Minuten vergehen. Ich stehe auf und klettere zu ihr ins Bett, kuschele mich an ihre Brust. Ich ziehe ihren rechten Arm zu mir heran und lege ihre Hand auf mein Gesicht.

Sie riecht nach Lavendelseife. So vertraut und wundervoll.

»Nana«, sage ich. »Jonah und ich reden nicht miteinander.«

Ich bleibe bei Nana, bis es Abend wird. Das Fischlein hat seine Mahlzeit bekommen und liegt im Kinderwagen. Jonathan sagt, er will uns nach Hause fahren. Als ich Einwände erhebe, sagt er, er müsse Wäsche waschen und frische Sachen zum Anziehen holen, und erinnert mich daran, dass Jonahs Haus fast auf seinem Weg liegt. Ich bin erleichtert. Ich war nicht darauf erpicht, schon wieder im Dunkeln nach Hause zu laufen. Ich fühle mich von Bill beschattet. Wieso, kann ich gar nicht genau sagen, es ist bloß ein Gefühl. Aber ich bin absolut sicher, dass er bei Mingins herumgeschlichen ist, als ich letzten Dienstag da war.

Jonah hatte davon geredet, in der Küche ein paar Haken für Becher anbringen zu wollen, und ich beschloss ihn damit zu überraschen, dass ich schon mal welche besorgte. Vorher war ich mit dem Fischlein noch nicht im Heimwerkermarkt gewesen, und ich will gern zugeben, dass ich ein bisschen nervös war.

Mrs Peck hat sich nicht gefreut, mich – oder das Fischlein – zu sehen, aber ich tat so, als merkte ich das nicht, und schob in den dritten Gang zu Eisenwaren und Beschläge. Dort gab es eine ganze Abteilung mit Haken. Nana würde sagen, ich hatte die Qual der Wahl.

Schließlich entschied ich mich für weiße, kunststoffbezogene, weil ich dachte, dass sie Jonah am besten gefallen würden. Außerdem waren sie ziemlich billig.

Mrs Peck wartete an der Kasse, die Arme vor der Brust verschränkt, ungeduldig.

Sie sah furchtbar aus. Sie hatte dicke Tränensäcke unter den Augen, ihr Lippenstift zerrann in den Falten um ihren Mund – »bluten« sagt Nana dazu –, und sie trug ihre Wolljacke verkehrt herum, mit den Nähten nach außen.

Ich legte die Haken auf den Tresen und gab ihr einen Zehndollarschein. Als sie mir mein Wechselgeld gab, ertönte hinten im Laden ein lauter Knall.

Mrs Peck zuckte zusammen.

Ich wollte eine bissige Bemerkung machen, aber Mrs Peck schaute mir in die Augen und schüttelte den Kopf. Es war nur ein winziger Moment, aber sie wollte, dass ich es sehe. Dann brachte sie mich und das Fischlein zur Tür.

Es war total seltsam. So etwas hat Mrs Peck noch nie gemacht.

Mir ging auf, dass wir etwas gemeinsam haben.

Wir haben beide Angst vor Bill.

Jonathan sieht müde aus. Er fährt langsamer als sonst, und ich gucke immer wieder, ob er auch wirklich wach ist.

»War das heute Nachmittag nicht süß, wie ich das Fischlein zum Schlafen zu Nana ins Bett gesteckt habe?«, sage ich, um das Schweigen zu brechen. Wir umfahren ein Schlagloch.

»Morgen kommt ein Spezialist, um einige Tests zu machen«, sagt er.

»Ach so.«

»Tom, ich möchte, dass du weißt, dass ich, auch wenn deine Großmutter und ich noch nicht offiziell verheiratet sind, jede Sorge dafür tragen werde, dass sie die bestmögliche Behandlung bekommt.«

»Ja.«

»Und ich habe eine Privatschwester eingestellt.«

»Ja, die habe ich getroffen«, sage ich, ohne zu wissen, worauf er hinauswill.

»Man will sie auf die Pflegestation verlegen«, sagt er. Er sieht mich an, die Sorge ist ihm ins Gesicht geschrieben. »Du verstehst, dass sie da nicht wieder hinkann.«

Ich nicke. Jonathan schaut wieder auf die Straße.

»Deswegen habe ich Hazel beauftragt, eine Kraft einzustellen, die sie als geeignet empfindet.«

»Ach so. Danke schön, Jonathan.« Er ist ein Engel. Ich möchte ihm das sagen, schaue aber stattdessen aus dem Fenster. Es ist nicht nötig, Papa Salz in die Wunden zu streuen.

Den Rest des Weges legen wir schweigend zurück. Mir kommt der Gedanke, dass Jonathan Nana schon länger kennt als ich. Das hatte ich mir noch nie überlegt.

»Danke, Jonathan«, sage ich, als er den Kinderwagen die Verandastufen hinaufzieht. Ich umarme ihn. Jonathan erwidert die Umarmung. Ich spüre seine Traurigkeit. Nana hängt zwischen uns.

»Kommst du zurecht?«, frage ich.

»Und du?«, fragt Jonathan.

Wir wissen beide keine Antwort.

»Dann bis morgen also«, sage ich, »und danke fürs Bringen.«

Jonathan hebt die Hand und winkt; in der Bewegung liegt ein ganzer Satz. Das Fischlein und ich blicken ihm nach, als er wegfährt.

An Jonahs Haustür hängt eine Nachricht von James Wo. Mist, Mist, Mist. Ich habe unseren Samstagstermin vergessen.

Hallo, Tom,
ich habe das mit Deiner Großmutter gehört. Ich verstehe voll und ganz, dass sie Dir jetzt das Wichtigste ist. Natürlich werde ich unsere Samstagstermine streichen, wenn Du es wünschst. Alternativ könnte ich mich wie gewöhnlich mit Dir treffen und Dich anschließend gegen Mittag ins Mavis Ornstein fahren.
James Wo

Es hat über eine Woche gedauert, aber irgendwann habe ich mich mit Jonah versöhnt.

Fragt mich nicht nach Caleb. Ich ertrage es nicht, an ihn zu denken. Sagen wir einfach, ich vertraue darauf, dass die Sache keine Zukunft hat, und habe deswegen aufgehört, mir Sorgen zu machen.

Wenn ihr euch über meine totale Kehrtwende wundert, dann sucht die Schuld bei Oscar!

Ich war allein an der Mündung schwimmen. Das mache ich oft, wenn ich früh aufwache. Nichts anderes hilft mir so, einen klaren Kopf zu bekommen, und Jonah ist immer gern bereit, auf das Fischlein aufzupassen. Weil beide noch schliefen, legte ich ihnen einen Zettel hin: »Bin in einer Stunde wieder da.«

Oscar kam mich besuchen. Er spürt immer, wenn ich Sorgen habe, also habe ich ihm alles über den fiesen Caleb und meine Ängste um Jonahs Herz erzählt. Und auch darüber, dass Jonah und ich uns gestritten haben und nicht miteinander reden.

Daraufhin gab mir Oscar einen Schnellkurs in umgekehrter Psychologie.

Zu Hause habe ich das gleich ausprobiert, und es hat super funktioniert. Ich habe mich bei Jonah dafür entschuldigt, so zickig gewesen zu sein, und eingeräumt, dass es vielleicht ungerecht von mir war, so hart mit Caleb ins Gericht zu gehen. Von jetzt an sei ich zu mehr Offenheit bereit.

Jonah wirkte so erleichtert, dass ich mich richtig schämte, so gelogen zu haben.

Als das Fischlein und ich abends aus dem Mavis Ornstein zurückkamen, gestand Jonah – beim Essen –, dass er sich mit Caleb auch nicht mehr so sicher sei.

O ja. Oscar ist sagenhaft.

22

Freitag, 26. Dezember. Fischleins erster Geburtstag.

Wir haben ihn bei Nana im Zimmer gefeiert, und ich habe jede Menge Fotos von den beiden zusammen gemacht. Ich weiß nicht, ob Nana wusste, was los war. Es war so traurig, sie so zu sehen. Ich musste immer wieder daran denken, wie anders es vor zwölf Monaten gewesen war, als sie triumphierend von der Pflegestation zurückkehrte. Im Vergleich dazu war die Party für das Fischlein sehr ruhig.

Am Samstag, dem 27. Dezember, um 11.34 Uhr ist Nana gestorben.

Am selben Nachmittag überreichte Hazel mir einen Ausdruck mit Nanas Wünschen für ihren »Abgesang«. »Wenn das ein bisschen plötzlich kommt«, sagte sie, als sie mein Gesicht sah, »dann entschuldige bitte.«

»G-u-u-t«, sagte ich langsam und zog das Wort in die Länge. »Sie ist vor wie vielen Stunden gestorben, drei?« So hatte ich mir das nicht vorgestellt.

»Tut mir leid«, sagte Hazel, drehte sich um und ging in den Gemeinschaftsraum.

»Das war seltsam«, sagte ich laut.

»Mach dir keine Gedanken, Liebes«, sagte Betsy Groot, die unversehens vor mir stand. »Hazel ist ein totaler Schatz, und sie trauert furchtbar um uns, wenn wir gehen.«

Das klang nachvollziehbar. »Danke, Betsy«, sagte ich, aber sie war schon weg.

Ich ging ans Ende der Veranda, weil ich Papa dort zu finden hoffte, aber dort war alles verlassen. Also setzte ich mich in den Schaukelstuhl und begann, Nanas Anweisungen zu lesen.

Nana möchte in Weiß gekleidet und mit ihrer liebsten Bowlingkugel begraben werden. Ihr Lieblingsfoto – das von den Großen Acht, als sie den Champion-Pokal gewonnen haben – soll auf den Sarg gestellt werden und nach der Trauerfeier an Jonathan gehen. Den Trauerredner hat sie bereits bezahlt. Es soll kein religiöses Blabla geben. Die Trauerfeier soll kurz, aber trotzdem persönlich gehalten sein.

Zum Glück für mich und das Fischlein hatte James Wo an dem Samstag, an dem Nana starb, um halb zwölf einen Zahnarzttermin, deswegen brachte er uns eine Stunde früher als sonst im Mavis Ornstein vorbei.

Als das Fischlein und ich ankamen, flößte Jonathan Nana gerade Wasser ein. Ich blieb einen Augenblick an der Tür stehen, um ihm bei dem Ritual zuzusehen.

Es war ein mühsamer Prozess, und es dauerte fast eine Stunde, bis Nana ein halbes Glas geleert hatte. Jonathan wiederholte das viermal am Tag.

Er zwinkerte mir zu, als ich mit dem Fischlein zum Bett ging und erst Nana, dann Jonathan auf die Wange küsste.

»Wie geht es ihr?«, flüsterte ich, obwohl ich die Antwort schon kannte.

»Prima«, sagte Jonathan.

»Gigi«, sagte das Fischlein, als ich sie hochhob und aufs Bett setzte.

»Das Fischlein ist da«, sagte Jonathan. Er beugte sich vor und strich Nana mit dem Handrücken sanft über die Wange. Keine Reaktion.

Jonathan begann ihr weiter Wasser einzuflößen. »Wie ist das, Valerie?«, fragte er. »Das ist doch bestimmt gut.«

»Mit ein bisschen Gin wäre es besser«, antwortete sie.

Ihre ersten Worte seit vier Monaten.

Jonathan und ich sahen uns an und lachten laut los. Das Fischlein lachte mit. Als wir wieder zu Nana hinsahen, war sie tot.

Jonathan ist tief erschüttert. Ich habe Angst, dass er nach der Beerdigung nichts mit sich anzufangen wissen wird. Er hat in den letzten vier Monaten jede Minute an ihrem Bett verbracht. Der arme Kerl wollte sie immer noch heiraten, aber da sie nicht sprechen konnte, schien das unmöglich. Außerdem hatte Nana seinen Antrag nicht offiziell angenommen.

Jonah wohnt vorerst bei seinem Großvater. Es kann sein, dass er eine Weile dort bleibt, weil wir nicht wollen, dass Jonathan allein ist.

Papa hingegen gibt sich total zugeknöpft. Ich möchte wissen, wie es jetzt weitergeht, aber er verweigert jede Diskussion. Mein Gefühl ist, dass er und Nana nach der Beerdigung verschwinden werden, und es macht mich total sauer, dass ich sie beide verlieren werde und er mit mir nicht einmal darüber reden will. Ich habe Oscar gefragt, was er dazu meint, aber er ist keine Hilfe. Er sagt, es geht ihn nichts an.

Jonathan ist Nanas Testamentsvollstrecker.

»Du bist die Alleinerbin, Tom«, sagt er. Er sieht besser aus, wenn auch ein bisschen sehr dünn. »Ich werde ihre Ersparnisse auf dein Konto überweisen lassen, wenn du mir deine Bankverbindung gibst.« Jonathan blättert in den Unterlagen. Wir sitzen in seinem Arbeitszimmer. Überall braunes Leder und Bücherregale. Ein klassisches Herrenzimmer, sagt Jonah.

Jonathan räuspert sich. »Es wird ein paar Monate dauern, doch dann wird ihr Zimmer neu vergeben und ihre Einlage zurückgezahlt. Das sind über zweihunderttausend, Tom, und du wirst mit achtzehn darüber verfügen können.«

Das muss ich erst mal verdauen. 200 000. Und noch Kleinvieh dazu.

Das habe ich schon immer mal sagen wollen.

Ich sitze an Jonathans Schreibtisch. Die Tür zum Wohnzimmer ist halb geöffnet, und ich kann Nana und Papa dort auf dem Sofa sitzen sehen. Hand in Hand. Papa wirkt glücklich und zufrieden. Er ist um dreißig Jahre gealtert.

Nana wirkt traurig und müde und ein bisschen gestresst. Weiß der Himmel, warum sie hier sind – vermutlich wegen

Nanas komischem Sinn für Etikette. Ich wette, sie hätte es lieber, wenn Papa ihr ein bisschen mehr Raum ließe.

Die Jeffrey-Gallico-Kapelle ist bis auf den letzten Platz besetzt. Nana war beliebt. Bowlingspielerinnen und -spieler aus so weit entfernten Clubs wie West Wrestler und Banyaban Creek haben sich auf den Weg gemacht. Alle sind ganz in Weiß. Vorne in der Kapelle stehen jede Menge Pokale. Auf jedem steht Nanas Name, und manche der Siege liegen Jahrzehnte zurück.

Nacheinander sprechen ihre Freunde. Die Bowlingspielerinnen erzählen lustige Anekdoten. Irgendwann bin ich an der Reihe.

»Meine Nana war einer der erstaunlichsten Menschen, die ich je gekannt habe.«

Ich hatte nichts eingeübt oder aufgeschrieben. Ich hatte Sonntag so viel geweint, dass ich geglaubt hatte, meine Rede ohne Stocken überstehen zu können. Jetzt war ich mir nicht mehr so sicher.

Ich sah mich in der Kapelle um. Es war schwer zu erkennen, wer tot und wer lebendig war. Einige der Gäste saßen bei anderen auf dem Schoß, und hier und da wurden Klagen laut. Aber was konnte ich tun?

»Als meine Familie umgekommen ist, hat Nana mir das Leben gerettet«, sagte ich. »Sie war stark und pragmatisch und liebevoll und gütig und mitfühlend. Sie kannte all meine Geheimnisse und half mir sie zu bewahren, sie behütete mich und vertraute auf meine Überlebenskraft – selbst wenn sie meine Entscheidungen nicht billigte –, und sie hat das Fischlein und mich von ganzem Herzen geliebt.

Mit am traurigsten für mich ist, dass das Fischlein meine Nana niemals kennenlernen wird. Meine Nana war nicht die alte Frau, die gegen ihren Willen ans Bett gefesselt war und nicht sprechen konnte. Meine Nana war eine Meisterin des Bowlings, eine Königstreue, eine Gintrinkerin, eine Exraucherin und eine gute Freundin. Und vor allem war sie witzig und voller Leben, und ich werde sie immer vermissen.«

Ich wandte mich der ersten Reihe zu. »Nana wurde durch einen lieben, wunderbaren Mann, Jonathan Whiting, vor der Verlegung auf die Pflegestation gerettet. Und auch wenn ihre letzten Monate nicht so waren, wie sie es sich gewünscht hätte, hat Jonathan sie ihr erträglich gemacht.« Jonathan sitzt neben Jonah und dem Fischlein. Er weint.

»Wir lieben dich, Jonathan«, sagte ich. »Und Nana hat dich auch geliebt.« Ich musste es sagen. Papa würde das einfach verstehen müssen.

Ich werfe meine Sachen ins Boot und klettere hinein. Ich ziehe die Riemen durch, und das Aluboot gleitet vom Pier in die Bucht. Ich lenke zum Ponters Corner hin und lausche auf Oscars vertrautes Platschen.

Ich werde nicht enttäuscht.

»Hallo, Oscar«, rufe ich über die Bordwand.

»Tom«, antwortet er und reckt den Kopf aus dem Wasser. »Alles klar?«

Oscar hat versprochen, mich nach Banyaban Creek zu begleiten. Weil es zum Schwimmen zu weit ist, fahre ich mit Bills Boot hinter ihm her.

Ungefähr eine Stunde später umrunden wir die letzte Ecke, und die Mündung ist endlich zu sehen. Ich hole die Riemen ein und lasse mich mit der Strömung treiben. Banyaban Creek ist Oscars Lieblingsort, und er verspricht seit Monaten, mit mir hierherzukommen.

Jetzt verstehe ich, warum. Die Mündung ist geheimnisvoll und dunkel und unglaublich schön. Die Bäume auf beiden Seiten sind gigantisch, und ihre Äste sind so ausladend und so dicht belaubt, dass sie sich in der Mitte berühren und einen Tunnel bilden. Es fühlt sich an, als wären wir in einer Höhle.

»Mach an dem Stumpf fest«, sagt Oscar und holt mich aus meiner Trance. Ich folge seinem Blick, und tatsächlich, ungefähr zehn Meter vor uns ragt ein großer Baumstumpf aus dem Wasser. Sobald wir ihn erreichen, vertäue ich das Boot.

Es ist kalt im Schatten, und ich begreife jetzt, warum Oscar unbedingt wollte, dass ich mir Jonahs Neoprenanzug leihe. Ich ziehe Shorts und T-Shirt aus und beginne mich hineinzuzwängen. Als ich fertig bin, taucht Oscar wieder auf. »Hast du alles mitgebracht?«, fragt er.

»Ja. Schnorchel, Schwimmbrille, Unterwasserlampe, Flossen«, antworte ich.

»Okay, Tom«, sagt er. »Dann mach dich fertig und komm.«

Ich ziehe die Flossen an, beuge mich über die Seite, mache die Schwimmbrille nass und spucke auf die Gläser, damit sie nicht beschlagen, stelle den Schnorchel richtig ein. Oscar reckt den Kopf aus dem Wasser. »Die Lampe«, sagt er. »Bring die Lampe mit.«

Ich kontrolliere noch einmal alles durch, nehme die Lampe und springe über Bord.

Das Wasser ist dunkel, man kann fast nichts sehen, aber ich will die Lampe nicht anschalten. Ich möchte lieber warten, bis meine Augen sich an das Licht gewöhnen. Außerdem leuchten Oscars silbrige Schuppen ständig auf, und mit den Flossen und der Strömung fällt das Schwimmen leicht. Ungefähr zehn Minuten später dreht Oscar sich um und schwimmt nicht mehr weiter. »Okay, Tom«, sagt er. »Jetzt brauchst du die Lampe. Und tief Luft holen.«

Die Lampe wirft ein gespenstisches Licht, und ich bin plötzlich froh über die Flossen, weil ich mit Oscar mithalten kann, der schnell und tief nach unten schwimmt. Das Wasser ist grün und trübe und wirkt auf merkwürdige Weise bekannt. Meine Lampe findet etwas Rotes.

Dads Pick-up.

»Das ist in Ordnung«, sagt Oscar. »Deswegen bist du hier.«

Ich leuchte mit der Lampe durch die Windschutzscheibe, aber drinnen ist nichts als trübes Wasser zu sehen. Ich hangele mich zur Fahrerseite hinüber und presse das Gesicht an die Scheibe. Mein Herz zerspringt, meine Lunge schreit.

Das Fahrerhäuschen ist leer.

Die Zeit ist um.

Ich stoße mich mit aller Kraft, die ich noch habe, vom Pick-up ab und schlage mit den Flossen. Meine rechte Hand trifft auf einen Widerstand, die Lampe rutscht mir weg, und einen beängstigenden Moment lang verliere ich jede Orientierung. Ich schwimme blind im Dunkeln.

»Alles gut«, ruft Oscar. »Du hast es fast geschafft.«

Einen Augenblick darauf durchstößt mein Kopf die Oberfläche. Ich lege mich auf den Rücken und schnappe nach Luft, paddele so langsam mit den schmerzenden Armen und Beinen, dass ich mich gerade oben halte.

»Du wolltest es wissen«, sagt Oscar, als er links von mir auftaucht.

Er hat natürlich Recht. Oscar hat immer Recht.

Ich habe Albträume davon gehabt, dass Dad in seinem Pick-up gefangen ist, den Gurt nicht aufbekommt, sich nicht befreien kann und hilflos dasitzt, als der Motor ausgeht und das Wasser hineinrauscht.

Aber ich hatte nicht gewusst – es war mir wirklich bis jetzt nicht klar –, dass meine größte Angst gewesen war, Dad in dem Pick-up zu finden. Nicht weil ich zartbesaitet wäre – das bin ich gar nicht –, sondern weil es für mich wichtig ist zu glauben, dass Dad uns zu retten versucht hat. Wenn ich ihn jetzt gefunden hätte, wüsste ich nicht, was ich denken soll.

Das Leben. Seltsamer geht's nicht.

»Danke, Oscar.«

»Gern geschehen, Tom.«

Nana ist jetzt drei Wochen tot.

Jonathan ist untröstlich, und Jonah übernachtet meistens bei ihm. Sehr praktisch ist hingegen, dass bei Jonathan ständig Aufläufe, Apfelsinenkuchen und Scones abgegeben werden, weil alle (älteren) Frauen der Gegend ihn umsorgen. Jonathan Whiting scheint ein guter Fang zu sein.

Es ist Januar, und wir sind mitten in den Sommerferien. Weil es in den letzten zwei Wochen so heiß war, haben Jonah und ich uns den Ferien-Abkühlplan ausgedacht. Er ist sehr einfach. Jonah kommt jeden Morgen nach dem Frühstück zu uns, und dann wandern wir drei zu einem frühen Bad an der Mündung. Anschließend faulenzen wir zu Hause rum, lesen, spielen mit dem Fischlein, schlafen. Am späten Nachmittag gehen wir wieder zur Mündung und baden und schwimmen bis zum Dunkelwerden. Manchmal fange ich unser Abendessen. Jonah kocht. Dann radelt Jonah zu seinem Großvater, und ich lese dem Fischlein eine Gutenachtgeschichte vor.

Ich habe es Jonah noch nicht erzählt, aber vor ein paar Tagen, während ich mir einen Tee kochte, hatte ich den Eindruck, das Fischlein zu hören. Sie machte gerade ihren Mittagsschlaf, und ich schlich in ihr Zimmer, um nach ihr zu sehen. Sie schlief ganz fest mit dem Teddy im Arm. Das Zimmer war warm und stickig, deswegen ging ich ans Fenster und öffnete den Vorhang, um die Brise hereinzulassen.

Als ich mich umdrehte, sah ich, wie sich eine Frau über das Bettchen beugte. Sie trug ein Kleid, das ich nicht kannte. Orange und rosa kariert.

Ich wusste gleich, dass es nicht Nana war.

»Mum?«

»Tom«, sagte die Frau. Sie sah mich an und lächelte.

Sie sah jünger aus, ein bisschen trauriger vielleicht.

»Ich hab dich vermisst, Mum«, sagte ich und lief in ihre ausgestreckten Arme.

Wir umarmten uns. Fest und fester und für eine lange Zeit.

Ich konnte nicht glauben, wie schön es sich anfühlte.

Dank

An David Pollard für seine grenzenlose Liebe, seinen Glauben an mich und seine Unterstützung – und für alles dazwischen. Ohne dich hätte ich es nie geschafft.

An Sidonie Duff dafür, dass sie meine Geschichte zu einem YA-Buch gemacht hat, für ihre Lektüre und ihren Rat und für ihr Vertrauen. Sib, du bist sagenhaft.

An Tristan Bancks für sein Feedback und seine Ermutigung. An Louise Holdsworth für ihre Arbeit am Detail.

An Cassidy Light, Danika Cottrell, Sam Whortlehock, Jessie Cole, Nil Alemdar McHugh, Elisabet Mangsten, Petra Sweeney, Sam Toomey, Denise Greenaway, Lynne Casey und Sally Brakha dafür, dass sie frühe Entwürfe gelesen haben.

An Jakk Armstrong dafür, dass er immer da ist.

An Jane Pearson dafür, dass sie eine Lektorin ist, wie Autoren sie sich erträumen.

An Katie Harnett für den wunderschönen Umschlag.

Und schließlich an Michael Heyward, Anne Beilby, Imogen Stubbs, Jane Novak, Stephanie Speight und alle bei Text für die Art, wie sie mich in die Familie aufgenommen haben – oh, und dafür, dass sie mein Leben verändert haben!

Ich danke euch.

Klangstürme
Götterspeise
Leselächeln
WONNEWILD
HIRNHONIG
Seelensalz
DUNKELSTUNDE
Sternenblick
GOLDGLÜHEN
WORTRAUSCH
Seligsuche

KÖNIGSKINDER